Die drei ???®

Die drei ???®

und der verschwundene Schatz

Erzählt von Robert Arthur

Aus dem Englischen von Leonore Puschert

Die drei ???®

Die Rache des Untoten

Erzählt von Marco Sonnleitner

Unter anderem in der Reihe Die drei ??? ® im Carlsen Verlag lieferbar:

Die drei ??? – Dämon der Rache
Die drei ??? – Der Geist des Goldgräbers
Die drei ??? – Der namenlose Gegner
Die drei ??? – Die Höhle des Grauens
Die drei ??? – Die sieben Tore
Die drei ??? – Die Spur des Spielers
Die drei ??? – Fußball-Teufel
Die drei ??? – GPS-Gangster
Die drei ??? – Im Schatten des Giganten
Die drei ??? – Im Zeichen der Schlangen
Die drei ??? – Nacht der Tiger
Die drei ??? – Rufmord
Die drei ??? – Spuk im Netz
Die drei ??? und der Fluch des Rubins
Die drei ??? und der lachende Schatten
Die drei ??? und der Meister des Todes
Die drei ??? und der sprechende Totenkopf / und die brennende Stadt
Die drei ??? und der Tanzende Teufel
Die drei ??? und der verschollene Pilot
Die drei ??? und die Geisterinsel
Die drei ??? und die rätselhaften Bilder

Sonderausgabe
Veröffentlicht im Carlsen Verlag
Januar 2019
Mit freundlicher Genehmigung des Franckh-Kosmos Verlages
und der Universität von Michigan
Die drei ??? und der verschwundene Schatz

Based on characters by Robert Arthur
Die drei ??? – Die Rache des Untoten

Based on characters by Robert Arthur
Umschlagbild: Helge Vogt, trickwelt.com
Umschlaggestaltung: formlabor
Corporate Design Taschenbuch: bell étage
ISBN 978-3-551-31758-2

Die drei ???®

und der verschwundene Schatz

Diese Seite nicht lesen …	9
»Wenn wir Diebe wären …«	11
Aufregung im Museum	17
Ein Anruf von Albert Hitfield	29
Spuk am Fenster	36
Von Gnomen und Zwergen	43
Erlauschtes gibt Rätsel auf	57
Im Maurischen Palast	66
Ein unerwarteter Besuch	73
Pirsch auf Gnomen	82
Überlistet!	87
Eine wilde Jagd	94
Peters tollkühne Klettertour	100
Ein finsterer Plan wird enthüllt	109
Bob sucht seine Freunde	125
Die Spur verliert sich	134
Mit dem Mut der Verzweiflung	140
Überraschungsangriff	148
Albert Hitfield erwartet eine Antwort	163

Die drei ???®

Die Rache des Untoten

Die Wege des Schicksals	177
Harper Knowsley	184
Reise ins Ungewisse	190
Das Tal der Klapperschlangen	198
Nacht des Grauens	205
Vergeltung aus dem Grab	211
Köpfe in der Schlinge	218
Tödlicher Biss	225
Donner am Himmel	232
Zopf oder kahl	239
In der Gewalt des Geistes	247
Ein grauenhafter Fund	253
Straßensperre	261
Riskante Manöver	271
Lebendig begraben	278
Katzenwäsche	285
Das letzte Versprechen	292
Shakehands	299
Flug zu den Sternen	309

Die drei ???®

und der verschwundene Schatz

Diese Seite nicht lesen ...

... es sei denn, man kennt die drei ??? noch nicht!

Hier geht es um einen neuen Fall für meine jungen Freunde Justus Jonas, Peter Shaw und Bob Andrews, die sich »die drei ???« (sprich: die drei Detektive) nennen. Diesmal werden sie in einen höchst rätselhaften Museumsdiebstahl verwickelt, sind einer von tückischen Gnomen heimgesuchten Dame behilflich, finden sich unterwegs zu einem Sklavenmarkt im Mittleren Orient und widmen sich sonstigen abenteuerlichen Unternehmungen, bei denen sich mir die Haare sträuben.

Wenn ihr etwas von den vorhergegangenen Fällen gelesen habt, sind euch die Jungen ja bestens bekannt: der ziemlich übergewichtige und logisch denkende Erste Detektiv Justus Jonas, der große, muskelstarke Peter Shaw und der leichter gebaute, eher wissenschaftliche Typ Bob Andrews. Ihr kennt die Zentrale des Unternehmens, den kunstvoll versteckten Campinganhänger auf dem Schrottplatz der Firma »Gebrauchtwarencenter T. Jonas«, sozusagen einem Trödel-Supermarkt. Seine Besitzer sind Justs Onkel und Tante, bei denen er aufgewachsen ist. Ihr wisst, dass die Zentrale über gewisse Geheimein- und -ausgänge verfügt, die nur den Jungen bekannt sind und Schlüsselbezeichnungen wie Tunnel II, Dicker Bauch, Grünes Tor und Rotes Tor tragen.

Ihr wisst auch, dass die drei in Rocky Beach in Kalifornien

wohnen, einem Städtchen am Pazifik, ganz in der Nähe der Traumstadt Hollywood. Kurz: Ihr wisst schon alles Nötige und habt deshalb all dies gar nicht erst gelesen. Solltet ihr aber mit den Jungen noch keine Bekanntschaft geschlossen haben, so diene das Vorausgegangene zur Vorstellung der drei ???.

Und nun geht's los – der neueste Fall!

Albert Hitfield

»Wenn wir Diebe wären …«

»Ich möchte zu gern wissen«, sagte Justus Jonas, »ob wir die Regenbogen-Juwelen stehlen könnten.«
Die Frage kam für seine beiden Freunde völlig unerwartet. Peter Shaw hätte beinahe den Lötkolben fallen lassen und Bob Andrews am Setzkasten ließ tatsächlich etwas fallen: den Winkel, auf dem er zeilenweise einen Text für die alte Druckerpresse zusammenstellte.
»Was hast du gesagt?«, fragte er mit einem Blick ohnmächtiger Verzweiflung auf den am Boden verstreuten Bleisatz.
»Ich sagte, ich möchte wissen, ob wir die Regenbogen-Juwelen stehlen könnten«, wiederholte Justus. »Das heißt, wenn wir Diebe wären.«
»Aber das sind wir nicht«, entgegnete Peter sehr bestimmt. »Juwelendiebstahl ist riskant. Man wird gejagt und abgeknallt. Im Übrigen halte ich es mit dem alten Spruch: Ehrlich währt am längsten.«
»Sehr richtig«, meinte Justus. Aber sein Blick blieb gedankenvoll an der Zeitung haften, die er gerade las.
Die drei Jungen, die sich »die drei ???«, nannten, waren in Justs verborgener Freiluft-Werkstatt im Schrottlager der Firma Jonas. Hier, im Freien und doch unter Dach, das zwei Meter breit von der hohen Umzäunung des Schrottplatzes vorsprang, setzten sie ausgedienten Trödel aus dem Warenlager wieder instand. Dank dem Anteil am Verkaufserlös,

den ihnen Justs Onkel Titus zubilligte, waren sie immer bei Kasse und konnten sich überdies solchen Luxus wie das Telefon in ihrer geheimen Zentrale leisten.
In den letzten Tagen war es im Trödellager recht ruhig zugegangen. Das Detektivtrio hatte nichts zu ermitteln, weder Hund noch Katze waren als vermisst gemeldet. Im Augenblick beschäftigte die Jungen lediglich das uralte kleine Radio, das Peter unter den letzten Zugängen im Warenlager entdeckt hatte.
Zumindest galt dies für Bob und Peter. Justus ließ stets lieber den Kopf als die Hände arbeiten. Wenn er nicht gerade über einem echten Problem brütete, wusste man nie, was er von sich aus aufgreifen würde. Bob sah vom Setzkasten auf. »Du meinst bestimmt die Edelsteinsammlung im Peterson-Museum«, sagte er. Ihm war der Zeitungsartikel eingefallen, über den man sich in seiner Familie am Vorabend unterhalten hatte.
»Peterson-Museum?« Peter wusste von gar nichts. »Wo ist denn das?«
»Auf einer Anhöhe bei Hollywood«, erklärte ihm Bob. »Ein großer alter Bau, der früher dem Öl-Millionär Jonathan Peterson gehört hat. Er hat das Haus der Öffentlichkeit als Museum hinterlassen.«
»Und zurzeit wird dort eine Ausstellung mit prächtigen Edelsteinen und Schmuckstücken gezeigt«, ergänzte Justus. »Finanziert wird sie von der Firma Nagasami, einem großen japanischen Schmuckhersteller. Die Ausstellung wandert durch ganz Amerika, um für die Zuchtperlen des Unternehmens zu werben. Viele von den gezeigten Stücken sind

einzelne Perlen oder aus Perlen gefertigter Schmuck. Besonders interessant sind daneben aber zwei Dinge. Erstens das Glanzstück der Ausstellung, die Regenbogen-Juwelen. Das ist eine Sammlung geschliffener Edelsteine – Diamanten, Smaragde, Rubine und andere Steine –, die so zusammengestellt sind, dass sie in allen Regenbogenfarben funkeln. Es sind sehr große Steine darunter, und ein einzelner davon wäre schon Tausende von Dollars wert. Als Kollektion haben sie Millionenwert.«

»Und dann gibt es noch einen Gürtel«, fiel Bob ein. »So ein Ding aus großen Goldplatten, besetzt mit vierkantig geschliffenen Smaragden. In der Zeitung stand, dass er über sechs Kilo wiegt! Früher war er im Besitz des japanischen Kaiserhauses.«

»Du spinnst, Just«, sagte Peter. »So wertvolle Schätze könnte keiner stehlen. Ich möchte wetten, die sind so scharf bewacht wie ein Banktresor.«

»Sogar schärfer als die meisten Banken«, sagte Justus. »Im Raum mit den Juwelen befinden sich ständig mehrere Aufseher. Im Büro der Verwaltung wird die Regenbogen-Sammlung über eine Fernsehkamera ununterbrochen auf einem Monitor beobachtet. Nachts wird der Raum mit einem Gitterwerk aus unsichtbaren Strahlen durchschossen. Würde einer dieser Strahlen durch einen Eindringling unterbrochen, so würde dies ein lautes Warnsignal auslösen. Außerdem sind in das Glas der Schaukästen dünne Drähte eingelassen, die ebenfalls mit dem Warnsystem verbunden sind. Zerbricht eine Scheibe, so schrillt der Alarm los. Die Anlage wird von einem unabhängigen Stromnetz gespeist, sodass sie auch dann noch funktioniert, wenn zum Beispiel ein heftiger Sturm die allgemeine Stromversorgung unterbricht.«

»Also kann sie auch keiner stehlen!«, sagte Peter, nun völlig überzeugt.

»Aber sie verleiten immerhin dazu, nicht?«, meinte Justus.

»Was heißt hier verleiten?«, fragte Bob. »Wir beschäftigen uns mit der Aufklärung von Verbrechen und nicht mit ihrer Planung und Ausführung.«

»Nur haben wir zurzeit keines aufzuklären«, stellte Justus fest. »Ich hoffte immer, Albert Hitfield würde sich mit einem spannenden Fall bei uns melden. Aber das tat er nicht, und als Detektiv sollte man seine Zeit nutzbringend verwenden. Wenn wir herauszufinden versuchen, ob man die Nagasami-Sammlung stehlen könnte oder nicht, dann werden wir wertvolle Erfahrungen für die Aufklärung künftiger Juwelendiebstähle sammeln. Und wir würden uns mit der Denkweise eines Diebes vertraut machen.«

»Damit verschwenden wir doch nur Zeit«, entgegnete Peter. »Es würde sich viel eher lohnen, wenn wir uns mehr im Tauchen und Schnorcheln übten. Wir müssen noch weit besser lernen, wie man mit der Tauchausrüstung umgeht.«

»Ganz meine Meinung«, erklärte Bob. »Gehen wir zum Tauchen. Sobald wir richtig fit sind, nimmt uns mein Vater mit zum Camping nach Nordkalifornien, wo man vor der Felsküste Hummer fangen kann.«

»Also zwei zu eins, Justus«, bemerkte Peter. »Du bist überstimmt.«

»In der Zeitung steht«, sagte Justus, als hätte er den Einwand gar nicht gehört, »dass heute im Museum Tag der Jugend ist. Wer unter achtzehn ist, kommt zum halben Preis rein, und Pfadfinder in Uniform samt Gruppenleiter haben freien Eintritt.«

»Uniformen haben wir keine«, meinte Peter. »Also ist das nichts für uns.«

»Aber wir haben uns extra was verdient, weil wir Onkel Titus die ganze Woche über geholfen haben«, erinnerte ihn Justus. »Außerdem habe ich jetzt frei. Das ist die ideale Gelegenheit, nach Hollywood zu fahren und den Regenbogen-Juwelen im Peterson-Museum einen Besuch abzustatten. Immerhin sollten wir uns mal anschauen, wie echte Edelsteine aussehen. Vielleicht müssen wir irgendwann mal welche suchen.«

»Ich habe das Gefühl«, murmelte Bob zu Peter gewandt, »dass wir überstimmt werden, und zwar eins zu zwei.«

»Mann, ich hab da eine Idee!« Plötzlich war Peters Interesse erwacht. »Ich wüsste schon, wie man den Raubzug anstellen müsste. Juwelen sind Steine, nicht? Na, und was macht man mit Steinen?«

»Unterm Mikroskop untersuchen«, sagte Justus.

»Nach Blechdosen werfen«, schlug Bob grinsend vor.

»Sicher«, bestätigte Peter. »Aber man kann noch was anderes damit anfangen, wenn sie nicht zu groß sind. Mit der Schleuder abschießen! So könnte man nämlich die Steine stehlen. Einer zerschlägt den Schaukasten mit den Regenbogen-Juwelen, zieht eine Schleuder raus und schießt die Steine durchs offene Fenster. Seine Komplizen fangen sie draußen mit Körben auf, und dann machen sie sich schleunigst aus dem Staub.«

»Großartig!«, sagte Bob.

Justus überlegte. Dann schüttelte er langsam den Kopf. »Dieser Plan hat zwei schwache Stellen«, meinte er. »Erstens: Die Komplizen könnten vielleicht mit einem Teil der Beute entkommen, aber den einen würden die Aufseher bestimmt festnehmen. Und dann«, fuhr er fort, »gibt es ein noch größeres Hindernis. Die Steine lassen sich nämlich überhaupt nicht mit der Schleuder durchs Fenster hinausschießen, weil –« Er machte eine wirkungsvolle Pause.

»Nun sag schon, warum!«, drängte Peter ungeduldig.

»Ja, warum?«, fragte Bob. »Ich fand die Idee gar nicht so übel.«

»Weil«, erklärte Justus, »das Peterson-Museum gar keine Fenster hat.«

Aufregung im Museum

Eine Stunde später kamen Bob, Peter und Justus am Fuß der kleinen Anhöhe an, auf der das Peterson-Museum stand. Der Hügel lag gegenüber dem Griffith-Park, wohin die Jungen schon oft zum Picknicken gegangen waren. Eine ausgedehnte Rasenfläche zog sich hügelaufwärts bis zu dem gewaltigen stuckverzierten Gebäude, dessen zwei Seitenflügel von ausladenden Kuppeln überdacht waren. Eine kurvenreiche Auffahrt führte als Einbahnstraße bis vor die Rückseite des Hauses und eine zweite, getrennt angelegte Spur diente als Abfahrt.

Große und kleine Autos bewegten sich langsam auf der Zufahrt nach oben. Die drei Jungen wanderten in gebührendem Abstand zum Verkehr zu Fuß hinauf. Sie sahen, dass der Parkplatz schon dicht mit Autos besetzt war. Doch es kamen ständig noch mehr an und immerfort stiegen Leute aus. Die meisten von ihnen waren Kinder, viele in Pfadfinderuniform. Die Kleinsten in ihrer blauen Uniform mit leuchtend gelbem Halstuch liefen zu Dutzenden wild durcheinander, und die Gruppenleiterinnen hatten Mühe, für Ruhe zu sorgen. Größere Pfadfinderinnen, die sich ganz damenhaft gaben, sahen dem Treiben missbilligend zu. Gruppen mit kleinen Mädchen waren ebenfalls zahlreich vertreten und außerdem waren noch ein paar Altpfadfinder mit Rucksack und Axt im Gürtel anwesend.

»Ich will mir erst ansehen, wie das Gelände hier angelegt ist«, erklärte Justus. »Nehmen wir uns mal die Außenseite vor.«
Sie gingen langsam um den großen Bau herum. Bob stellte fest, dass Justus mit seiner Bemerkung über die fehlenden Fenster recht gehabt hatte. Wohl hatte das Gebäude einmal Fenster besessen, aber im Erdgeschoss des Mittelbaus und an den kuppelgekrönten Seitentrakten waren sie zugemauert worden.
Bob starrte so gebannt zu dem Haus hinüber, dass er eine Gruppe kleiner Pfadfinder mit ihrer Leiterin ganz übersah. »Hoppla! ’tschuldigung«, sagte er – er war ziemlich heftig mit einem der Buben zusammengeprallt und hatte ihn umgerissen. Der Kleine rappelte sich vom Boden auf, grinste fröhlich und enthüllte dabei einen blinkenden Goldzahn. Dann lief er los, seiner Gruppe hinterher.

Die drei ??? ....???

»Oha!«, sagte Justus. »Schaut euch das an!«
»Was, bitte?«, fragte Peter. »Ich seh hier nur die Hinterfront von dem Bau.«
»Da, die Drähte«, sagte Justus. »Seht ihr? Die ganzen elektrischen Leitungen zweigen von einem Mast ab und führen von der Ecke hier in einem Kabelstrang ins Haus. Den könnte man leicht durchtrennen.«
»Wer sollte denn daran Interesse haben?«, wollte Bob wissen.

»Einbrecher«, sagte Justus. »Das Alarmsystem wäre davon natürlich nicht betroffen, das hängt bekanntlich nicht dran. Aber ein schwacher Punkt ist es doch.«
Sie hatten inzwischen das Gebäude umrundet und näherten sich dem Eingang an der Vorderseite. Da sie keine Pfadfinderuniform trugen, zahlte jeder Eintritt. Drinnen wies sie ein Aufseher nach rechts. »Immer den Pfeilen nach, bitte sehr«, sagte er.
Die drei gingen einen Gang entlang und fanden sich dann im rechten Flügel in einem großen Saal, mindestens drei Stockwerke hoch und mit Kuppeldach. Halb um die Saalwand zog sich eine Galerie, an der ein Schild »Geschlossen« hing.
Viele große Gemälde in reich geschnitzten Rahmen schmückten die Wände.
»Seht mal, wie die Bilder aufgehängt sind«, sagte Justus, als sie langsam an der Wand entlanggingen. »Jedes ist von hinten unsichtbar an der Wand befestigt. Früher hängte man Bilder mit langen Drähten an Simsen dicht unter der Decke auf. Hier könnt ihr noch die breiten Simse sehen, die dazu dienten, als Mr Peterson hier wohnte.«
Peter sah hinauf, aber ihn interessierte mehr, wie die hohen Fenster zugemauert waren.
»Warum hat man die Fenster dichtgemacht?«, fragte er. »Es stimmt, hier könnte man keine Edelsteine rausschleudern, aber mir ist nicht klar, wieso die Fenster wegmussten.«
»Teilweise«, sagte Justus, »um mehr Wandfläche zum Aufhängen von Bildern zu gewinnen. Aber hauptsächlich deshalb, meine ich, damit sich eine gute Klimaanlage einbauen

ließ. Fällt euch auf, wie kühl es hier ist? Wenn Temperatur und Feuchte immer konstant gehalten werden, kommt das der Erhaltung der wertvollen Gemälde zugute.«
Langsam schritten sie die Saalwand entlang und traten dann an der hinteren Seite in einen Korridor, vor sich eine Meute kichernder, sich gegenseitig schubsender Kinder. Endlich kamen sie im linken Trakt des Museums heraus, wo die Juwelen ausgestellt waren. Wie im rechten Saal gab es auch hier eine Galerie an der Wand, aber die nach oben führende Treppe war mit einem Seil versperrt.
Die Regenbogen-Juwelen befanden sich genau in der Mitte des Raums. Eine Samtkordel hinderte die Besucher daran, bis auf Reichweite an den gläsernen Schaukasten heranzutreten.
»Sehr wirksame Vorsichtsmaßnahmen«, sagte Justus, als sie im Besucherstrom näher kamen. »So kann kein Dieb einfach den Kasten zertrümmern und weglaufen.«
Sie blieben stehen und sahen sich staunend die Edelsteine an: einen riesigen Diamanten, der blaues Feuer sprühte, einen leuchtenden Smaragd, einen Rubin von intensiver Rotglut und eine prachtvolle, schimmernde Perle. Dies waren die kostbarsten Stücke, doch es gab noch mehr Steine in allen Regenbogenfarben, die ringsum im Licht funkelten.
Ein Aufseher neben dem Glaskasten sagte, der Wert der Juwelen sei auf zwei Millionen Dollar geschätzt, und forderte die Jungen zum Weitergehen auf. Ein Trupp kichernder Pfadfinderinnen nahm ihren Platz ein.
Nun fanden sich die Jungen vor einem anderen Schaukasten näher an der Wand, genau unterhalb der Galerie, in wel-

chem ein wundervoller juwelenbesetzter Gürtel ausgestellt war. Er war über einen Meter lang und bestand aus großen goldenen Einzelgliedern, die mit riesigen, zu Quadraten geschliffenen Smaragden besetzt waren. Den Rand der Gliederplatten säumten Perlen, und an der Schließe funkelten Diamanten und Rubine. Der Gürtel machte den Eindruck, als sei er für einen wahrhaft gewichtigen Mann geschaffen.

»Dies ist der ›Goldene Gürtel‹ des alten Kaiserreichs«, erläuterte ihnen ein Bewacher, der in der Nähe stand. »Er ist über tausend Jahre alt. Das Gesamtgewicht an Gold und Edelsteinen beträgt mehr als sechs Kilo. Das Stück ist sehr kostbar, aber der historische Wert ist noch weit höher als der Wert der herrlichen Edelsteine. Jetzt bitte weitergehen, damit die Nächsten herankönnen.«

Sie gingen weiter und schauten in andere Kästen, in denen ganz erstaunliche Dinge aus Nagasami-Perlen ausgestellt waren: Schwäne, Tauben, Fische, Antilopen und anderes Getier, alles aus zusammengeleimten oder in durchsichtigen Glasformen zusammengestellten Perlen. Aus der Mädchenschar ertönte entzücktes Ah und Oh.

Jetzt war der Saal recht voll, und Peter, Justus und Bob stellten sich etwas abseits, um sich unterhalten zu können.

»Der Raum ist voller Wächter«, sagte Justus. »Einen Diebstahl am helllichten Tag könnte also niemand unternehmen. Den müsste man bei Nacht ausführen. Aber das große Problem dabei wäre, hereinzukommen und dann die Alarmdrähte in den Schaukästen abzuklemmen.« Er schüttelte den Kopf. »Ich komme zu dem Schluss, dass die Juwelen hier in

Sicherheit sind, außer vor einer sehr erfahrenen, gut organisierten Bande. In diesem Fall –«

»Holla – Verzeihung!«, sagte ein Mann, der mit Justus zusammengestoßen war. Er hatte auf seine Uhr geschaut, dabei ein paar Schritte rückwärts gemacht und so die Jungen übersehen.

»Ah, guten Tag, Mr Frank«, sagte Justus.

»Kennen wir uns denn?«, fragte der Mann freundlich.

»Das Pummelchen vom Fernsehen«, sagte Justus in Anspielung auf die heitere Fernsehserie, worin er als ganz kleiner Junge mitgewirkt hatte. »Sie waren damals in vielen Teilen dabei, wissen Sie noch? Sie waren immer der geplagte Mensch, der für den Unfug, den wir Kinder anstellten, den Kopf hinhalten musste.«

»Das Pummelchen! Natürlich!«, rief der Mann. »Nur passt der Name heute nicht mehr. Wäre nett, ein bisschen zu plaudern, aber es geht bei mir nicht. Es ist Zeit für meinen Auftritt.«

»Auftritt?«, fragte Justus.

»Passt nur auf!« Mr Frank lachte in sich hinein. »Das gibt einen Riesenspaß. Da ist ja ein Aufseher. Den muss ich auf mich aufmerksam machen.« Er erhob die Stimme: »Oh – bitte, Herr Inspektor –«

Der Uniformierte wandte sich um, sein erhitztes Gesicht wirkte gereizt. »Ja – was ist denn?«, knurrte er.

Mr Frank tat so, als taumele er. »Mir ist so schlecht«, flüsterte er. »Bitte Wasser.«

Er zog sein Taschentuch aus der Brusttasche, um sich die Stirn abzutupfen. Dabei fiel etwas zu Boden. Es war ein riesiger roter Stein, ähnlich dem Rubin im Schaukasten. »Ach, du Schreck!« Mr Frank sah verwirrt und schuldbewusst drein. Der Aufseher hatte sofort Verdacht geschöpft.

»Was ist das?«, fragte er barsch. »Wo haben Sie das gestohlen? Ihnen werden wir mal gleich noch ein paar Fragen stellen!«

Er wollte Mr Frank an der Schulter packen, doch der wehrte ab. Da setzte der Wächter seine Trillerpfeife an die Lippen und pfiff durchdringend.

Das Schrillen der Pfeife hatte offenbar auf jedermann im Raum eine lähmende Wirkung. Alle Blicke richteten sich auf den Wächter und Mr Frank. Gleich darauf waren die übrigen Aufseher hinzugeeilt und hatten Mr Frank umstellt, der jetzt noch verwirrter und schuldbewusster wirkte.

»So, Mister, nun mal raus mit der Sprache –«, begann der Oberaufseher.

Doch er brachte seinen Satz nicht zu Ende, denn im selben Augenblick war es im Museum stockfinster geworden. Sekundenlang blieb es still. Dann schrien ein Dutzend Stimmen durcheinander: »Licht, Licht! Licht anmachen!«

Aber das Licht blieb aus. Der Oberaufseher stieß in seine Trillerpfeife.

»Zwei Mann zum Mittelkasten!«, brüllte er. »Die anderen sorgen dafür, dass keiner den Saal verlässt!«

Plötzlich herrschte Aufruhr im Saal. Kleine Jungen und Mädchen fingen an zu weinen. Mütter riefen nach ihren Kindern und alle tappten ziellos im Dunkeln herum.

»Chef!«, schrie ein Aufseher. »Ich stecke mittendrin in einer Kinderschar! Ich komm nicht durch zum Schaukasten!«

»Versuch's trotzdem!«, schrie eine Stimme zurück. »Das ist ein Raubüberfall!«
In diesem Augenblick splitterte Glas – einer der Schaukästen mit Juwelen war eingeschlagen worden! Sofort machte das Schrillen des Alarmsignals den ohnehin lärmerfüllten Raum zum ohrenbetäubenden Tollhaus.
»Die Juwelen!«, flüsterte Peter keuchend Justus zu. »Darauf hat's einer abgesehen!«
»Ja, natürlich.« Es hörte sich fast an, als hätte Justus seine Freude daran. »Das ist ein gut organisierter Juwelenraub. Wir müssen zum Hauptausgang vordringen und sehen, dass wir die Täter beschatten, wenn sie sich davonmachen wollen.«
»Vielleicht gibt es hinten noch einen Ausgang!«, rief Bob.
»Wir müssen es darauf ankommen lassen!«, gab Justus zurück.
»Mir nach!«
Wie ein kleiner Panzer schob sich Justus durch das Gequirle aufgeregter Kinder. Als sie jedoch zur Saaltür kamen, merkten sie, dass die Wachen vorn am Hauptportal niemanden hinausließen. Eine gefährliche Entwicklung bahnte sich an. Der Vorraum war schon voll erregter Menschen, die zum Ausgang schoben und drängten. Jeden Moment konnten Kinder hinfallen und unter die Füße der Menge geraten.
Da hörten die Jungen lautes Rufen, das sogar den Lärm der Alarmglocke übertönte. Und dann verstummte plötzlich das Schrillen, jemand hatte den Notschalter betätigt und den Stromkreis der Warnanlage unterbrochen. Die Stimme war jetzt ganz in der Nähe zu hören. Es war eine Männerstimme mit japanischem Akzent.

»Alle Wachen nach draußen!«, schrie der Mann. »Den Leuten hinaushelfen, aber niemand darf weggehen. Alle müssen vorher durchsucht werden!«

Daraufhin machten die Aufseher Platz, und wie eine Flutwelle strömten die Menschen ins Freie. Justus, Peter und Bob wurden mitgeschoben. Sie sahen, dass die Aufseher die Menge auf der großen Rasenfläche vor dem Gebäude zusammenhielten und beruhigend auf die Frauen und Kinder einsprachen. Kurz darauf kamen mehrere Polizeiwagen mit heulender Sirene vorgefahren, um sich der Situation anzunehmen.

Am Portal gab es ein großes Gedränge, weil zu viele Leute gleichzeitig durch die Tür wollten.

»Lasst uns da mal eben helfen«, sagte Justus, und die Jungen hielten eine Gruppe Pfadfinderinnen zurück, bis ein paar kleinere Kinder durchgekommen waren. Unter den Letzten, die das Gebäude verließen, war Mr Frank. Völlig verdattert kam er auf die Jungen zu.

»Was ist nur los?«, fragte er. »Hier waren sicher Einbrecher am Werk. Aber ich –«

Da stürzte sich ein Aufseher auf ihn. »Sie bleiben hier!«, brüllte er und zog den protestierenden Mr Frank mit sich fort.

»Der hat bestimmt nichts damit zu tun«, meinte Justus, »aber er wird nun natürlich eine Menge Fragen beantworten müssen. Ich möchte nur wissen, was die Diebe erbeutet und wie sie es ins Freie geschafft haben. Es ist kaum anzunehmen, dass sie hier durchgekommen sind.«

Peter blickte über die Menge auf dem Rasen hin. »Da sind fast nur Frauen und Kinder«, stellte er fest.

»Nun werden sie natürlich jeden durchsuchen«, meinte Justus. In diesem Augenblick stürzte ein kleiner Japaner, der dienstlich wirkte, mit einer großen Stablampe an ihnen vorbei in das stockfinstere Museum.
Eine Minute später kam er mit verdutztem Gesicht wieder heraus.
»Sie haben nicht gestohlen die Regenbogen-Juwelen!«, rief er den Aufsehern zu, die noch immer die Menge auf dem Rasen zusammenhielten. »Sie haben gestohlen den Goldenen Gürtel! Die Vitrine ist oben eingeschlagen und der Gürtel ist weg! Jeder muss durchsucht werden!«
Justs Augen blitzten.
»Na, so was!«, sagte er. »Wieso haben die wohl ausgerechnet den ollen Prachtgürtel gestohlen, wo sie die Regenbogen-Juwelen viel einfacher hätten mitnehmen können? Den Gürtel kann man kaum in den Kleidern verstecken. Der ist doch zu lang und zu unhandlich!«
»Die Pfadfinder da!« Bob wies auf zwei große Jungen. »Die hätten den Kasten mit ihrer Axt einschlagen und den Gürtel in einen Rucksack stopfen können. Vielleicht sind das verkleidete Juwelendiebe!«
»Das wäre zu auffallend«, entgegnete Justus. »Die werden bestimmt gleich als Erste durchsucht. Ich möchte wetten« – er schnaufte ein bisschen vor Aufregung – »ich möchte wetten, die werden den Goldenen Gürtel überhaupt nicht finden.«
Wie schon so oft sollte sich Justs Voraussage als zutreffend erweisen. Die Pfadfinder ließen sich willig durchsuchen. Ihre Rucksäcke enthielten nur Proviant – sie wollten im Griffith-Park eine Wanderung machen und dann abkochen.

Man ließ sie ziehen. Alle anderen wurden ebenfalls der Reihe nach durchsucht und freigelassen. Mr Frank war von der Polizei zum Verhör mitgenommen worden und schließlich waren nur noch Bob, Peter und Justus übrig.
Die Aufseher trieben irgendwo Handlampen auf und betraten das dunkle Museum. Wortlos folgten ihnen die drei Jungen.
Im Saal war die obere Scheibe des Schaukastens, der den Goldenen Gürtel enthalten hatte, zertrümmert. Der Gürtel war verschwunden. Die Juwelen und der Schmuck in den anderen Kästen waren unberührt.
In diesem Augenblick sah der kleine Japaner die Jungen und eilte herüber.
»He, ihr Jungen!«, schrie er. »Was tut ihr hier? Warum nicht geht ihr nach Hause? Nicht gewünscht hier!«
»Entschuldigen Sie, Sir.« Rasch zog Justus eine Karte der drei ??? aus der Tasche. »Wir sind Detektive. Wir sind zwar noch recht jung, aber vielleicht können wir Ihnen doch irgendwie helfen.«
Mit verdutztem Gesicht las der Mann die Karte. Darauf stand:

»Die Fragezeichen«, erläuterte Justus, »sind unser Symbol, unser Firmenzeichen. Sie stehen für unbeantwortete Fragen, ungelöste Rätsel, unenthüllte Geheimnisse. Wir sind bemüht –«

»Unsinn! Dumme amerikanische Jungen!«, rief der kleine Japaner erregt und warf die Karte zu Boden. »Ich, Herr Saito Togati, Sicherheitsbeauftragter der Nagasami-Juwelen-Vertriebsgesellschaft, habe zugelassen, dass der Goldene Gürtel der alten Kaiser wurde gestohlen. Meine Ehre ist verloren. Und drei törichte Jungen wollen mehren meine Sorgen und stören meinen Weg. Geht! Das ist Arbeit für Männer, nicht für Kinder.«

Nun, damit war wohl alles gesagt, soweit es Peter und Bob beurteilen konnten. Sie wandten sich um und schlichen gedrückt hinaus. Einen Augenblick später folgte ihnen Justus Jonas. Zurück blieb nur die kleine weiße Karte auf dem dunklen Fußboden.

Das war ein Fall, an den sie nicht herankommen würden.

Ein Anruf von Albert Hitfield

Am nächsten Morgen waren die Zeitungen voll von Berichten über das rätselhafte Verschwinden des Goldenen Gürtels. Bob als der Verantwortliche für das Archiv schnitt die Artikel aus und klebte sie in das Sammelalbum der drei ???. Obgleich dies kein von ihnen selbst bearbeiteter Fall war, interessierte sich Justus lebhaft dafür und las jedes Wort, das darüber gedruckt wurde.

Aus der Zeitung erfuhren sie neben den Tatsachen, die ihnen schon bekannt waren, auch einiges Neue. Den Stromausfall im Peterson-Museum hatte ein Mann im Arbeitsanzug, scheinbar ein Mechaniker, verursacht. Jemand hatte gesehen, wie er sich, mit einer starken Drahtschere ausgerüstet, an die Rückseite des Gebäudes heranmachte.

Ein paar Minuten später, als er mit einem geschlossenen schwarzen Transporter davonfuhr, war er wieder beobachtet worden. Zu dieser Zeit dachten sich die Zeugen nichts dabei, aber kurz danach ging innen der Alarm und damit die Aufregung los. Es stand fest, dass jener Mann mit der Diebesbande im Innern nach einem genau festgelegten Zeitplan zusammengearbeitet hatte. In der Finsternis, für die er gesorgt hatte, waren seine Komplizen schleunigst zur Tat geschritten.

Das große Rätsel blieb aber: Wer war die Bande im Saal gewesen? Aus dem Hinterausgang war niemand entkommen, die Zeitungen berichteten, er sei gleich nach dem ersten Alarmton verschlossen und von außen scharf bewacht worden. Aus einem Fenster konnte niemand geflüchtet sein, weil es überhaupt keine Fenster gab. Alle Besucher waren durchs vordere Portal hinausgegangen und alle waren gründlich durchsucht worden. Weiter hieß es, ein Schauspieler namens Edmund Frank sei verhört und wieder freigelassen worden.

»Ich möchte nur wissen, was Mr Frank denen erzählt hat«, murmelte Justus und knetete seine Unterlippe zwischen den Fingern. »Er ließ absichtlich einen roten Stein herunterfallen, den der Aufseher für gestohlen halten musste. Anscheinend war das Ganze eine Art Jux, vielleicht als Eigenwerbung gedacht, und der Stein war wohl aus Glas.«

Grüblerisch zog Justus die Stirn in Falten. »Das andere war zweifellos das Werk von berufsmäßigen Einbrechern, die in ihrer Planung mit Sekundenbruchteilen rechnen«, sagte er. »So viel können wir aus der Art und Weise, wie die Tat vollbracht wurde, ersehen. Aber ich muss gestehen, alles Weitere ist mir ein Rätsel. Wer waren sie, wo gingen sie hin und wie schafften sie den Goldenen Gürtel aus dem Museum?«

»Vielleicht waren es die Aufseher?«, rief Bob. »Vielleicht ließen sie sich nur beim Museum anstellen, um diesen Diebstahl begehen zu können?«

Peter und Justus sahen ihn achtungsvoll an.

»Das ist keine schlechte Idee, Bob«, meinte Peter. »Aber ich habe auch eine. Vielleicht versteckten sich die Täter im Museum und verschwanden erst, als alle Leute fort waren.«

»Nein.« Justus schüttelte den Kopf. »In der Zeitung steht, das

Museum sei gründlich durchsucht worden, und man habe niemanden entdeckt, der dort nichts zu schaffen hatte.«

»So ein alter Bau hat manchmal Geheimkammern«, sagte Peter. »Könnte es nicht sein, dass –«

»Nein«, fiel ihm Bob ins Wort. »Die Aufseher waren es. Es kann gar nicht anders sein.«

Justus saß stumm da und überlegte.

»Zunächst einmal ist gar kein Anlass für den Diebstahl des Goldenen Gürtels ersichtlich«, sagte er dann. »Er lässt sich nur sehr schlecht verstecken und verkaufen, und er ist weit weniger wert als die Regenbogen-Juwelen. Warum haben die Diebe nicht die Steine mitgenommen? Die hätten sie leicht in die Tasche stecken und später ohne Risiko verkaufen können. Ich wette, wir könnten den Raub aufklären, wenn wir die Antwort auf diese Frage wüssten.«

Justus lehnte sich auf seinem kunstvoll reparierten Drehstuhl im engen Büroraum der Zentrale zurück. Er dachte sichtlich angestrengt nach. Die beiden anderen konnten beinahe hören, wie es in seinem Gehirn blitzschnell schaltete.

»Wir wollen mal zusammenfassen, was wir sicher wissen«, meinte Justus. »Erstens: Das Licht ging aus. Dafür sorgte draußen ein Verbündeter. Zweitens: Geängstigte Frauen und Kinder behinderten die Aufseher. Wir können als sicher annehmen, dass die Bande absichtlich den Kinder-Großkampftag im Museum wählte, weil sie genau voraussahen, wie es dabei zugehen würde.«

»Richtig«, sagte Peter.

»Und drittens: Als die Wachen die Regenbogen-Juwelen absicherten, schlug einer der Diebe den Schaukasten mit dem

Goldenen Gürtel von oben ein und holte den Gürtel heraus. Das muss in jedem Fall eine große Person gewesen sein.«

»Manche von den Aufsehern waren recht groß«, brachte Bob in Erinnerung.

»Stimmt«, gab ihm Justus recht. »Ja, und als der Alarm losging, rannte alles zum Ausgang und dort gab es ein großes Gedränge. Als schließlich alle draußen waren, wurden sie von Mr Togati, dem japanischen Sicherheitsbeamten, und den Aufsehern durchsucht. Danach durften alle nach Hause gehen.«

»Uns hat man regelrecht weggeschickt!«, sagte Peter empört. »Und dabei hattest du ihnen angeboten, dass wir bei der Aufklärung des Falles helfen.«

Justus schien etwas verlegen, aber er sagte nur: »Bestimmt dachten sie, wir seien zu jung, um ihnen bei der Aufklärung viel nützen zu können. Schade, dass der Museumsdirektor nicht Albert Hitfield heißt. Ich bin sicher, er würde uns Gelegenheit verschaffen, den Fall aufzuklären.«

»Ich weiß nicht recht, ob wir das auch wollten«, meinte Peter. »Bis jetzt tappen wir genauso im Dunkeln wie die Polizei.«

»Ein Umstand scheint mir sehr verdächtig«, sagte Justus ernsthaft. »Mr Frank könnte mehr wissen, als er ausgesagt hat.«

»Mr Frank?« Bob und Peter starrten ihn an. »Wie meinst du das?«

»Wisst ihr noch genau, was passierte?« Justus lehnte sich vor und senkte die Stimme. »Mr Frank erzählte uns, jetzt käme sein Auftritt. Dann zog er sein Taschentuch heraus und ließ einen falschen Stein auf den Boden fallen. Dadurch wurde der am nächsten stehende Aufseher misstrauisch und pfiff. Und was geschah dann?«

»Dann?«, wiederholte Bob. »Na, alle im Saal schauten her. Und alle Aufseher drängten sich um Mr Frank.«

»Genau!« Justus kostete seinen Triumph aus. »Es sollte ablenken. Ich muss daraus schließen, dass die Haupttäter im Schutz dieser ablenkenden Situation ihren Coup unbemerkt vorbereiteten.«

»Vorbereiteten – wie denn?«, fragte Peter.

»Das weiß ich noch nicht«, bekannte Justus. »Auf alle Fälle klappte es mit der zeitlichen Abstimmung hervorragend. Mr Frank ließ den falschen Stein fallen. Ein Aufseher pfiff. Seine Kollegen kamen angelaufen. Und eine oder zwei Sekunden später gingen die Lichter aus. In diesen zwei Sekunden muss die Bande den entscheidenden Schritt unternommen haben.«

Bob sah nachdenklich aus. »Just, ich glaube, da ist was dran«, sagte er. »Aber bisher weiß keiner, wer die Bande war und wie sie den Goldenen Gürtel herausgeschafft hat. Also sind wir noch nicht weitergekommen.«

Jeder schwieg und machte sich seine Gedanken.

Da klingelte das Telefon.

Beim dritten Klingeln griff Justus zum Hörer und knipste den Radio-Lautsprecher an, der allen das Mithören ermöglichte.

»Justus Jonas?«, fragte eine Frauenstimme. »Sie werden von Albert Hitfield verlangt.«

»Vielleicht hat er einen Fall für uns!«, rief Bob begeistert.

Seit Albert Hitfield, der berühmte Filmregisseur, sich für die Arbeit der drei ??? interessierte, hatte er ihnen schon mehrere aufregende Fälle vermittelt.
»Hallo, Jonas junior!« Nun war Mr Hitfield selbst am Apparat. »Habt ihr gerade einen Fall in Arbeit?«
»Nein, Sir!«, erwiderte Justus. »Das heißt, wir haben im Peterson-Museum unsere Hilfe bei der Aufklärung des Gürtel-Diebstahls angeboten, aber man sagte uns, wir seien zu jung.«
Albert Hitfield lachte leise.
»Sie hätten euch ruhig ranlassen sollen«, sagte er. »Nach dem, was man in der Zeitung liest, hättet ihr euch auch nicht mehr blamiert als die Polizei. Auf jeden Fall freut es mich, dass ihr nicht ausgebucht seid. Vielleicht könnt ihr einer alten Bekannten von mir helfen, einer Schriftstellerin.«
»Das würden wir gern versuchen, Mr Hitfield«, sagte Justus. »Was hat die Dame denn für Sorgen?«
Albert Hitfield machte eine Pause, als suche er nach den passenden Worten.
»Ich bin nicht ganz sicher, mein Junge«, sagte er. »Aber am Telefon erzählte sie mir, sie werde von Gnomen belästigt.«
»Von Gnomen, Sir?«, stieß Justus verdutzt hervor. Auch Peter und Bob hatte das Gehörte verblüfft.
»Das sagte sie jedenfalls, junger Freund. Gnomen. Kleine Erdgeister, verwandt mit Kobolden und Elfen, die sich in Leder kleiden und dann unterirdisch als Schatzgräber hausen.«
»Ja, Sir«, entgegnete Justus. »Ich meine, wir wissen schon,

was Gnomen sind – das heißt, falls es sie wirklich gibt. Bekanntlich entstammen sie der Mythologie und der Fantasie.«

»Nun, meine Bekannte behauptet, sie seien leibhaftig. Sie schleichen sich nachts in ihr Haus und machen sich an ihren Büchern und Bildern zu schaffen. Sie hat große Angst vor ihnen, und sie möchte, dass ihr jemand hilft sie zu vertreiben. Sie hat dem Polizeiwachtmeister ihres Bezirks davon berichtet, und der hat sie so komisch angeschaut, dass sie sich jetzt weigert einem fremden Menschen noch irgendetwas anzuvertrauen.«

Ein kurzes Schweigen folgte.

»Also, was meinst du, mein Junge? Könnt ihr der Dame beistehen?«

»Jedenfalls wollen wir es versuchen, Sir!«, sagte Justus aufgeregt. »Bitte nennen Sie mir ihren Namen und ihre Adresse.«

Er notierte sich, was Albert Hitfield ihm angab, versprach dann, dass sie so bald wie möglich über ihre Ermittlungen berichten würden, und legte auf. Triumphierend sah er Bob und Peter an.

»Na ja, den Fall ›Goldener Gürtel‹ haben wir zwar nicht bekommen«, meinte er. »Aber ich möchte wetten, noch kein Detektiv hat jemals den Auftrag erhalten, sich Gnomen auf die Spur zu setzen!«

Spuk am Fenster

Mr Hitfields Bekannte, Miss Agatha Agawam, wohnte ziemlich weit entfernt in der Innenstadt von Los Angeles. Justus holte bei seiner Tante Mathilda die Erlaubnis ein, dass der Ire Patrick, einer der beiden Brüder, die im Schrottlager arbeiteten, sie mit dem kleinen Lastwagen hinfuhr.

Mrs Jonas hatte nichts dagegen einzuwenden, da die Jungen in letzter Zeit fleißig im Betrieb mitgeholfen hatten. Sie bekamen alle etwas zu essen – wenn es Essenszeit wurde, setzten sich meist auch die Freunde mit an den Tisch – und dabei wurde der Museumsdiebstahl noch einmal durchgesprochen. Justus drängte darauf, dass jeder überlegen solle, ob ihm vielleicht etwas Verdächtiges aufgefallen sei.

»Ich habe gesehen, dass eine Gruppenleiterin bei den Pfadfinderinnen eine sehr hoch aufgebauschte Frisur hatte, wie eine Perücke«, brachte Peter vor. »Vielleicht hatte sie den Gürtel unter der Perücke versteckt.«

Justus stöhnte nur. Dann sagte Bob:

»Ich hab einen alten Mann gesehen, der am Stock ging. Vielleicht war der hohl und der Gürtel steckte innen drin.«

»Ihr beide bringt uns so nicht weiter«, beklagte sich Justus. »Perücken und Spazierstöcke! Die wären ein gutes Versteck für die Regenbogen-Juwelen, aber nicht für den Gürtel. Der ist zu unhandlich und schwer. Versucht doch euch an noch andere auffallende Dinge zu erinnern.«

»Mir fällt aber nichts mehr ein«, erklärte Peter. »Ich bin vom Nachdenken schon ganz erschöpft.«
»Ich auch«, sagte Bob. »Das Rätsel um den Goldenen Gürtel ist mir eine zu harte Nuss. Reden wir lieber von unserem neuen Fall. Ich habe im Lexikon nachgeschlagen, und –«
»Erzähl es uns unterwegs«, unterbrach ihn Justus. »Ich seh schon Patrick im Wagen warten.« Sie liefen hinaus und stiegen zu Patrick ins Führerhaus. Justus nannte ihm die Adresse und los ging es.
»Jetzt lass hören, was du über Gnomen gelesen hast, Bob«, schlug Justus vor.
»Gnomen«, fing Bob an, »sind zwergenhafte Geschöpfe, die der Sage nach im Erdinnern leben und dort Schätze bewachen. Im Lexikon steht noch, dass es auch Kobolde und Heinzelmännchen gibt, alles kleine Wesen, die unterirdisch hausen. Kobolde sind oft hässlich und missgestaltet und treiben gern bösen Schabernack, Heinzelmännchen hingegen tun den Menschen heimlich Gutes.«
»Und sie alle kommen nur im Märchen vor«, warf Peter ein. »In Wirklichkeit gibt es sie nicht. Nur in der Fantasie. Und in der Mi–, Mü–«
»Mythologie«, ergänzte Justus. »In der Legende. Als Fabelwesen.«
»War ja meine Rede«, meinte Peter. »Also: Was treiben mythologische, fantastische, unwirkliche und unmögliche Gnomen in Miss Agawams Haus?«
»Eben das wollen wir herausfinden«, erklärte ihm Justus.
»Aber an Gnomen glaubt doch keiner mehr«, entgegnete Peter beharrlich.

Jetzt meldete sich Patrick zu Wort. »Da irrst du dich, Peter«, sagte er. »In meiner Heimat, in Irland, gibt es sehr viele. Auch in anderen Gegenden in Europa, zum Beispiel im Schwarzwald. Und in Skandinavien nennt man sie Trolle. Niemand hat sie je gesehen, aber jeder weiß, dass es sie gibt. Besonders in den tiefen, unheimlichen Wäldern.«
»Da siehst du's«, sagte Justus. »Patrick glaubt also an Gnomen und Kobolde. Und Miss Agawam auch.«
»Aber wir sind hier nicht im tiefen, unheimlichen Wald«, erwiderte Peter, »sondern in der Großstadt Los Angeles im amerikanischen Bundesstaat Kalifornien. Ich wüsste zu gern, wozu sich Gnomen hier herumtreiben, vorausgesetzt, dass es vielleicht doch welche gibt.«
»Vielleicht sind es Goldgräber«, meinte Bob grinsend. »Im Jahr 1849 wurde hier zum ersten Mal Gold gefunden. Und die Gnomen haben wohl erst jetzt davon gehört und sind rübergekommen, um auch nach Gold zu suchen und es ihren unterirdischen Schatzkammern einzuverleiben.«

Die drei ??? *Könnte nicht auch der Goldene Gürtel den goldgierigen Gnomen in die Augen gestochen haben?*
Aber diese Vermutung ist wohl zu weit hergeholt. Denn jenes Kleinod wurde ja durch handfesten Einbruch geraubt, während zauberkundige Gnomen sich sicher mit magischen Kräften zu helfen gewusst hätten.

»Ob es nun Gnomen gibt oder nicht, auf alle Fälle tut sich hier irgendetwas Geheimnisvolles, und das werden wir zu ergründen versuchen«, meinte Justus. »Ich glaube, wir sind

gleich am Ziel.« Sie waren in einem sehr alten und heruntergekommenen Bezirk von Los Angeles angekommen.
Patrick fuhr langsamer, um nach der Hausnummer Ausschau zu halten. Dann hielten sie vor einem großen Gebäude, dessen Eingang mit Brettern vernagelt war. Von außen wirkte das Haus eher wie ein maurisches Schloss mit seinen Türmchen und Kuppeln und den vielen Verzierungen mit Goldanstrich, der aber glanzlos und abgeblättert war. Auf einem verblassten Schild stand »Maurischer Palast« und darunter »Lichtspieltheater«, und einem neueren Schild zufolge würde hier demnächst ein zwölfgeschossiges Bürogebäude errichtet werden.
Sie fuhren weiter an einer hohen Hecke entlang, hinter der sie gerade noch ein dunkles, schmalbrüstiges Haus sehen konnten. Dann passierten sie ein Bankgebäude aus altertümlichem Mauerwerk, doch mit neuer Fassade, die den Bau moderner wirken ließ.
Hinter der nächsten Querstraße konnten sie einen Supermarkt und danach eine ziemlich schäbige Ladenstraße sehen. Offenbar war dies ein Geschäftsviertel.
»Wir müssen schon dran vorbeigefahren sein«, bemerkte Justus, als er die in die steinerne Fassade der Bank eingemeißelte Hausnummer las.
»Bestimmt war es das Haus hinter der Hecke«, meldete sich Bob. »Das ist das einzige Gebäude, das ein Wohnhaus sein könnte.«
»Bitte zurückstoßen und parken, Patrick«, entschied Justus.
Patrick setzte bereitwillig ein paar Meter zurück. Nun waren sie auf gleicher Höhe mit der Hecke, die fast zwei Meter

hoch, aber ziemlich licht war. Dahinter erspähten sie ein altes Haus, das sich vor seiner betriebsamen Umwelt zu verstecken schien.
Peter sah als Erster das kleine Schild an einem weißen hölzernen Gartentor in der Hecke und las laut:
»A. Agawam. Das ist tatsächlich das Haus. Aber dass jemand freiwillig hier wohnt, ist mir ein Rätsel. Hier ist es nachts auch ohne Gnomen unheimlich.«
Die Jungen stiegen aus und Justus ging zu dem Tor in der Hecke. Es war verschlossen. Eine vergilbte alte Karte unter Glas war daran befestigt, auf der in großen, zittrigen Buchstaben aufgemalt stand: »Bitte läuten. Gnomen, Elfen und Zwerge bitte pfeifen.«
»Gnomen, Elfen und Zwerge bitte pfeifen!«, rief Peter fassungslos. »Mensch, Just, kannst du mir vielleicht erklären, was das heißen soll?«
Justus Jonas runzelte die Stirn. »Na, es hört sich an, als glaubte Miss Agawam wirklich an diese Märchengestalten. Wir sind weder Gnomen noch Elfen oder Zwerge. Immerhin könnten wir schon mal anfangen zu untersuchen, was hier los ist. Peter, du kannst gut pfeifen. Pfeif mal.«
Peter war verwirrt. »Warum müssen wir es uns nur immer so schwer machen?«, brummelte er. Aber er spitzte den Mund und pfiff kunstreich wie eine Spottdrossel.
Sie warteten. Dann fuhren sie zusammen, als aus dem Gebüsch eine Stimme zu ihnen drang.
»Ja bitte, wer ist da?«
Justus hatte sofort begriffen, dass im Strauchwerk ein kleiner Lautsprecher versteckt sein musste. Dadurch konnte

die Hausbewohnerin mit jedem Ankömmling am Tor erst sprechen, ehe sie ihn hereinließ. Er spähte ins Gebüsch und bemerkte ein Vogelhäuschen. Zweifellos verbarg sich darin der Lautsprecher und war gleichzeitig wettergeschützt.
»Guten Tag, Miss Agawam«, sagte er höflich in Richtung Vogelhaus. »Wir sind drei Detektive. Mr Hitfield hat uns gebeten Sie aufzusuchen.«
»Oh, natürlich. Ich mache gleich auf.« Die Stimme klang hoch und singend, fast wie Vogelgezwitscher.
Es summte laut, als der Schließmechanismus des Tors über einen Knopf im Hausinnern betätigt wurde. Das Tor öffnete sich und die drei traten ein.
Einen Augenblick lang blieben sie stehen. Es war fast, als hätten sie die Stadt ganz hinter sich gelassen. Die übermannshohe Hecke versperrte die Sicht zur Straße. An einer Seite erhob sich mehrere Stockwerke hoch die kahle Ziegelmauer des ehemaligen Theaters, auf der anderen Seite die Granit-Seitenwand der Bank. Zwischen beiden Gebäuden stand das alte Haus wie eingekeilt. Es war dreigeschossig und sehr schmal, und die Holzverkleidung der Außenmauern war unter dem dauernden kalifornischen Sonnenschein schon ganz rissig geworden. Auf einer kleinen Terrasse an der Vorderseite standen ein paar Blumenkästen als einziger bunter Fleck auf dem kleinen Grundstück.
Jeder der Jungen empfand das Gleiche: Das war ein Haus wie aus dem Märchenbuch – ein richtiges altes Hexenhaus.
Aber Miss Agawam, die ihnen die Tür öffnete, war keine Hexe. Sie war groß und schlank, hatte lebhafte Augen, weißes Haar und eine liebe Stimme.

»Kommt herein, ihr drei«, sagte sie. »Sehr nett von euch, dass ihr gekommen seid. Ich führe euch in mein Arbeitszimmer.«
Sie ging voran, eine lange Diele entlang bis zu einem großen Raum voller überquellender Bücherregale. Die freien Wände waren bis oben hin mit Gemälden und Kinderfotos behängt.
»So, ihr Jungen«, sagte Miss Agawam, indem sie auf drei Stühle wies, »nun setzt euch bitte und lasst euch erzählen, warum ich meinen alten Freund Albert Hitfield anrief. Seit einiger Zeit werde ich von Gnomen belästigt. Vor ein paar Tagen meldete ich es auf unserem Polizeirevier, aber der Wachtmeister sah mich so sonderbar an, dass ich – also, die Polizei erfährt von mir kein Wort mehr über Gnomen!«
Sie hielt inne. Und genau in diesem Augenblick stieß Bob urplötzlich einen Schrei aus.
Er hatte es sich gerade in einem Sessel bequem machen wollen und dabei war sein Blick zufällig zu einem der Fenster gewandert. Und von dort starrte etwas zu ihnen herein – ein kleiner Kerl mit Zipfelmütze, aber dem Augenschein nach kein menschliches Wesen. Er trug einen schmutzigen weißen Vollbart, hatte eine kleine Spitzhacke geschultert und blickte wild und grimmig drein …

Von Gnomen und Zwergen

»Ein Gnom!«, schrie Bob. »Er belauscht uns!«
Aber ehe sich die anderen umdrehen konnten, war der Kleine verschwunden.
»Er ist weg!«, rief Bob und sprang auf. »Vielleicht ist er noch im Hof!«
Er stürzte zum Fenster, Peter und Justus drängten nach. Das Fenster lag in einer düsteren Nische zwischen zwei Bücherregalen. Bob fasste nach dem Griff, doch seine Hand stieß gegen eine glatte Glasfläche. Bob zwinkerte verblüfft mit den Augen.
»Das ist ein Spiegel«, sagte Justus. »Du hast da was in einem Spiegel gesehen, Bob.«
Bob wandte sich verwirrt um. Nun erhob sich auch Miss Agawam und wies in die entgegengesetzte Richtung.
»Dort drüben ist das Fenster«, erklärte sie. »Freilich, es spiegelt sich hier im Spiegel. Ich mag das, weil es den Raum größer erscheinen lässt.«
Die Jungen liefen zu dem offenen Fenster an der gegenüberliegenden Wand. Justus lehnte sich hinaus und blickte angestrengt in den Hof hinaus.
»Niemand in Sicht«, stellte er fest.
Peter trat zu ihm. »Der Hof ist ganz leer«, meldete er. »Bist du sicher, dass du was gesehen hast, Bob?«
Verdutzt betrachtete Bob den festen Erdboden unter dem

Fenster, den leeren Hof, die hohe Ziegelmauer des ehemaligen Theaters. Nichts rührte sich dort. Und ein bärtiger kleiner Gnom war schon gar nicht auszumachen.

»Vielleicht ist er um die Hausecke geschlüpft«, sagte er. »Ich habe ihn ganz bestimmt gesehen. Wir sollten den Hof absuchen. Das Tor ist ja geschlossen, da kann er also nicht hinaus.«

»Ich fürchte, ihr werdet ihn nicht finden, wenn es ein Gnom war«, sagte Miss Agawam. »Sie haben ja magische Kräfte.«

»Ich wäre schon fürs Suchen«, entgegnete Justus. »Gibt es hier eine Hintertür?«

Miss Agawam führte die Jungen über die Diele zu einer Tür, die sich zu einer kleinen Veranda hin öffnete. Die drei liefen in den Hof hinaus.

»Peter, du gehst nach links!«, rief Justus. »Bob und ich halten uns rechts.«

Es gab nicht viel zu untersuchen. Auf dem Hof wuchsen nur ein paar struppige Sträucher. An der Hinterseite war ein hoher Bretterzaun, hinter dem ein schmales Sträßchen für die Anlieger verlief. Im Zaun war nirgends ein Durchschlupf und die einzige Tür war abgeschlossen. An der einen Hofseite, in der Mauer des alten »Maurischen Palasts«, befand sich wohl ein Notausgang mit einer eisernen Tür, aber auch diese erwies sich als fest verschlossen und obendrein in den Angeln völlig verrostet, als sei sie jahrelang nicht mehr benützt worden.

»Hier ist er nicht durchgegangen«, stellte Bob fest.

Bob und Justus schauten noch in den Büschen nach und untersuchten die Kellerfenster des Hauses. Alle waren ge-

schlossen und völlig verschmutzt. Dann gingen sie nach vorn zur Hecke. Doch auch dort gab es keine offenen Stellen. Nirgends hätte ein kleines bärtiges Wesen aus dem Hof entschlüpfen können.
Die seltsame kleine Gestalt, die Bob gesehen hatte, konnte sich allem Anschein nach nur in Luft aufgelöst haben!
Peter kam heran. Er hatte dasselbe gefunden wie die Freunde – nichts.
»Schauen wir mal nach Fußspuren«, schlug er vor. »Unter dem Fenster.«
Sie gingen ums Haus herum zu der Seite, wo das Arbeitszimmer lag. Unter dem Fenster war der Erdboden zusammengebacken und trocken – viel zu hart, um irgendwelche Abdrücke zu zeigen.
»Keine Fußspuren«, sagte Justus enttäuscht. »Aber dafür ein neues Rätsel.«
»Was für ein Rätsel?«, fragte Bob.
Justus bückte sich und hob etwas auf. »Schaut euch das an. Ein feuchtes Erdklümpchen, das von einem Schuh weggefallen sein könnte.«
»Oder aus einem von Miss Agawams Blumenkästen!«, hielt Bob dagegen.
»Mag sein«, erwiderte Justus. »Aber seht mal zum Fenster hoch. Der Fenstersims hängt über unseren Köpfen. Und du meinst, du hättest ein ganz kleines Wesen am Fenster gesehen, Bob?«
»Einen Zwerg, vielleicht einen Meter groß«, antwortete Bob. »Er hatte eine Zipfelmütze auf und einen langen schmuddeligen Bart, und über der Schulter trug er eine

kleine Spitzhacke. Ich konnte seinen ganzen Oberkörper sehen. Er sah zu uns herein und schaute aus, als sei er furchtbar zornig.«

»Ja, aber«, wandte Justus ein, »wie kann ein Gnom, der nur einen Meter groß ist, hier draußen stehen und zu einem Fenster hereingucken, das mindestens zwei Meter über dem Boden liegt?«

Die Frage machte sie alle zunächst stutzig, bis Peter weiterwusste.

»Mit einer Leiter natürlich. Er stand auf einer Leiter.«

»Auf einer ganz kleinen zusammenklappbaren Leiter?«, fragte Justus spöttisch. »Die er dann einfach in die Tasche steckte, ehe er durch ein Schlupfloch in die vierte Dimension entwischt ist?«

Peter kratzte sich am Kopf. Bob zog die Stirn in Falten.

»Gnomen können zaubern«, meinte Bob schließlich.

»Es muss eine Art Zauberei gewesen sein.«

»Möglicherweise hast du in Wirklichkeit gar nichts gesehen, Bob«, erwog Justus. »Du hast ja eine sehr lebhafte Fantasie.«

»Freilich hab ich ihn gesehen!«, sagte Bob erregt. »Sogar seine Augen! Sie waren rot glühend.«

»Ein Gnom mit rot glühenden Augen«, stöhnte Peter. »Mannomann! Kannst du dir's nicht anders überlegen und sagen, du hast es dir eingebildet, Bob?«

In Bob begannen sich Zweifel zu regen. Immerhin hatte er nur einmal kurz hinsehen können.

»Tja, ich weiß nicht«, sagte er. »Ich meine schon, dass ich ihn gesehen habe, aber wahrscheinlich hast du recht. Ich dachte gerade an einen Gnomen, wie er im Lexikon abgebildet ist, und – na gut, es war wohl wirklich bloß Einbildung von mir.«

»Also«, meinte Justus, »wenn es Einbildung von dir war, können wir auch nichts finden. Aber wenn du tatsächlich etwas gesehen hast, was es auch immer war, dann muss es die Fähigkeit besitzen, sich unsichtbar zu machen, denn hier im Hof ist es auf keinen Fall.«

»Und einen Ausgang gibt's hier nicht«, ergänzte Peter.

»Wir gehen am besten wieder rein und hören uns an, was Miss Agawam zu berichten hat«, schlug Justus vor.

Sie gingen vorn am Haus die Stufen hinauf. Miss Agawam öffnete ihnen die Tür.

»Ihr habt nichts gefunden, oder?«, fragte sie.

»Nein«, erklärte Bob. »Er ist einfach weg. Er kann sich hier nirgends verstecken, also muss er irgendwie verschwunden sein.«

»Das hatte ich schon befürchtet«, sagte Miss Agawam. »So ist das eben mit Gnomen. Im Übrigen begegnet man ihnen nur äußerst selten bei Tag. Doch nun wollen wir Tee trinken, und dann erzähle ich euch, wie alles kam.«

Sie schenkte Tee aus einer feinen Porzellankanne ein. »Ich glaube bestimmt, dass ihr Jungen mir bei diesen rätselhaften Vorfällen eine Hilfe sein könnt. Mr Hitfield erzählte mir, ihr hättet schon mehrere sehr ungewöhnliche Fälle aufgeklärt.«

»Ja, es war manchmal recht aufregend«, bestätigte Peter und nahm eine Tasse Tee entgegen, in die er reichlich Milch und Zucker tat. »Das Aufklären war allerdings zum größten Teil Justs Sache, nicht, Bob?«

»Zu einem großen Teil, ja«, bekannte Bob. »Einiges haben wir aber auch beigetragen, stimmt's, Just? … Just!«
Justus, dessen Blick zu einer auf dem Sofa nebenan liegenden Zeitung abgeschweift war, fuhr zusammen.
»Was ist?«, fragte er, und als Bob seine Frage wiederholte, antwortete er an Miss Agawam gewandt: »Wir drei arbeiten zusammen. Ohne Hilfe von Peter und Bob hätte ich nie etwas erreicht.«
»Ich sah eben, wie du die Überschrift zu dem Artikel über den sonderbaren Vorfall im Museum gelesen hast«, bemerkte Miss Agawam, während sie Kekse herumreichte (wovon sich Justus gleich mehrere auf einmal nahm). »Ach ja, die Welt ist voller Seltsamkeiten, nicht wahr?«
Justus ließ sich einen Keks schmecken. Dann sagte er: »Wir waren zufällig im Museum, als der Goldene Gürtel gestohlen wurde, und dieser Fall gibt uns bis jetzt nur Rätsel auf. Wir haben unsere Hilfe angeboten, aber – na ja, der Verantwortliche hielt uns für zu jung.«
»Er hat uns weggeschickt!«, sagte Peter missmutig.
»Das war bestimmt ein Fehler«, meinte Miss Agawam. »Von meinem sehr selbstsüchtigen Standpunkt aus bin ich jedoch froh, dass ihr zurzeit nicht mit etwas anderem beschäftigt seid. Aber ehe wir uns über meine Probleme unterhalten, soll uns der Tee munden. Ich halte nämlich nichts davon, etwas Ernstes beim Essen zu besprechen.« Sie schenkte Tee nach.
»Ach ja – das erinnert mich richtig an früher«, sagte Miss Agawam zufrieden, während sie aßen und tranken. »Damals verging keine Woche, in der ich nicht all meine Gnomen, Elfen und Zwerge zum Tee einlud.«

Bob hätte sich beinahe an einem Keks verschluckt. Justus wurde aufmerksam.

»Sie meinen, Sie hatten die Kinder aus der Nachbarschaft zum Tee eingeladen?«, fragte er. »Und die nannten Sie Ihre Gnomen, Elfen und Zwerge?«

»Ja, genau das!« Miss Agawam strahlte ihn an. »Das hast du ja haargenau erraten. Aber wie kommst du nur darauf?«

»Ganz logisch«, sagte Justus. Er zeigte auf die Fotografien an den Wänden. »Hier hängen viele Bilder von Kindern. Auf den meisten steht eine Widmung. ›Herzlichst für Miss Agatha‹ oder so etwas. Außerdem steht gleich neben der Tür ein Regal voller Bücher, die Sie selbst verfasst haben. Mr Hitfield sagte uns schon, Sie seien Schriftstellerin. Mir sind ein paar Titel besonders aufgefallen, zum Beispiel ›Festtag im Gnomenreich‹ oder ›Sieben kleine Kobolde‹. Ich schließe daraus, dass Sie viel über solche Fantasiegeschöpfe geschrieben haben und dass Sie wahrscheinlich Ihre kleinen Leser zum Spaß Gnomen, Zwerge und Elfen nannten.«

Peter und Bob sahen Justus mit offenem Mund an. Auch sie hatten die Bilder und Bücher bemerkt, sich aber nichts weiter dabei gedacht.

»Ja, genau so ist es!« Miss Agawam klatschte entzückt in die Hände. »Bis auf eines. Du sagtest, Gnomen seien Fantasiegeschöpfe. Und das sind sie eben nicht. Es gibt sie wirklich. Ich weiß es genau. Als ich nämlich klein war, war mein Vater recht wohlhabend und ich hatte eine Erzieherin aus Deutschland. Sie kannte all die wundersamen Geschichten von Gnomen und anderem kleinen Volk, wie es im Schwarzwald haust. Als ich später mit Schreiben anfing, spann ich ihre Geschichten weiter. Sie hatte mir auch ein großes Buch geschenkt, das sie aus ihrer Heimat mitgebracht hatte. Es ist natürlich deutsch geschrieben, aber die Bilder sind euch ja verständlich.«

Sie stand auf und nahm ein Buch aus dem Regal, einen großen alten Lederband.

»Dieses Buch wurde vor rund hundert Jahren in Deutschland gedruckt«, sagte Miss Agawam. Sie blätterte die Seiten um, während die Jungen sich herandrängten.

»Der Verfasser hat sich monatelang im Schwarzwald aufgehalten und auch selbst die Zeichnungen von Gnomen, Zwergen und Elfen dazu gemacht. Seht euch mal dieses Bild hier an!«

Sie blätterte weiter und fand eine ganzseitige Zeichnung eines furchterregenden kleinen Mannes mit lederner Zipfelkappe. Seine Ohren, Hände und Füße waren groß und behaart und in einer Hand hatte er eine kurze Spitzhacke. Seine Augen blickten wild und stechend.

»Er sieht genauso aus wie der, den ich zum Fenster reinschauen sah – wirklich!«, rief Bob.

»Der Erzähler nennt ihn den ›bösen Gnomenkönig‹«, erklärte Miss Agawam. »Manche Gnomen sind böse und treiben mutwilligen Unfug, andere wieder nicht. Die bösen – so sagt der Verfasser hier – haben rot glühende Augen.«

»Puh!« Bob schauerte beim Gedanken an die roten Augen, die ihn kurz angefunkelt hatten – nun ja, jedenfalls war es ihm so vorgekommen.

Miss Agawam blätterte noch ein paar Seiten um und zeigte den Jungen Bilder vom Gnomenvolk, das die gleiche Kleidung trug, aber nicht ganz so bösartig aussah wie der König. »Die Gnomen, die mir jetzt begegnet sind, sahen genauso aus wie auf diesen Bildern«, verriet sie und klappte das Buch zu. »Daher weiß ich, dass es Gnomen sind und dass es sie wirklich gibt. Ich werde euch gleich berichten, was eigentlich vorgefallen ist. Aber lasst mich erst noch etwas über die alten Zeiten erzählen, als ich durch meine Bücher aus dem Zwergen- und Gnomenreich eine bekannte Schriftstellerin war.«

Sie seufzte. Sichtlich war ihr die Erinnerung an jene alten Zeiten lieb und teuer.

»Meine Geschichten wurden damals sehr viel gelesen und ich verdiente eine Menge Geld damit. Das ist natürlich nun sehr lange her – viele Jahre, ehe ihr zur Welt gekommen seid –, aber damals kamen oft Kinder zu mir auf Besuch und baten mich, ihre Exemplare meiner Bücher zu signieren. Ich mag Kinder sehr gern und alle Nachbarskinder waren meine Freunde. Doch dann veränderte sich die ganze Umgebung hier. All die alten Häuser wurden abgerissen und die schönen Bäume gefällt und an ihrer Stelle baute man Läden. Und all meine alten Freunde, die Kinder, wurden groß und zogen fort. Von vielen Seiten riet man mir zu, mein Haus ebenfalls zu verkaufen und wegzuziehen, aber ich wollte nicht. Ich hatte immer hier gewohnt, und ich hatte mir vorgenommen hierzubleiben, was auch geschehen mochte. Ihr könnt sicherlich begreifen, dass ich meine alte Heimat nicht aufgeben wollte, nicht wahr?«, fragte sie.

Die Jungen nickten.

»Aber es sollte sich noch vieles ändern.« Miss Agawam seufzte. »Vor ein paar Jahren musste sogar das Lichtspieltheater nebenan schließen. Es wohnten nur noch wenige Leute hier, die Filme sehen wollten. Mit meiner Karte am Tor lud ich dann meine Gnomen, Elfen und Zwerge ein, zu pfeifen, wenn sie hereinwollten – nur so zur Erinnerung an die gute alte Zeit. Und was meint ihr – von Zeit zu Zeit kommt wirklich noch Besuch von früher. Aber du liebe Güte, sind sie inzwischen alle groß geworden! Sie sind erwachsen und haben selber Kinder, ja sogar Enkel. Ihr seht also, wie lange das her ist.«

Sie machte eine Pause. Die drei konnten gut nachfühlen, wie alles gekommen war.

»Vielleicht sollte ich jetzt doch wegziehen«, seufzte Miss Agawam schließlich. »Mr Jordan, der das Theater nebenan abreißen und ein Bürohaus bauen will, möchte mir das Haus abkaufen, damit er noch größer bauen kann. Aber, lieber Himmel – hier bin ich geboren, und hier will ich auch bleiben, egal wie viele Hochhäuser man um mich herum baut!«

Man merkte ihr den felsenfesten Entschluss an. Die Jungen konnten sich leicht vorstellen, wie sie allen Kaufangeboten eisern widerstand.

Miss Agawam schenkte sich eine letzte Tasse Tee ein.

»So, nun ist genug von früher geredet. Es wird Zeit, sich mit dem Heute zu befassen. Nachdem ich all die Jahre über Gnomen geschrieben hatte, war ich doch nicht darauf gefasst, sie leibhaftig vor mir zu sehen. Aber es geschah. Neulich abends …«

»Bitte erzählen Sie es uns ganz genau«, bat Justus. »Bob, du schreibst mit.«

Beflissen zog Bob sein Notizbuch heraus. Er hatte in der

Schule Kurse in Steno und Maschinenschreiben mitgemacht und beherrschte beides ganz gut. Später einmal wollte er wie sein Vater als Journalist arbeiten.

»Normalerweise habe ich einen sehr festen Schlaf«, fuhr Miss Agawam fort, »aber kürzlich wachte ich gegen Mitternacht auf und hörte ein seltsames Geräusch. Es klang, wie wenn jemand tief im Boden mit einer Hacke im Gestein arbeitet!«

»Mit einer Hacke? Um Mitternacht?«, fragte Justus.

»Ja, genau. Erst glaubte ich, ich müsse mich geirrt haben. Mitten in der Nacht gräbt doch keiner, höchstens –«

»Gnomen!«, beendete Peter den Satz.

»Ja, Gnomen«, bestätigte Miss Agawam. »Ich stand auf und ging ans Fenster. Draußen sah ich vier winzige Kerle herumhüpfen. Kleine Männchen, dem Anschein nach in Lederkleidung, spielten vor meinem Haus Bockspringen und schlugen Purzelbäume. So ganz genau konnte ich sie natürlich nicht sehen. Ich öffnete das Fenster und rief sie an. Und da verschwanden sie!«

Mit gerunzelter Stirn sah sie die Jungen an.

»Ich bin sicher, dass es kein Traum war, und am nächsten Tag berichtete ich alles dem Polizeibeamten in unserem Bezirk, Wachtmeister Horowitz. Ihr hättet sehen sollen, wie der mich anschaute. Na!«

Ihre blauen Augen blitzten empört.

»Er riet mir, ich solle gut auf mich achtgeben. Und er wollte wissen, ob ich nicht bald einmal in Urlaub fahren wolle. Da habe ich mir geschworen, dass die Polizei von mir kein Wort mehr über Gnomen erfährt!«

Gleich darauf lachte Miss Agawam.
»Ich war gekränkt«, bekannte sie. »Aber ich wachte in den folgenden Nächten wieder auf und hörte die gleichen Geräusche. Ich redete mir zwar ein, alles sei nur Einbildung, und sprach mit niemandem darüber. Aber in der dritten Nacht erhielt ich die Gewissheit, dass sie wirklich da waren. Da ging ich ans Telefon und rief meinen Neffen Roger an. Er hat seine Wohnung nicht sehr weit von hier. Er ist Junggeselle und mein einziger Verwandter. Ich bat ihn eindringlich, auf der Stelle herzukommen, und er versprach mir, sich sofort anzuziehen und loszufahren. Während ich auf ihn wartete, entschloss ich mich, im Keller nachzusehen, da die Geräusche von dort zu kommen schienen. Ohne einen Laut und ohne Licht schlich ich mich die Kellertreppe hinunter. Und die Geräusche wurden immer lauter. Da knipste ich meine Taschenlampe an – und was glaubt ihr, was ich sah?«
Miss Agawams Geschichte hatte die Jungen in ihren Bann gezogen. Bob platzte heraus: »Was denn?«
Miss Agawam senkte die Stimme. Sie sah die drei der Reihe nach an. Dann sagte sie: »Nichts. Ich sah überhaupt nichts!«
Enttäuscht stieß Bob den angehaltenen Atem aus. Er hatte so fest geglaubt, Miss Agawam hätte – nun, was sie gesehen haben könnte, war ihm ein Rätsel. Irgendetwas …
»Nein«, wiederholte Miss Agawam, »ich sah rein gar nichts. Ich drehte mich um und wollte wieder hinaufgehen, um auf Roger zu warten, als ich plötzlich doch etwas entdeckte … Ein kleines Wesen, nur einen Meter groß, allenfalls

ein wenig größer. Das Männchen trug eine Zipfelmütze, Wams und Hosen aus Leder und lederne Schuhe mit langen Spitzen. Es hatte einen schmutzigen weißen Bart und in einer Hand trug es eine kleine Spitzhacke. In der anderen hielt es eine Kerze. Im Licht der Kerze sah ich, wie seine Augen mich böse anfunkelten. Es waren glühend rote Augen!«

»Genau wie der, den ich zum Fenster hereinschauen sah!«, rief Bob.

»Oh ja, es war wirklich ein Gnom«, bestätigte Miss Agawam.

Die drei ??? *Es muss sich wohl tatsächlich um urechte, uralte Einwanderer aus dem Gnomenreich handeln, da sie bis ins Detail den Darstellungen in Miss Agawams altem deutschen Buch gleichen. Die Illustration wirkte auch auf mich so fabelhaft echt, dass ich sie ohne Zögern für einen historischen Sagenfilm dem Kostümbildner als Vorlage empfehlen würde. Aber sonderbar, sonderbar, dass die Gnomen ausgerechnet unter Miss Agawams Haus graben. In der geschilderten Nachbarschaft dürfte es doch weit und breit weder Gold- noch Diamantenvorkommen geben?*

Justus knetete sichtlich verwirrt seine Unterlippe zwischen den Fingern. »Und was passierte dann?«, fragte er.

Miss Agawams Hand zitterte ein wenig beim Teetrinken. »Der Gnom fauchte mich an, hob drohend seine Spitzhacke und blies seine Kerze aus. Danach hörte ich die Tür oben am Treppenabsatz zufallen. Als ich wieder Mut gefasst hatte und die Treppe hinaufgestiegen war, stellte ich fest, dass die Tür abgeschlossen worden war. Ich war im Keller gefangen!«

Mit großen Augen starrten die Jungen die alte Dame an. Plötzlich tat es in einer Ecke des Zimmers einen entsetzlichen Schlag. Alle vier erschraken heftig.

Erlauschtes gibt Rätsel auf

»Himmel hilf!«, keuchte Miss Agawam. »Was war das?« Dann gab sie sich selbst die Antwort. »Nanu!«, rief sie entgeistert. »Da ist mein Bild von der Wand gefallen!«

Die drei Jungen liefen zu der Stelle, wo ein großes Gemälde mit Goldrahmen auf dem Fußboden lag. Als Peter und Justus es aufrecht hinstellten, sahen sie ein kunstvolles Porträt, das Miss Agawam als junge Frau zeigte.

»Der Künstler, der meine Bücher illustrierte, hat es vor vielen Jahren gemalt«, erklärte Miss Agawam.

Das Bild zeigte sie im Gras sitzend, wie sie aus einem Buch vorlas, während sich viele seltsame kleine Geschöpfe – vermutlich sollten es Gnomen und Elfen sein – lauschend um sie drängten.

Das Bild war an einem Draht befestigt gewesen, der von einem Sims dicht unter der Decke herabhing, und dieser Draht war offenbar gerissen. Justus untersuchte die Stelle.

»Der Draht hier ist nicht von selbst gerissen, Miss Agawam«, stellte er fest. »Jemand hat ihn fast ganz durchgefeilt, sodass er früher oder später reißen musste.«

»Ach du liebe Güte!« Miss Agawam tupfte sich das Gesicht mit ihrem Taschentuch ab. »Das waren bestimmt die Gnomen! Gestern Abend, als – oh, so weit war ich ja noch gar nicht gekommen.«

»Den Draht werden wir gleich reparieren, Miss Agawam«,

sagte Justus. »Und das Bild hängen wir auch wieder auf. Sie können inzwischen weitererzählen.«

Vorsichtig hoben sie das Bild auf, und Peter, der sich bei kleinen Pannen geschickt zu helfen wusste, wand die abgerissenen Drahtenden fest umeinander.

Bob machte Notizen, während Miss Agawam mit ihrer Geschichte fortfuhr. Schon kurze Zeit nachdem sie im Keller eingeschlossen worden war, kam ihr Neffe Roger an und betrat das Haus mit seinem eigenen Schlüssel. Sie hatte gerufen und an die Tür gepocht, und er hatte sie befreit. Als sie ihm jedoch ihr Erlebnis berichtete, merkte sie trotz seiner liebevollen Art, dass er ihr kein Wort davon glaubte. Miss Agawam erkannte, dass er sie für eine Schlafwandlerin hielt und glaubte, sie hätte alles nur geträumt.

»So, jetzt bitte einen Augenblick, Miss Agawam«, sagte Justus, »wir wollen das Bild wieder aufhängen.«

Peter stellte sich auf einen Stuhl und Justus reichte ihm das Bild hinauf. Dabei beobachtete Bob, wie Justs Augen plötzlich aufblitzten. Bob wusste, was das bedeutete.

Justus hatte eine Erleuchtung gehabt!

»Was gibt's, Just?«, flüsterte Bob, als Peter vom Stuhl herabstieg.

Justus sah sehr selbstzufrieden aus. »Ich glaube, ich habe das Rätsel um den Goldenen Gürtel gelöst!«, flüsterte er zurück.

»Tatsächlich? Mensch, wie heißt die Lösung?« Bob musste sich mühsam beherrschen, um die Worte nicht laut hinauszuschreien.

»Und wie bist du draufgekommen, ausgerechnet jetzt und hier?«

Nanu, vom Bilderaufhängen hatten wir es doch zuvor schon einmal? Gibt es nicht Bilder, die in Wahrheit die Tür eines im Mauerwerk verborgenen Geheimfachs sind? (Nur lässt sich das besser in Privat-Museen als in einer öffentlich zugänglichen Sammlung vorstellen. Und außerdem: Wie sollte der Gürteldieb ein solches Versteck rasch und ungehindert erreichen können?)

»Ein Fingerzeig kann ganz unerwartet auftauchen«, antwortete Justus leise. »Wir reden später darüber. Jetzt müssen wir erst unsere Pflicht tun und Miss Agawam helfen.«

Bob seufzte. Er wusste, Justus würde kein Wort mehr sagen, solange es ihm nicht beliebte. Er versuchte sich vorzustellen, was Justus wohl den Fingerzeig gegeben haben mochte, aber es gelang ihm nicht. Also wandte er seine Aufmerksamkeit wieder Miss Agawam zu, die mit ihrem Bericht fortfuhr.

»Roger wünschte, dass ich mit ihm in seine Wohnung komme, aber ich wollte das nicht«, berichtete sie. »Er wartete noch ein Weilchen, aber wir hörten nichts mehr und da ging er wieder. In dieser Nacht geschah auch nichts mehr. Aber in der nächsten Nacht hörte ich wieder seltsame Geräusche. Ich hätte wohl Roger anrufen sollen, aber sein Verhalten in der Nacht zuvor – die Unterstellung, dass ich sicher nur einen Angsttraum gehabt hätte –, nun, das passte mir nicht. Ich wollte nicht, dass er von mir dachte, ich hörte und sähe Gespenster. Ich schlich mich vorsichtig die Treppe zum Erdgeschoss hinunter und hörte gerade noch, wie sich die Hintertür schloss. Und hier im Arbeitszimmer hatte jemand ein paar von meinen Bildern zu Boden geworfen. Alle meine Bücher waren aus den Regalen gerissen und aus manchen waren Seiten herausgefetzt worden. Als ob die Gnomen mit Absicht bösen Schabernack getrieben hätten. Und da haben sie wohl auch den Draht an meinem Bild hier angefeilt.«

Miss Agawam stützte einen Augenblick lang den Kopf in die Hände. »Ich war völlig durcheinander. Am Morgen rief ich dann Roger an und er kam her. Aber er mochte nicht glauben, dass das alles das Werk von Gnomen war. Er wollte mir sehr taktvoll beibringen, dass ich es selbst getan hätte, und er meinte, ich solle verreisen und gründlich ausspannen. Da warf ich ihn sozusagen hinaus. Ich wusste doch, dass alles wirklich geschehen war! Auf keinen Fall bin ich eine Schlafwandlerin, die Gespenster sieht! Nur – was bedeutet das alles?«, fragte Miss Agawam händeringend. »Das ist alles so seltsam. Ich begreife überhaupt nichts mehr!«

Peter und Bob erging es nicht anders. Wenn sie Miss Agawam ansahen, mussten sie einfach glauben, dass sie mit jedem Wort die Wahrheit sagte. Und gleichzeitig wirkte ihre Geschichte zu absurd, um wahr zu sein. Es war klar, dass auch Justus keine Patentlösung bereithatte. »Als Erstes müssen wir«, folgerte er, »den Beweis dafür finden, dass diese Gnomen tatsächlich existieren und Ihnen Streiche spielen, Miss Agawam.«

»Ja, richtig!« Sie presste die Hände gegeneinander. »Dann können wir herausfinden, was sie dazu treibt.«

»Wir müssen ihnen eine Falle stellen«, erklärte Justus.

»Was denn für eine Falle?«, wollte Peter wissen.

»Eine Falle in Menschengestalt«, erwiderte Justus. »Einer von uns wird über Nacht hierbleiben und einen von ihnen zu fangen versuchen.«
»Oh ja, das ist gut! Wer von uns macht das?«
»Du, Peter. An dich hatte ich sofort gedacht.«
»Ah – lass mal«, wehrte Peter ab. »Ich will keine Gnomenfalle in Menschengestalt sein. An diesem Ehrenamt liegt mir nichts. Auch wenn ich nichts von Gnomen halte – von einem solchen Risiko halte ich erst recht nichts.«
»Wir brauchen hier einen Wachtposten, der stark, flink und mutig ist«, sagte Justus. »Ich bin stark und ziemlich mutig, aber nicht sehr flink. Bob ist schnell und er hat wahren Löwenmut. Aber er ist nicht so stark wie wir. Nein, Peter – der Einzige von uns, der zugleich stark, schnell und mutig ist, bist du.«
Peter schluckte mühsam. Was macht man nur, wenn einem gesagt wird, man sei mutig, und einen aller Mut verlassen hat?
»Warum bleiben wir nicht alle hier?«, fragte er. »Sechs Augen sehen mehr als zwei. Wir können ja abwechselnd Wache schieben.«
»Ich müsste mit meinen Eltern heute Abend einen Besuch bei meiner Tante machen«, sagte Bob verlegen. »Ich scheide also aus.«
»Aber du kannst dich nicht rausreden, Just«, meinte Peter. »Morgen ist Sonntag und der Schrotthandel ist geschlossen. Wie wäre es, wenn wir beide hierblieben?«
Justus knetete wieder einmal seine Unterlippe. »Na schön«, sagte er. »Das ist vielleicht die beste Idee. Zu zweit richten

wir sicher mehr aus als einer allein. Wäre es Ihnen recht, Miss Agawam, wenn Peter und ich heute Nacht bei Ihnen blieben?«

»Ach, das wollt ihr tun?«, rief Miss Agawam erleichtert. »Das würde mich schrecklich freuen. Oben ist gleich neben der Treppe ein Zimmer, das ihr haben könnt. Macht es euch auch nichts aus? Ich will euch schließlich nicht in Gefahr bringen.«

»Die Gnomen haben Sie ja nicht angegriffen, Miss Agawam«, sagte Justus. »Ich glaube nicht, dass sie wirklich Böses im Schilde führen. Aber wir müssen sie zu Gesicht bekommen und möglichst einen fassen, um herauszufinden, was da vor sich geht. Heute Abend nach Einbruch der Dunkelheit kommen wir wieder her und warten. Wir werden versuchen, uns unbemerkt hereinzuschleichen, damit niemand merkt, dass hier Verstärkung eingezogen ist.«

»Das wäre ausgezeichnet«, rief Miss Agawam. »Ich warte dann auf euch. Ihr braucht nur zu klingeln.«

Als sie wieder draußen auf der Straße standen, platzte Peter heraus: »Na, wie ist es, Just – bildet sie sich das alles ein?«

»Ich weiß es nicht«, entgegnete Justus nachdenklich. »Möglich wäre es schon. Aber sie benimmt sich nicht wie jemand, der an solchen Einbildungen leidet. Vielleicht hat sie tatsächlich irgendwelche Gnomen gesehen.«

»Ach, geh!«, spöttelte Peter. »An Gnomen glaubt heute kein Mensch mehr.«

»Manche schon«, entgegnete Justus. »Manche Leute glauben ja auch an Gespenster.«

»Vor gar nicht so langer Zeit, im Jahre 1938«, meldete sich Bob, »entdeckten Wissenschaftler einen merkwürdigen Fisch, den man seit einer Million Jahren ausgestorben glaubte. Es ist der sogenannte Coelacanthus. Heute weiß die Forschung, dass er im Meer zu Tausenden, vielleicht auch zu Millionen vorkommt. Und nun« – Bob geriet richtig in Fahrt – »nehmen wir mal an, es gäbe wirklich eine ganz kleinwüchsige Rasse, die sich Kobolde und Elfen nennt. Nehmen wir weiter an, dass sie sich vor langer Zeit in Erdlöchern verstecken mussten, weil die größeren Völker sie umbringen und auffressen wollten. Dann könnten sie sehr wohl tatsächlich existieren, genau wie der Coelacanthus, nur dass noch niemand einen von ihnen gefangen hätte.«
»Ausgezeichnete Überlegung«, sagte Justus. »Ein guter Detektiv muss alle Möglichkeiten in Erwägung ziehen. Heute Abend, wenn wir wiederkommen, werden wir auf alles gefasst sein.«
Er blieb stehen und sah die Straße entlang. Peter wurde unruhig.
»Komm weiter«, sagte er. »Zurück zum Lastwagen und nach Hause. Es ist Zeit zum Abendessen und ich habe Hunger.«
»Ich finde, wir sollten erst noch ums Viereck gehen«, sagte Justus. »Wir haben zwar die Hecke und den Zaun von innen untersucht, aber nicht von außen.«
»Du willst sehen, ob es nicht doch irgendeine Stelle gibt, wo ein Gnom durchschlüpfen könnte?«, fragte Bob.
»Ja, sicher«, antwortete Justus. »Vielleicht enthüllt uns eine gründlichere Untersuchung noch etwas, was uns bisher entgangen ist.«

Sie gingen zusammen auf das alte Filmtheater an der Ecke zu, Peter mit neuerlich gemurmeltem Einwand, er habe doch Hunger.

Die drei ??? *Kurz zurück zum Gedankenspiel mit dem Coelacanthus. Kleinwüchsige Rassen gibt es unter uns Zweibeinern ja wirklich. Denkt nur an das Zwergvolk der Pygmäen. Und wer schon in einem großen Zirkus war, der weiß, dass Akrobaten und Spaßmacher nicht unbedingt Gardemaß haben.*

Die Eingänge zum Theater waren mit Brettern vernagelt, von denen Werbeplakate in Fetzen herunterhingen. Die Jungen schritten um die Ecke und die eine lange Seite des Gebäudes entlang, bis sie an das schmale Sträßchen kamen.
»Das ist ein Privatweg für die Anlieger, er führt auch an Miss Agawams Haus vorbei«, stellte Justus fest. »Wir gehen hier lang und sehen uns mal ihren Zaun an.«
Nach ein paar Schritten in der engen Gasse kamen sie an einer Metalltür in der rückwärtigen Mauer des alten Theaterbaus vorüber. »Eingang zur Bühne« stand in verblichenen Buchstaben darauf. Die Tür stand einen Spalt offen und zu ihrer Überraschung hörten sie drinnen Stimmengemurmel.
»Komisch«, meinte Justus, »an der Vorderfront steht ›Geschlossen‹ und ›Zutritt strengstens verboten‹.«
»Wie's wohl da drinnen aussieht?« Allmählich erwachte in Peter das Interesse. »Sicher ist es recht unheimlich.«
Justus setzte sich vor der Tür auf die steinerne Stufe und

nestelte an seinen Schuhbändern herum, dabei versuchte er zu erlauschen, was drinnen gesprochen wurde. Doch er vernahm nur Gemurmel, als unterhielten sich zwei Männer.
»Hör mal –«, fing Peter an.
»Psst!«, zischte Justus abwehrend. »Gerade hörte ich jemand was von einem goldenen Gürtel sagen.«
»Vom Goldenen Gürtel? Mann!«, flüsterte Bob. »Meinst du –«
»Still!« Justus horchte angespannt. »Eben hab ich ›Museum‹ verstanden.«
»Mensch, womöglich sind wir da an das Versteck der Diebe rangetappt!«, flüsterte Peter mit runden Augen. »Das wär vielleicht ein Ding!«
»Wir müssen versuchen noch mehr zu hören, ehe wir die Polizei rufen«, murmelte Justus.
Alle drei schlichen zur Tür. Deutlich klang das Wort »Museum« wieder an ihre Ohren. Voller Tatendrang traten sie ganz dicht heran. Da flog die Tür, die nur angelehnt gewesen war, plötzlich nach innen auf und die drei Jungen purzelten kopfüber in den dahinterliegenden Flur.
Als Bob und Peter auf die Beine zu kommen versuchten, fühlten sie sich von starken Händen am Kragen gepackt und eine tiefe Stimme dröhnte ihnen entgegen.
»Was habt ihr hier zu suchen?«, wurden sie angebrüllt. »Mr Jordan, holen Sie die Polizei! Ich hab da ein paar kleine Einbrecher erwischt!«

Im Maurischen Palast

Ein gedrungener Mann mit dunklen Augenbrauen und wutverzerrtem Gesicht riss Peter und Bob zu sich hoch.

»Hab ich euch!«, knurrte er. »Und schön hiergeblieben! Mr Jordan, da ist noch einer. Den schnappen Sie!«

»Lauf, Justus!«, keuchte Peter. »Hol Patrick!«

Doch Justus bewahrte Haltung.

»Sie machen einen großen Fehler«, sagte er in bester Erwachsenenmanier. »Da wir in einem ansonsten leer stehenden und nicht mehr genutzten Gebäude Stimmen hörten, drängte sich uns der Eindruck auf, dass sich hier Unbefugte widerrechtlich Zutritt verschafft hatten, und wir wollten nur unseren Verdacht bestätigt finden, ehe wir selbst die Obrigkeit eingeschaltet hätten.«

»Hä?« Der gedrungene Mann starrte ihn mit offenem Mund an. »Was haste gesagt?«

Diesen Trick benutzte Justus manchmal, und seine Überrumpelungstaktik löste bei Erwachsenen meist völlige Überraschung aus.

Hinter dem ersten Mann tauchte jetzt ein zweiter auf. Er war jünger, schlanker und hatte helles Haar.

»Immer mit der Ruhe, Rawley«, rief er mit belustigter Miene. »Der Junge meint nur, er hätte uns reden gehört und gedacht, wir hielten uns unerlaubt hier auf. Sie wollten sich aber erst vergewissern und dann die Polizei holen.«

»Wenn er das meint, warum sagt er's dann nicht so?«, fragte Rawley unwirsch. »Neunmalkluge Jungchen, die so hochgestochen daherreden, sind mir nun mal verhasst.«

»Ich bin Frank Jordan, der Besitzer dieses Gebäudes«, erklärte der andere Mann den Jungen. »Das heißt, ich habe es gekauft, um es abreißen zu lassen und hier ein neues Bürohaus hinzustellen. Ich sah eben mal nach meinem Nachtwächter hier, Rawley. Wieso machte unsere Unterhaltung auf euch einen verdächtigen Eindruck?«

»Normalerweise wäre dieser Bau überall abgeschlossen –«, fing Justus an, doch Peter, empört über die Art, wie man ihn angefasst hatte, platzte heraus: »Wir hörten, wie Sie über den Goldenen Gürtel sprachen! Deshalb wurden wir misstrauisch. Und erst recht, als Sie auch noch das Museum erwähnten!«

Rawleys Gesicht verdüsterte sich wieder. »Mr Jordan!«, sagte er. »Die Burschen haben ja 'nen Vogel! Unruhestifter sind das. Ich sage: Wir rufen die Polizei.«

»Hier bestimme ich, Rawley«, erklärte Mr Jordan. Immerhin hatten ihn Peters Worte verblüfft. »Ein goldener Gürtel?«, sagte er. »Ich wüsste nicht, dass ich von so etwas gesprochen haben soll.«

Dann ging ein Aufleuchten über sein Gesicht und er lächelte.

»Ah, jetzt weiß ich!«, bestätigte er. »Ja, ich erinnere mich. Ich erwähnte ja schon, dass ich das alte Theater hier abreißen lassen will. Ich sagte gerade zu Rawley, dass das Innere hier doch prachtvoll ist, mit all der Vergoldung und dem goldenen Gitter an den Logen, und dass es eigentlich wie ein Museum wirkt. Ich fügte noch hinzu, es täte mir richtig leid, das alles abreißen zu lassen. Merkt ihr was? Das von dem goldenen Gitter könnte, wenn man nicht genau hinhörte, leicht wie ›Goldener Gürtel‹ geklungen haben. Ihr Jungen habt wohl zu viel über diesen Museumsdiebstahl gelesen.«

Er lachte leise. Rawley hingegen sah noch immer bedrohlich aus.

»Die haben eben zu viel Fantasie«, knurrte er.

»Seien Sie froh, dass es Ihnen gänzlich an Fantasie mangelt«, stellte sein Chef fest. »Ihnen machen diese sonderbaren Geräusche nichts aus, die mir meine beiden letzten Nachtwächter vergrault haben.«

»Sonderbare Geräusche?«, fragte Justus mit plötzlich gewecktem Interesse. »Was denn für Geräusche?«

»So merkwürdiges Klopfen und Ächzen«, sagte Mr Jordan. »Aber dafür gibt es eine vernünftige Erklärung. Hier ist es zwar recht unheimlich, das gebe ich zu, aber nur, weil das Innere so weiträumig und dunkel ist. Als hier alles neu war, war es ein bildschönes Bauwerk. Möchtet ihr drei euch vielleicht mal drinnen umschauen und die goldenen Gitter und Dekorationen sehen, die ich vorhin beschrieb?«, fragte er mit einem Lächeln.

Begeistert stimmten die Jungen zu.

»Dreh die großen Lampen an, Rawley«, wies Mr Jordan den Nachtwächter an. Er führte die Jungen einen langen Flur entlang, der nur von einer einzelnen Glühbirne erhellt war.

Je weiter sie vorgingen, desto finsterer wurde es um sie he-

rum. Bob fühlte etwas an seinem Gesicht vorbeistreichen und stieß einen Schrei aus.
»Eine Fledermaus!«, rief er.
»Leicht möglich«, drang Mr Jordans Stimme aus dem Dunkel. »Der Bau steht schon so lange leer, dass sich hier eine Menge Fledermäuse eingenistet haben. Auch Ratten. Riesenviecher.«
Bob schluckte, sagte aber kein Wort, als er das Schwirren der lederartigen Flügel über seinem Kopf vernahm. Dann hörte er weiter vorn ein seltsames Quietschen und Ächzen, und er spürte, wie sich ihm die Haare sträubten.
»Was man da hört«, erklärte Mr Jordan, »sind nur die alten Seile und Rollen, die früher zum Herunterlassen der Bühnenbilder benutzt wurden. Außer Filmen wurden in diesem Theater nämlich auch Varietéprogramme gezeigt. – Ach, Rawley hat das Licht anscheinend gefunden.«
Ein schwacher Lichtschimmer erhellte die Dunkelheit, als die Jungen auf die Bühne gestiegen waren. Von hier ging der Blick über scheinbar endlose Reihen leerer Sitze. Von der Decke warf ein riesiger, staubbedeckter Kronleuchter aus farbigem Glas – grün, rot, gelb und blau – seinen trüben Schein herab.
Rote Plüschvorhänge mit schweren goldenen Fransenborten hingen vor den Fenstern. Die Wände waren über und über mit Darstellungen kämpfender Ritter und Sarazenen, alle in goldenen Rüstungen, geschmückt. Auch die von Mr Jordan erwähnten goldenen Gitter vor den Logenbrüstungen waren zu bewundern. Der ganze Raum hatte tatsächlich etwas von der Atmosphäre eines Museums.

»Dieses Theater wurde in den zwanziger Jahren erbaut«, erklärte Mr Jordan, »als ein Filmtheater nach dem Geschmack des Publikums wie ein Palast oder Schloss auszusehen hatte. Bei diesem hier ahmte man den Stil einer maurischen Moschee nach. Ihr solltet die sonderbaren Treppenaufgänge sehen und die Minarette auf dem Dach. Ach ja, die Zeiten ändern sich.«

Er machte kehrt, um die Jungen wieder zum Ausgang zu geleiten. Da huschte etwas Schattenhaftes, Graues vorbei.

»Das sind zurzeit unsere Stammgäste – Ratten«, sagte Mr Jordan. »Jahrelang hatten sie das ganze Haus für sich. Es wird ihnen gar nicht gefallen, dass man sie nun vertreibt. So, da wären wir wieder. Nun wisst ihr drei, wie es im alten Maurischen Palast aussieht. Kommt in ein paar Wochen wieder, da könnt ihr beim Abbruch zuschauen.« Er brachte die Jungen bis vor das Gebäude und dann schloss sich die Tür hinter ihnen. Sie hörten, wie der Schlüssel umgedreht wurde.

»Auwei!«, stöhnte Peter. »Ratten und Fledermäuse! Kein Wunder, dass es die Nachtwächter nicht lange aushielten.«

»Vermutlich sind die Biester auch die Ursache des geheimnisvollen Klopfens und Ächzens«, sagte Justus. »Ich muss gestehen, als ich vorhin an der Tür horchte und so was wie ›Goldener Gürtel‹ verstand, da war ich sicher, dass wir einen wichtigen Fingerzeig zu der Museumsgeschichte entdeckt hätten. Aber Mr Jordans Erklärung scheint mir ganz logisch.«

»Es wäre schön gewesen, wenn wir die Museumsdiebe geschnappt hätten, nachdem man uns selbst vom Tatort ver-

scheucht hatte«, seufzte Peter. »Aber alles kann man nicht verlangen.«
»Das meine ich auch«, gab Justus zu. »Wir wollen nicht vergessen, dass wir eigentlich Miss Agawam helfen möchten. Also kommt mit, wir wollen unseren Erkundungsgang hier in diesem Sträßchen beenden.«

Die drei ??? *Stimmte da etwas nicht mit dem Maurischen Palast, seinem Besitzer und seinem Bewacher? Andererseits: Hätte Mr Jordan die drei naseweisen Jungen eigens zur Besichtigung der Räumlichkeiten eingeladen, wenn er kein unbelastetes Gewissen hätte?*

Sie schlenderten den schmalen Weg hinunter und untersuchten dabei die Bretter des hohen Zauns, der Miss Agawams Grundstück nach hinten abgrenzte. Jede Planke war aus massivem Holz. Das Tor war fest verschlossen.
»Hier hätte keiner hinein- oder hinauskommen können«, stellte Justus fest. »Das ist alles reichlich sonderbar.«
»Mir wird's langsam im Magen reichlich sonderbar«, erinnerte Peter. »Können wir jetzt nicht nach Haus gehen?«
»Ja, ich schätze, im Augenblick können wir nichts weiter tun«, räumte Justus ein.
Sie gingen zum Lastwagen zurück, wo Patrick geduldig seine Zeitung las, und stiegen ein.
Mitten im Stadtverkehr fiel Bob eine wichtige Frage wieder ein: Er hätte gar zu gern von Justus erfahren, was ihm in Miss Agawams Haus plötzlich aufgefallen war – als er andeutete, er hätte das Rätsel des Goldenen Gürtels gelöst.

Aber Justus saß zurückgelehnt mit seiner typischen Denkermiene da, und Bob spürte, dass er jetzt nicht mit Fragen behelligt werden wollte.
Also ließ er es sein.

Ein unerwarteter Besuch

Als der Lastwagen wieder in Rocky Beach beim Schrottplatz ankam, sprang Peter ab.

»Muss sofort nach Hause«, sagte er. »Ist mir gerade eingefallen: Mein alter Herr hat heute Geburtstag und Mutter hat ein paar Freunde zum Abendessen eingeladen. Sobald ich kann, komme ich wieder her.«

»Sieh zu, dass du möglichst bis acht wieder da bist«, trug ihm Justus auf. »Und besorg dir auf alle Fälle die Erlaubnis, mit mir zusammen bei einer Bekannten von Mr Hitfield zu übernachten. Sag, dass wir voraussichtlich morgen früh zurück sein werden.«

»Klar, mach ich.«

Peter bestieg sein Fahrrad, das er am Schrottplatz abgestellt hatte, und strampelte los.

Als Bob und Justus aus dem Wagen kletterten, kam Justs Tante aus der schmucken kleinen Holzbude, die das Büro der Firma beherbergte.

»Für dich ist Besuch gekommen«, empfing sie Justus.

»Besuch?«, wiederholte Justus überrascht. »Wer ist es denn?«

»Er heißt Taro Togati, ein Japanerjunge. Man kann sich ganz gut mit ihm unterhalten. Er hat mir genau berichtet, wie man Perlen züchtet. Die Austern werden dressiert, glaube ich!«

Sie lachte mit tiefer Stimme. Mrs Jonas hatte ein heiteres Gemüt und ein gutes Herz, obwohl sie Justus und seine Freunde mit ganz besonderer Vorliebe bei harter Arbeit sah.
»Ich geh sofort zu ihm, Tante Mathilda«, sagte Justus. »Bitte, darf ich heute mit Peter bei einer Bekannten von Mr Hitfield übernachten? Sie ist Schriftstellerin und hört nachts seit einiger Zeit sonderbare Geräusche.«
»Sonderbare Geräusche? Na, ich hab nichts dagegen, wenn es sie beruhigt, zwei große starke Jungen im Haus zu haben.«
Wieder lachte Mrs Jonas. »Schön, Justus, ihr könnt euch von Patrick im Lastwagen hinfahren und morgen früh wieder abholen lassen.«
Dann rief sie laut: »Justus und Bob sind jetzt da, Taro!« Zu den Jungen sagte sie noch: »In einer halben Stunde wird gegessen«, und dann ging sie zum Haus hinüber.
Ein zierlicher Junge, nicht größer als Bob, aber richtig vornehm in dunkelblauem Anzug mit Krawatte, kam aus dem Büro. Er trug eine goldgefasste Brille und sein Haar war glatt gescheitelt. »Es freut mich sehr, Justus kennenzulernen«, sagte er mit leichtem Akzent. »Und Bob. Ich bin Taro, der gehorsame Sohn von Saito Togati, Chefdetektiv der Nagasami-Gesellschaft.«
»Hallo, Taro«, sagte Justus und gab dem Jungen die Hand. »Deinen Vater haben wir gestern kennengelernt.«
Taro Togati sah ganz geknickt aus. Aus seiner Tasche zog er ein leicht zerknittertes Kärtchen.
»Ja, ich weiß«, sagte er. »Ich fürchte, mein ehrenwerter Vater war böse. Aber er hat sich aufgeregt so sehr und er ist ganz

zerstreut. Ich finde eure Karte und lese eure Namen. Ich sah, wie ihr den Leuten geholfen habt an der Tür, und ich sagte das meinem Vater. Er bat mich hierherzukommen und euch Dank und seine Bitten um Entschuldigung zu übermitteln.«

»Schon gut, Taro«, meinte Bob. »Wir wissen, dass er aufgeregt war. Und wir sind eigentlich zu jung, um Jagd auf Juwelendiebe zu machen. Zurzeit bearbeiten wir einen merkwürdigen Fall, in dem es um Gnomen geht.«

»Gnomen?« Taro Togatis Augen weiteten sich. »Die Zwerge, die unter der Erde nach Schätzen graben? Ich habe nie einen gesehen, aber in Japan gibt es auch Sagen über sie. Sie sind sehr gefährlich. Lasst euch nicht von ihnen fangen.«

»Wir möchten gern selbst einen fangen«, erwiderte Justus. »Zum Beweis dafür, dass es sie tatsächlich gibt.«

Während der Unterhaltung hatte Justus ein paar rostige Gartenstühle herangezogen und nun setzten sich alle hin.

»Sag mal, Taro«, fragte Justus mit kaum verhehlter Neugierde, »hat dein Vater den Goldenen Gürtel inzwischen gefunden?«

»Leider nicht, Justus«, antwortete Taro mit einem Seufzer. »Mein Vater, die Aufseher und die Polizei haben noch nicht die Diebe gefasst oder den Goldenen Gürtel gefunden. Keine – wie sagt man? – keine Spuren bis jetzt. Mein Vater ist tief beschämt. Der Goldene Gürtel wurde gestohlen vor seiner Nase, und wenn er ihn nicht zurückholt, wird er aus seinem Amt unehrenhaft entlassen.«

»Das ist schlimm, Taro«, sagte Bob mitfühlend.

Justus bearbeitete seine Lippe, während sein Denkapparat auf

Hochtouren umschaltete. »Erzähl uns, was bis jetzt bekannt ist, Taro«, bat er.

Taro schilderte, wie die Polizei jeden dem Anschein nach Verdächtigen eingehend verhört hatte. Doch all das hatte nicht zur Überführung eines Täters beigetragen, und es blieb auch ungeklärt, wie der Gürtel aus dem Museum herausgekommen war. Taros Vater und die Polizei hatten sich darauf geeinigt, dass die Diebe statt der Regenbogen-Juwelen den Goldenen Gürtel entwendet hatten, weil dieser in einem seitlich aufgestellten Schaukasten ausgestellt war, während der Kasten mit den Edelsteinen frei im Raum stand und beim ersten Alarmsignal sofort umstellt worden wäre. Natürlich war der Gürtel weniger wert als die Regenbogen-Juwelen und viel schwieriger aus dem Gebäude herauszubefördern, doch zu stehlen war er leichter.

»Aber wer die Diebe waren oder wie sie den Gürtel aus dem Museum hinausschafften, das kann niemand sagen«, schloss Taro betrübt.

»Die Aufseher!«, platzte Bob heraus. »Einer von ihnen könnte der Dieb sein. Er hätte den Gürtel leicht verstecken können: ihn einfach innen im Hosenbein vom eigenen Gürtel herunterhängen lassen.«

»Alle Aufseher waren neu eingestellt worden«, entgegnete Taro. »Mein Vater hat jeden befragt. Es könnte nur sein, dass er belogen wurde. Das wäre möglich. Ich werde es ihm noch sagen.«

»Und was ist mit Mr Frank, dem Schauspieler?«, fragte Justus. »Das war der Mann, der den unechten Stein fallen ließ.«

Taro berichtete ihnen, dass die Polizei zunächst überzeugt gewesen war, Mr Frank sei an dem Raub beteiligt. Der Schauspieler hatte jedoch eine ganz einfache Erklärung abgegeben. Eine Frau hatte ihm telefonisch den Auftrag erteilt, sich ins Museum zu begeben und dort genau um zwölf Uhr mittags einen großen imitierten Edelstein aus der Tasche fallen zu lassen und den Schuldbewussten zu mimen.

Die Frau hatte Mr Frank gesagt, es handle sich um einen Werbetrick. In Hollywood sind solche Auftritte zu Reklamezwecken üblich und so hatte Mr Frank sich nichts dabei gedacht. Für den Fall, dass er es schaffen würde, seinen Namen in die Zeitung zu bringen (und dazu die Meldung, dass er bald mit den Dreharbeiten zu dem Film ›Diebstahl im Museum‹ beginnen würde), hatte ihm die Frau eine wichtige Rolle in ebenjenem Film versprochen. Also hatte der Schauspieler eingewilligt. Per Post hatte er den großen falschen Stein und eine Fünfzig-Dollar-Note erhalten und seinen Auftrag prompt ausgeführt.

Wie Taro meinte, war Mr Frank eindeutig von den Dieben beauftragt worden, unmittelbar vor dem eigentlichen Raub einen Augenblick der Verwirrung zu schaffen. Doch zu der Diebesbande gehörte er ganz offensichtlich nicht.

An Justus war jener selbstzufriedene Ausdruck zu bemerken, den er manchmal zur Schau trug, wenn er eine gute Idee zu haben glaubte.

»Genau, wie ich dachte.« Er nickte. »Und die Polizei und dein Vater haben natürlich auch erkannt, dass die Diebe mit Absicht den Kindertag als den idealen Zeitpunkt für ihren tollkühnen Raubzug wählten?«

»Ja, ja«, bestätigte Taro mit einem Kopfnicken. »Aber für meinen Vater ist es immer noch ein Rätsel, wie der Gürtel hinausgeschafft wurde.«

»Der wurde gar nicht hinausgeschafft«, sagte Justus langsam und ließ damit die Bombe platzen. »Er ist noch immer im Museum!«

»Noch im Museum?«, rief Bob in heller Verwunderung.

»Aber das Museum wurde durchsucht, von oben bis unten!«, wandte Taro ein. »Der Gürtel wurde nicht gefunden. Büros durchsucht, Waschräume durchsucht, jeder Ort! Bitte erkläre, was du meinst, Justus.«

»Heute«, sagte Justus, »bin ich während der Arbeit an einem anderen Fall auf etwas gestoßen, das meiner Schätzung nach das Rätsel des verschwundenen Gürtels löst. In Anbetracht der Umstände, die uns bereits bekannt sind, hat es für mich den Anschein –«

Er machte eine Pause. Bob und Taro warteten gespannt.

»Bob«, fragte Justus, »du erinnerst dich, wie Miss Agawams Bild von der Wand fiel? Peter und ich hängten es wieder auf.«

Bob nickte. »Klar«, antwortete er. »Weiter, Just.«

»Als ich das Bild festhielt, das ziemlich groß war«, fuhr Justus fort, »bemerkte ich, dass der Abstand zwischen Leinwand und Rahmenrückwand einige Finger breit war. Nun hängen ja im Peterson-Museum viele große Gemälde. Daraus folgt für mich –«

Bob, der erkannt hatte, worauf Justus hinauswollte, führte den Gedanken zu Ende. »Bei manchen von diesen Bildern ist wahrscheinlich viel Platz zwischen dem Bild und dem geschnitzten Rahmen. Im Dunkeln und in der allgemeinen Verwirrung hätte jemand den Gürtel leicht hinter einem Bild verschwinden lassen können!«

»Es könnte auch eine Bande gewesen sein, die Hand in Hand arbeitet«, meinte Justus. »Wir wissen, dass Mr Frank von einer Frau angerufen wurde. Vielleicht ist sie eine Komplizin des eigentlichen Diebs.«

Taro Togati sprang erregt auf.

»Sicher haben die Männer nicht nachgesehen hinter den Bildern, als das Museum durchsucht wurde!«, rief er. »Diesen Gedanken muss ich sofort an meinen Vater weitergeben!«

»Derjenige, der den Gürtel versteckt hat, wird vermutlich noch mal hingehen und ihn holen, wenn sich die Aufregung gelegt hat«, fuhr Justus fort. »Da jedoch das Museum seither geschlossen hat, kann der Gürtel noch nicht abgeholt worden sein. Sag deinem Vater auch, er soll die Galerie nicht vergessen.«

»Aber die Galerie war gesperrt«, wandte Taro ein.

»Nur durch eine Kordel, über die man leicht hinwegsteigen konnte. Ein Bild oben auf der Galerie wäre ein ideales Versteck, ganz unverfänglich.«

»Ich danke dir, Justus!«, rief Taro mit leuchtenden Augen. »Ich glaube, deine Idee ist ausgezeichnet. Entschuldigt mich jetzt, ich gehe zu meinem Vater sofort und berichte ihm von euren Überlegungen.« Er verabschiedete sich schnell und lief hinaus zu einem wartenden Wagen.

Bob wandte sich voll Bewunderung an Justus.

»Na, das war messerscharf gefolgert, Just«, lobte er. »Vielleicht hast du damit den Diebstahl des Goldenen Gürtels schon aufgeklärt, obwohl uns Mr Togati gar nicht an den Fall heranlassen wollte.«

»Es könnte auch eine andere Lösung geben«, zweifelte Justus. »Aber – nein, in Anbetracht aller Tatsachen, die wir bis jetzt kennen, ist das die einzig einleuchtende Erklärung. Da der Gürtel nicht hinausgeschafft wurde, muss er noch im Museum sein. Was als Einziges nicht durchsucht wurde, ist der Raum hinter den Bildern. Ich kann in meiner Schlussfolgerung keinen Fehler entdecken.«

»Mir leuchtet sie auch ein!«, meinte Bob.

»Na, morgen früh wissen wir mehr«, meinte Justus. »Jetzt muss ich mir für den Gnomenfang einiges zurechtlegen, das ich mit zu Miss Agawam nehmen werde. Morgen früh gebe ich dir telefonisch Bescheid, dann kannst du mit Patrick hinkommen und uns abholen.«

Bob schüttelte verdutzt den Kopf.

»Glaubst du wirklich, du könntest einen Gnom fangen, Just? Könnte es nicht doch sein, dass Miss Agawams Neffe recht hatte und sie sich beim Schlafwandeln alles nur einbildet?«

»Ich will mich da noch gar nicht festlegen«, erklärte Justus. »Im Schlaf begehen Leute oft die eigenartigsten Handlungen. Ein Mann, der sich um Schmuckstücke sorgte, die er im Safe liegen hatte, ist nachweislich im Schlaf zu dem Safe gegangen, hat ihn geöffnet, den Schmuck herausgenommen und an einem Ort versteckt, an den er sich nach dem Aufwachen am nächsten Morgen selbst nicht mehr erinnern konnte. Wenn es bei Miss Agawam so etwas Ähnliches ist, werden Peter und ich das beobachten und sie hinterher auf irgendeine Weise vom tatsächlichen Hergang überzeugen können. Andererseits –«, und Justs Augen leuchteten bei seinen nächsten Worten, »wenn sie wirklich Gnomen oder etwas Derartiges gesehen hat, dann werden wir zur Stelle sein, um einen zu fangen!«

Pirsch auf Gnomen

Die Gnomen waren fleißig bei ihren Grabungen. Weit hinten im Fels, am Ende des Stollens, konnte Bob winzige, die Spitzhacke schwingende Gestalten wahrnehmen.

Er kroch vorwärts. Wenn nur Peter und Justus da wären! Er wollte gar nicht immer tiefer in diesen Tunnel eindringen, wo pechschwarze Finsternis herrschte, aber nun war er schon so weit gekommen und musste den drei ??? alle Ehre machen.

Mit klopfendem Herzen schob er sich weiter vor, bis er vor dem höhlenartigen Gewölbe kauerte, wo die Gnomen arbeiteten. Da musste er wegen des Staubs in der Luft niesen.

Sofort hörten alle Gnomen zu arbeiten auf und verharrten regungslos, manche mit hoch über dem Kopf erhobener Spitzhacke. Dann drehten sich alle langsam, ganz langsam nach ihm um.

Bob wollte weglaufen, aber sobald sich die Augen der Gnomen auf ihn richteten, musste er im Bann magischer Kräfte wie angewurzelt stehen bleiben. Er brachte keinen Ton heraus.

Sie starrten ihn an, ohne sich zu rühren. Dann hörte er hinter sich Schritte. Irgendetwas Unbekanntes, Fürchterliches kam auf ihn zu. Er versuchte sich danach umzudrehen – aber er konnte sich nicht bewegen.

Eine riesenhafte Pranke grub sich in seine Schulter und schüttelte ihn.

»Bob!«, dröhnte eine Stimme und hohl hallte es im Gewölbe wider. »Bob! Wach auf!«
Der Ruf brach den Bann. Bob drehte sich um.
»Loslassen!«, schrie er. »Ich will hier raus!«
Dann blinzelte er. Er lag in seinem Bett und seine Mutter blickte auf ihn herunter.
»Na, Bob, hast du schlecht geträumt?«, fragte sie. »Du hast dich im Schlaf herumgewälzt und sonderbares Zeug gemurmelt. Da habe ich dich geweckt.«
»Puh – ja, ein blöder Traum«, murmelte Bob dankbar. »Justus hat noch nicht angerufen, oder?«
»Justus? Warum sollte Justus mitten in der Nacht anrufen? Du hast doch erst ein paar Minuten geschlafen! Jetzt schlaf wieder ein und träum was Netteres.«
»Ich will's versuchen, Mama.«
Bob drehte sich zur Wand. Wie mochte es wohl Justus und Peter ergehen?
Die beiden saßen in diesem Augenblick im Lastwagen, auf dem Weg zu Miss Agawams Haus. Während der Fahrt zeigte Justus Peter, was er alles als Gnomenfang-Ausrüstung zusammengestellt hatte.
»Wichtigstes Stück: die Kamera«, fing er an. Der Apparat war Justs ganzer Stolz, eine Polaroidkamera, die nach zehn Sekunden ein fertig entwickeltes Bild lieferte. Es war ein recht teures Fabrikat, aber Justus hatte sie reparaturbedürftig von einem Mitschüler bekommen können, dem er dafür ein hergerichtetes Fahrrad vom Schrottplatz gegeben hatte.
»Damit wir heute Nacht sofort Fotos von Gnomen oder an-

deren Wesen, die uns begegnen, zur Hand haben«, erklärte Justus. »Hier ist das Blitzgerät dazu.«
Er steckte die Kamera wieder weg und nahm zwei Paar Arbeitshandschuhe mit lederner Handfläche heraus.
»Falls wir Gnomen zu fassen kriegen«, erklärte er. »Sie haben bekanntlich scharfe Zähne und lange Nägel. Dagegen müssen wir unsere Hände schützen.«
»Mann«, wunderte sich Peter, »du tust ja gerade, als stehe es für dich fest, dass wir Gnomen fangen werden.«
»Bereit sein ist alles«, meinte Justus dazu. »Jetzt das Seil. Dreißig Meter leichtes Nylon, aber sehr kräftig. Fast unbegrenzt reißfest«, sagte er. »Das dürfte reichen, um alle Gnomen, die wir fangen können, zu fesseln.«
Als Nächstes holte er zwei selbst gebaute Walkie-Talkies hervor, die er vor einiger Zeit zur Ausrüstung der drei beigesteuert hatte. Obwohl die Reichweite nicht groß war, konnten sich die Jungen mithilfe dieser Funksprechgeräte verständigen, solange sie getrennt Ermittlungen anstellten. Auf diese Errungenschaft, die sie gewissermaßen zu Profis erhob, waren sie besonders stolz.
»Licht«, fuhr Justus fort und holte zwei lichtstarke Stablampen hervor. »Und dann das Tonbandgerät – um die Schürfgeräusche aufzunehmen.« Justus musterte seine Ausrüstung und nickte.
»Damit wäre wohl alles komplett«, meinte er. »Hast du deine Kreide bei dir?«
Peter zog ein Stück blauer Kreide aus der Tasche, Justus sein weißes Stück, Bobs Kreide war rot. Durch ein irgendwo hingekritzeltes Fragezeichen in Rot, Blau oder Weiß konn-

ten sich die Jungen gegenseitig mitteilen, dass einer an dieser Stelle gewesen, eingetreten oder auf etwas Ergiebiges gestoßen war.
Fremde dachten sich normalerweise nichts bei hingekritzelten Kreidezeichen, sondern sahen darin das Werk spielender Kinder. Das war eine von Justs genialsten Ideen.
»Ich glaube, wir sind für alle Fälle gerüstet«, stellte Justus fest. »Hast du eine Zahnbürste mit?«
Peter wies einen kleinen Beutel mit Reißverschluss vor. »Zahnbürste und Pyjama«, bestätigte er.
»Den Pyjama werden wir wohl nicht brauchen«, meinte Justus. »Wir bleiben jederzeit zum Gnomenfang bereit!«
Patrick sah wissbegierig zu den beiden Jungen herüber.
»Jagt ihr immer noch Gnomen, Just?«, erkundigte er sich. »Kenneth und ich, wir meinen beide, ihr solltet mit Gnomen nicht spaßen. In Irland erzählt man sich allerlei Schlimmes von ihnen. Lasst sie in Ruhe, das rät euch Kenneth. Und ich rate es euch auch. Sonst werdet ihr vielleicht gar zu Stein verwandelt!«
Patricks Rede klang so überzeugend, dass es Peter doch ein wenig unbehaglich zumute wurde. Natürlich gab es keine Gnomen, aber Patrick und Kenneth glaubten trotzdem an sie. Auch Miss Agawam glaubte an Gnomen, und wer weiß, vielleicht, vielleicht …
Justus unterbrach Peter in seinen Gedanken. »Wir haben Miss Agawam versprochen, sie in ihren augenblicklichen Schwierigkeiten zu unterstützen«, sagte er. »Ich weiß nicht, ob ihr tatsächlich Gnomen Streiche spielen oder nicht, aber behalte bitte den Leitsatz der drei ??? im Auge.«

»Wir übernehmen jeden Fall –«, murmelte Peter.

Insgeheim fragte er sich, ob dieses Motto nicht doch ein wenig zu allgemein gehalten war!

Überlistet!

Auf der Straße vor Miss Agawams Haus war es still und dunkel. Die geschlossene Bank und das ehemalige Theater ragten pechschwarz auf, und nur ein einziges Licht in dem Wohnhaus ließ erkennen, dass Miss Agawam sie erwartete.
Als Peter und Justus sich ans Aussteigen machten, sah Patrick die beiden sehr besorgt an.
»Ich sag's noch mal: Ihr solltet lieber nicht auf Gnomen Jagd machen, Just«, meinte er. »Dort, wo ich aufgewachsen bin, gibt es eine Menge Felsblöcke und Baumstümpfe, die verwandelte Menschen sind. Und das nur, weil sie einem Gnom Auge in Auge gegenübergestanden haben! Nehmt euch bloß in Acht!«
Peter gefiel diese Behauptung gar nicht. Patrick schien genau zu wissen, wovon er redete. Sein Unbehagen wurde stärker. Irgendwie ahnte er, dass die Nacht, die vor ihnen lag, manche Überraschung für sie bereithielt.
Justus sagte schnell Gute Nacht, versprach, er werde Patrick am Morgen anrufen, und dann fuhr der Lastwagen wieder ab. Im Schatten des Zauns schritten die Jungen den Gehsteig bis zu Miss Agawams Gartentor entlang. Soviel sie feststellen konnten, beobachtete sie niemand.
Justus drückte dreimal kurz auf die Klingel am Tor. Gleich darauf summte es im Schloss. Rasch schlüpften sie durchs Tor, und Justus blieb stehen, um zu horchen. Peter wunderte sich.

Aber Justus war nun einmal bei Ermittlungen nie unachtsam. Und außerdem hatte er etwas für Dramatik übrig.
Der Garten hinter dem Tor lag im Finstern. Ohne einen Laut schlichen sich die Jungen zur Terrasse hinauf, die Tür öffnete sich und sie schlüpften hinein.
»Ich bin so froh, dass ihr hier seid«, begrüßte Miss Agawam die Jungen. »Ich muss zugeben, dass ich zum ersten Mal in meinem Leben richtig ängstlich bin. Ich glaube bald, dass ich doch noch davonlaufen und nie mehr herkommen würde, wenn noch mehr passierte! Und das Haus würde ich diesem Mr Jordan verkaufen, der so sehr darauf aus ist.«

Die drei ??? *Was meint ihr: Wie weit würde Mr Jordan gehen, um mit der standhaften Miss Agawam handelseinig zu werden?*

»Jetzt sind wir da und werden uns um die Angelegenheit kümmern, Miss Agawam«, sagte Justus beruhigend.
Miss Agawam lächelte ein wenig unsicher. »Es ist noch ziemlich früh«, meinte sie. »Vor Mitternacht habe ich noch nie Klopfen oder andere Geräusche gehört. Möchtet ihr fernsehen?«
»Ich denke, wir werden uns bis halb zwölf aufs Ohr legen«, entschied Justus. »Dann sind wir für unsere bevorstehende Nachtwache auf dem Damm. Schließlich müssen wir wach bleiben und dürfen nichts versäumen, was passiert. Miss Agawam, haben Sie einen Wecker?«
Miss Agawam nickte. Sie führte Peter und Justus in das kleine Zimmer oben an der Treppe, wo zwei Betten hergerichtet waren. Die Jungen zogen die Schuhe aus, vergewis-

serten sich nochmals, dass ihre Ausrüstung griffbereit dalag, und legten sich hin.
Trotz seines Unbehagens schlief Peter rasch ein. Schlafschwierigkeiten hatte er noch nie gehabt. Aber es schien ihm kaum Zeit vergangen, als ihn ein leises Klingeln weckte.
»Was is'n los?«, murmelte er recht unwirsch im Halbschlaf.
»Es ist halb zwölf«, flüsterte Justus. »Miss Agawam ist in ihr Zimmer gegangen. Du kannst weiterschlafen. Ich werde Wache halten.«
»Viel Spaß«, brummte Peter und war gleich wieder fest eingeschlafen.
Im Gegensatz zu Bob träumte Peter fast nie. Doch nun träumte er, es hagele und der Hagel klopfe an die Fensterscheiben.
Diesmal war er sofort hellwach und lag einen Augenblick ganz still. Das Klopfen war noch da. Peter erkannte, dass tatsächlich jemand ans Fenster klopfte, und zwar in einem ganz bestimmten Rhythmus: einmal – dreimal – zweimal – dreimal – einmal. Wie ein Code oder eine Zauberformel.
Bei diesem Gedanken fuhr Peter bolzengerade in die Höhe und starrte zum Fenster hinüber. Sein Herz geriet aus dem Takt und seine Kehle schnürte sich zusammen:
Von draußen schaute jemand zum Fenster herein!
Es war ein kleines Gesicht mit schmalen, stechenden Augen, behaarten Ohren und einer langen, spitzen Nase. Die dünnen Lippen zogen sich auseinander und entblößten scharfe Fangzähne.
Plötzlich erhellte ein Lichtblitz den Raum und Peter fuhr zusammen.

Aber kein Donner folgte. Das Gesicht am Fenster war hingegen verschwunden, und Peter wurde klar, dass das Licht von einer Blitzbirne herrührte.

»Den hab ich!«, rief Justus im Dunkeln. »Bist du wach, Peter?«

»Klar bin ich wach!«, antwortete Peter. »Da hat ein Gnom zu uns hereingeschaut!«

»Und ich habe sein Foto im Kasten. Jetzt wollen wir sehen, ob wir ihn fangen!«

Die beiden drängten sich zum Fenster. Sie blinzelten, sie trauten ihren Augen nicht. Draußen im Hof tollten vier zwergenhafte Gestalten mit hohen Zipfelmützen herum. Sie schlugen Purzelbäume und spielten Bockspringen. Einer stellte sich einem anderen auf die Schultern und machte einen Salto rückwärts. Wie Kinder trieben sie ihr ausgelassenes Spiel.

Nachdem sich seine Augen an die Dunkelheit gewöhnt hatten, konnte Peter auch ihre kleinen hellen Gesichter erkennen, die spitzen Schuhe und die lederne Kleidung der Wichte.

»Mensch, Just«, flüsterte er. »Das sind ja vier! Aber warum führen sie sich hier im Hof so sonderbar auf?«

»Das dürfte doch wohl klar sein«, gab Justus zurück, während er sich die Schuhe anzog. »Damit wollen sie uns und Miss Agawam Angst machen.«

»Uns Angst machen?«, meinte Peter. »Na, nervös machen sie mich schon, wenn sie es darauf anlegen. Aber warum sollten sie uns und Miss Agawam Angst machen wollen? Und das Graben, was soll das?«

»Das soll das ganze Bild abrunden. Ich muss daraus folgern, Peter, dass die Gnomen im Auftrag von Miss Agawams Neffen Roger hier sind.«
»Im Auftrag von Roger?«, wiederholte Peter, der gerade seine Schuhe zuband. »Wieso das?«
»Damit sie vor lauter Angst ihr Haus verkaufen und wegziehen soll. Du weißt doch, dass sie erzählte, auch Roger hätte ihr sehr zugeredet, das Haus zu verkaufen und sich eine kleine Wohnung zu nehmen. Sie fügte noch hinzu, dass Roger ihr einziger Verwandter sei. Das bedeutet, dass er ihr Erbe ist – eines Tages wird ihm all ihr Geld gehören.«
Peter ging ein Licht auf.
»Aha!«, sagte er. »Wenn sie jetzt verkauft, kriegt sie eine Menge Geld dafür, das er dann irgendwann erben wird. Er will, dass sie an Mr Jordan verkauft – ganz klar! Also holte er sich die Gnomen heran, um ihr tüchtig Angst zu machen. Just, du bist ein Genie!«
»Um etwas beweisen zu können«, fuhr Justus fort, »müssen wir auf alle Fälle einen dieser kleinen Kerle fangen und zur Rede stellen.«
Justus holte das Seil aus seiner Werkzeugtasche und schob es unter seinem Gürtel durch. Er zog ein Paar Arbeitshandschuhe über, warf Peter ein zweites Paar zu und hängte sich die Kamera über die Schulter. Beide Jungen befestigten noch ihre Taschenlampen am Gürtel, damit sie die Hände frei behielten.
»Wie konnte der Gnom bloß zum Fenster hereinschauen? Dazu liegt es doch viel zu hoch«, meinte Peter, als sie losliefen.

»Das tüftele mal selber aus, Peter. Du brauchst noch etwas Übung im logischen Denken«, antwortete Justus. »Los, komm. Miss Agawam schläft sicher noch. Das ist gut so. Wir wollen sie nicht in Angst und Schrecken versetzen.«

Die drei ???

Damit dürfte es endgültig feststehen: Schlafwandlerische Zwangsvorstellungen von Miss Agawam sind diese Gnomen keinesfalls. Scharfe Detektivaugen konnten sie nun hinlänglich genau beobachten.
Doch was – oder wer ? – sind diese Gnomen mit ihrem mutwilligen Treiben wie Bockspringen und Einander-auf-den-Schultern-Stehen? (Letzteres ist's, was Justus erkannt hat und Peter austüfteln soll.)

Sie schlichen sich die Treppe hinunter und zur Haustür hinaus. Wie lautlose Schatten glitten sie von der Terrasse hinab und bis zur Ecke vor. Dort knieten sie sich hin und hielten gespannt Ausschau.
Die vier seltsamen Männlein führten noch immer im Hof ihre wilden Kunststücke auf – Purzelbaum schlagen, Bockspringen und Radschlagen.
»Da!« Justus gab Peter ein Ende des Seils. Das andere Ende schlang er sich selbst ums Handgelenk. »Jetzt scheuchen wir sie auf, schnappen einen mit dem Seil und fesseln ihn damit. Los!«
Sie machten einen Blitzstart. Doch als sie aus ihrer Deckung hervorstürmten, verfing sich Justs Kamera im Gesträuch an einem Zweig, und es riss ihm den Apparat von der Schulter. Aber Justus rannte weiter.

Die Gnomen sahen sie kommen. Nach einem schrillen Pfiff flitzten sie auseinander und sausten auf das schützende Dunkel im Schatten der Ziegelmauer los.
»Hinterher!«, keuchte Justus. »Einen müssen wir unbedingt fangen!«
»Bin dabei!«, hechelte Peter. Seine Finger schlossen sich beinahe um die Schulter des einen Wichts, aber der Kleine duckte sich blitzschnell, und Peter stürzte in vollem Lauf vornüber. Justus stolperte über ihn hin. Als sie sich aufrappelten, sahen sie die vier kleinen Gestalten gerade noch in einer dunklen Öffnung in der Mauer des Theaters verschwinden.
»Die Tür!«, rief Justus. »Die ist ja offen!«
»Da sind sie reingelaufen! Jetzt haben wir sie!«, rief Peter. »Komm, Just!«
Er raste auf die offene Tür zu.
»Halt, Peter!«, schrie Justus, der im Lauf zögerte. »Ich habe mir das überlegt und da ging mir auf –«
Aber Peter hörte nicht auf ihn. Er war schon durch den offenen Notausgang gestürzt. Das Seil, das sich Justus ums Handgelenk geknüpft hatte, hielt er krampfhaft fest, und so wurde Justus wohl oder übel mitgerissen.
Justus lief, so schnell er konnte, um nicht der Länge nach hinzufallen – durch die Tür und hinein in die pechschwarze Finsternis in dem großen Bau.
Gerade als sie beide drinnen waren, fiel die Eisentür mit lautem Dröhnen ins Schloss. Sie waren gefangen!
Und im nächsten Augenblick fiel es von allen Seiten über sie her – lauter kleine Geschöpfe mit scharfen Krallen.

Eine wilde Jagd

»Hilfe!«, schrie Peter. »Mich haben sie in der Mangel!«
»Mich auch!«, knurrte Justus beim Versuch, sich von den kleinen Wesen, die wie ein Mückenschwarm über ihn hergefallen waren, zu befreien. »Sie haben uns in die Falle gelockt!«
Er holte mit dem Arm weit aus. Um sein Handgelenk war noch das Seil geschlungen, dessen anderes Ende Peter festhielt. Einen der kleinen Kerle erwischte es am Hals. Sie hörten ein Gurgeln und einen schrillen Schrei und der Kleine sauste mit Schwung zu Boden.
Justus war frei. Aber die Gnomen würden erneut angreifen. Er hörte, wie sich Peter irgendwo in der Nähe fluchend seiner Haut wehrte. Justus streckte die Hände aus, bekam ein Lederwams zu fassen und zog. Der Wicht musste loslassen, Justus schwenkte ihn durch die Luft und ließ ihn dann fallen. Zu Justs Genugtuung plumpste er mit einem schrillen Aufschrei heftig zu Boden.
Mit Justs Hilfe schüttelte Peter auch seinen zweiten Angreifer ab und die beiden Jungen drängten sich in der Finsternis keuchend aneinander. Justus band das Seil los und steckte es in die Tasche.
»Was machen wir jetzt, Just?«, flüsterte Peter außer Atem.
»Die Tür suchen, durch die wir reingekommen sind, und verschwinden«, zischte Justus. »Sie ist hinter uns – dort drü-

ben, glaube ich.« Sie tasteten sich vorsichtig zurück, bis sie gegen eine Mauer stießen. Justus tastete sie ab und fand den Griff der Eisentür. Er rüttelte daran, aber die Tür gab keinen Millimeter nach. Sie waren eingesperrt!

»Wir sitzen hier wirklich in der Falle«, stellte Justus niedergeschlagen fest. »Aber warum musstest du auch Hals über Kopf hier reinstürzen, Peter? Du hättest dir denken können, dass sie es genau darauf angelegt hatten.«

»Ich glaubte, ich sei am Ziel«, gestand Peter. »Und da zog ich dich eben mit, nicht?«

»Und genau das hatten sie im Sinn: uns hier reinzulotsen. Und da – horch!«

Im Dunkeln hörten sie von links und rechts schrille Pfiffe.

»Sie gehen zum nächsten Angriff über!«, rief Peter.

»Wir müssen hier raus!«, sagte Justus. »Vielleicht können wir uns an der Vorderseite einen Durchbruch erzwingen!«

»Aber wie finden wir in dieser Dunkelheit dorthin?«

»Mit unseren Lampen natürlich. Daran haben wir in der Aufregung gar nicht mehr gedacht.«

Peter fasste an sein Bein. Seine Lampe hing noch an seinem Gürtel. Er knipste sie an und ein Lichtstrahl durchschnitt die Finsternis. In der nächsten Sekunde gesellte sich Justs Licht hinzu.

Zwergenhafte Gestalten suchten stolpernd Deckung, als das Licht sie traf, und feine Stimmchen schwirrten in einer schrill und fremd klingenden Sprache durcheinander. Offenbar waren die Gnomen jetzt besser auf der Hut. Sie hatten gemerkt, dass Peter und Justus nicht so leicht beizukommen war.

Die beiden Jungen waren nun im hinteren Bühnenraum des Filmtheaters. Hier waren große Leinwandkulissen in Tafelform hintereinandergestapelt – Überbleibsel aus jenen Zeiten, als in dem Bau Varietéprogramme und Theaterstücke über die Bühne gegangen waren.

Ein durchgesessenes Sofa, ein altes Spinnrad, eine Bockleiter standen noch genau so da, wie sie vor vielen Jahren, als das Theater seine Pforten schloss, hinterlassen worden waren. Durch die Luft schwirrte leiser Flügelschlag – etwas Dunkles huschte an ihren Köpfen vorbei und war verschwunden.

»Fledermäuse!«, rief Peter angeekelt.

»Lass die Fledermäuse. Gleich geht es uns an den Kragen«, warnte Justus. Die kleinen Kerle kamen nun mit Holzprügeln bewaffnet wieder angeschlichen. »Wo geht's hin?«

»Da lang. Komm hinter mir her!«

Peter sauste los. Er fand sich auch in ungewohnter Umgebung immer glänzend zurecht. Er hatte einen sechsten Sinn, der ihm wie ein innerer Kompass die richtige Richtung wies.

Jetzt lief Peter zwischen zwei Reihen aneinandergelehnter Kulissen hindurch. Justus folgte, nachdem er der Bockleiter einen tüchtigen Tritt versetzt hatte.

Jämmerliches Gequieke ließ vermuten, dass einer ihrer Verfolger in die umstürzende Leiter gerannt war. Aber gleich darauf blieb Peter so plötzlich stehen, dass Justus gegen ihn prallte. Am anderen Ende des engen Ganges erwarteten sie zwei weitere Männchen mit Holzprügeln.

»Sie haben uns den Weg abgeschnitten«, stieß Peter hervor.

»Dann müssen wir nach der Seite ausweichen«, entschied Justus. »Und die Leinwand durchstoßen.«
Er trat kräftig zu. Die alte, mürbe Leinwand riss wie Papier und die beiden Jungen schlüpften durch das Loch. Weitere Kulissen verstellten ihnen den Weg. Doch nun senkten sie einfach den Kopf und bahnten sich wie Bulldozer den Weg, dass hinter ihnen die Fetzen flogen.
Bald hatten sich die Verfolger im Kulissenwald verirrt. Im Laufschritt kamen Justus und Peter auf dem großen Holzpodest der Bühne heraus. Sie richteten den Strahl ihrer Lampen nach vorn. Hinter den Hunderten leerer, verstaubter Sitze, weit dort hinten, lagen die Ausgänge, die sie vielleicht ins Freie führen konnten – sofern sie an den mit Brettern vernagelten Außentüren überhaupt durchkommen würden.
»Los, weiter!«, schrie Peter. »Den Mittelgang entlang.«
Er sauste zur Treppe vor, die zum Zuschauerraum hinunterführte. In diesem Augenblick ging die Deckenbeleuchtung an – jemand hatte den Hauptschalter gedrückt.
Der große Kronleuchter aus rotem und grünem Kristall strahlte gedämpftes Licht aus. Als Justus hinter Peter die Treppe hinunterlief, sah er zwei kleine Gestalten auf sich zukommen. Der eine Zwerg griff nach einem Seil, das von der Decke herabhing. Wie ein Akrobat schwang er sich daran durch die Luft und ließ sich mit voller Wucht auf Justs Schultern fallen. Justus ging zu Boden, seine Lampe kullerte davon, und er wehrte sich verzweifelt, um den Gnom abzuschütteln.
Peter kam Justus zu Hilfe. Er packte den kleinen Burschen um die Taille und zerrte ihn vom Ersten Detektiv weg. Mit

dem Kopf voran lud er ihn zwischen den zusammengeschobenen ersten beiden Sitzreihen ab, wo der Kleine stecken blieb und um Hilfe schrie.
Die anderen Männchen hielten kurz im Lauf inne, bis sie ihn herausgezogen hatten, und Justus und Peter nützten die Gelegenheit, um den Mittelgang entlang zum Foyer zu rennen.
Mit voller Wucht warfen sie sich gegen die breiten Eingangstüren. Aber die Türen gaben nicht im Geringsten nach.
»Die sind von außen mit Brettern vernagelt«, keuchte Peter. »Wir müssen zusehen, dass wir ein Fenster oder was Ähnliches finden. Komm, Just.«
Er sauste einen Seitengang hinunter und eine dunkle Treppe hoch. Mit Peters Lampe als einziger Lichtquelle liefen sie erst die eine, dann noch eine zweite Treppenflucht hinauf. In einer Verschnaufpause knipste Peter die helle Lampe aus und sie lugten zwischen verschlissenen Samtvorhängen hindurch.
Offenbar waren sie zur Balkonloge hochgeklettert. Tief unter sich konnten sie vier kleine Gestalten sehen, die tuschelnd die Köpfe zusammensteckten.
Da sahen sie noch jemanden von der Bühne in den Zuschauerraum herunterkommen. Es war ein Mann in Normalgröße, von gedrungener Statur, und es war gerade hell genug, damit sie ihn erkennen konnten.
»Rawley!« Peter blieb der Mund offen stehen. »Er steckt mit ihnen unter einer Decke!«
»Ja«, bestätigte Justus niedergeschlagen. »Ich habe einen

schwerwiegenden Fehler gemacht, Peter. Aber jetzt haben wir keine Zeit, um darüber zu reden. Hör dir das an!«

»Na los, ihr Gartenzwerge!«, fauchte Rawley die vier Gnomen an. »Macht euch auf die Socken und schafft mir die Burschen her. Wir müssen sie kriegen, verstanden? Weit kommen sie ja nicht – alle Türen sind vernagelt.«

Die vier kleinen Kerle unten liefen gehorsam in verschiedenen Richtungen los.

»Fürs Erste haben sie unsere Spur verloren«, sagte Justus. »Wenn wir ein Versteck finden können, wird Miss Agawam früher oder später aufwachen. Und dann –«

»Na klar! Dann merkt sie, dass wir verschwunden sind, verständigt die Polizei, und dann sucht man uns! Hierher müssen sie auf alle Fälle kommen«, meinte Peter. Dieser Gedanke hob seine Stimmung schlagartig.

»Sie werden dort im Gebüsch meine Kamera finden«, fiel Justus ein. »Und sie werden den Film herausziehen und auf den Bildern sehen, dass hier ungewöhnliche Dinge vor sich gehen. Wenn wir uns so lange verstecken können, bis Miss Agawam uns als vermisst meldet, sind wir gerettet.«

»Suchen wir uns also schnell ein Versteck!«, drängte Peter. »Ich höre jemand die Treppe raufkommen!«

Peters tollkühne Klettertour

Miss Agatha Agawam erwachte vom Schürfen und Hacken. Sie blieb noch einen Augenblick ruhig liegen und horchte. Ja, da war es, irgendwo tief unter ihr – die Gnomen waren wieder am Werk.

Ob es die Jungen auch gehört hatten? Wie nett von ihnen, dass sie ihren Beistand angeboten hatten. Aus ihrem Zimmer war nichts zu hören. Vielleicht schliefen sie noch und hatten den Wecker gar nicht gehört!

»Justus! Peter!«, rief sie. »Hört ihr?«

Keine Antwort. Sie würde die beiden wecken müssen, damit sie die Gnomen auch belauschen konnten.

Miss Agawam stieg aus ihrem Bett und zog sich einen wollenen Morgenrock über. Sie lief über den Flur zur Zimmertür der Jungen. »Justus! Peter!«, rief sie noch einmal. Immer noch keine Antwort. Sie öffnete die Tür und fand den Lichtschalter. Als das Zimmer hell wurde, erschrak Miss Agawam furchtbar.

Die Betten der Jungen waren leer!

Mit wild klopfendem Herzen blickte Miss Agawam um sich. Die Schlafanzüge lagen unbenutzt und säuberlich zusammengelegt auf einem Stuhl. Und die lederne Tasche, die sie mitgebracht hatten, war auch noch da.

Miss Agawam zog eine falsche Schlussfolgerung: Peter und Justus hatten wohl die Gnomen gehört, es mit der Angst zu tun bekommen und sich davongemacht. Sie hatten sie im Stich gelassen!

»Oje«, flüsterte Miss Agawam vor sich hin, »was soll ich jetzt bloß tun?«

Hier in diesem Haus konnte sie nicht länger bleiben. Sie konnte es einfach nicht. Wenn sogar solch tapfere Jungen wie Justus Jonas und Peter Shaw vor lauter Angst davongelaufen waren!

Sie würde zu ihrem Neffen Roger in die Wohnung ziehen. Er hatte sie ja eingeladen, sie könne jederzeit kommen.

Leise ging sie zum Telefon hinunter. Ihre Hände zitterten so sehr, dass sie es erst beim dritten Anlauf schaffte, die Nummer zu wählen. Als sie endlich die willkommene Stimme hörte, brachte sie nur stockend heraus: »Die Gnomen! Sie sind wieder da. Ich höre sie klar und deutlich. Roger, ich kann keine Minute länger hierbleiben. Ich möchte noch heute Nacht zu dir ziehen. Und morgen – ja, morgen verkaufe ich das Haus an Mr Jordan!«

»Na fein, Tantchen«, pflichtete Roger mit dröhnender Stimme bei, »da bin ich ganz deiner Meinung, aber darüber können wir dann morgen reden. Zieh dich jetzt an und pack ein paar Sachen zusammen. Ich fahre sofort los, um dich abzuholen. Sei in zehn Minuten am Gartentor, ich bin pünktlich dort.«

»Danke, mein Junge, bis dahin bin ich fertig«, versprach Miss Agawam.

Bis auf ein leichtes Herzklopfen fühlte sie sich beim Anziehen besser. Aber ihre Erregung begann erst ganz abzuklingen, als sie das Haus verlassen hatte (wobei sie sich nicht einmal vergewisserte, ob die Tür abgeschlossen war) und sicher bei Roger im Auto saß.

Justus und Peter suchten inzwischen noch immer auf der Empore nach einem Versteck. Ihre Lampen benutzten sie nur, wenn es nicht anders ging. Die meiste Zeit tasteten sie sich durch dunkle Gänge, die muffig und nach alten Teppichen rochen.
Immer wieder hörten sie hinter sich die Stimmen ihrer Verfolger. Auch Rawleys barsche Rufe schienen näher zu kommen.
Sie kamen an eine Tür und drückten sie auf. Justus leuchtete in die Runde. Zwei uralte Filmprojektoren standen mitten in dem verstaubten kleinen Raum.
»Das war der Projektionsraum«, flüsterte Peter. »Hier wollen wir uns verstecken.«
»Nicht sicher genug.« Justus bekam allmählich einen besorgten Ausdruck. »Wir müssen es anderswo versuchen. Wenn Miss Agawam nicht bald aufwacht und die Polizei anruft, kann es brenzlig für uns werden.«
»›Kann brenzlig werden‹ ist gut«, murmelte Peter. »Es ist schon brenzlig genug. Es kommt höchstens noch dicker, wenn sie nicht aufwacht und unser Verschwinden entdeckt.«
»Gehen wir weiter«, riet Justus.
Sie tappten über den Flur und stiegen noch eine Treppe hoch. Sie endete an einer kleinen Plattform vor einer geschlossenen Tür, an der zu lesen war: »Minarett – Eintritt verboten«.

»Was ist ein Minarett?«, fragte Peter. »Bestimmt irgendein Ungeheuer.«
»Du meinst ›Minotaurus‹«, klärte ihn Justus auf. »Ein Minarett ist eine Art Turm mit Ausblick ringsum. Riskieren wir es. Ich habe da eine Idee.«
Die Tür war eingerostet, öffnete sich aber nach einem kräftigen Rammstoß. Dahinter lagen sehr schmale, steile Stufen. Die Jungen machten die Tür hinter sich zu – abschließen ließ sie sich leider nicht – und stiegen die leiterartigen Stufen hinauf.
Bald darauf kamen sie in einem kleinen viereckigen Turm heraus, der nach allen Seiten offen war und hoch über der Straße lag. Unten war alles finster und wie ausgestorben, nur eine Straßenlampe spendete schwaches Licht.
»So, das Minarett hätten wir gefunden«, flüsterte Peter. »Und von hier aus geht es nirgends mehr hin. Wenn du mich fragst: Wir sitzen ganz schön in der Falle!«
»Wenigstens sind wir nicht eingesperrt«, meinte Justus. »Da unten ist die Straße, dort sind wir wieder sicher. Wir müssen nur runterkommen. Es sind höchstens fünfundzwanzig Meter.«
»Höchstens fünfundzwanzig Meter. Senkrecht abwärts. Ha, ha.« Peter lachte sarkastisch.
»Wir haben ein Seil.« Justus zog die Rolle aus seiner Tasche. »Hier haben wir über dreißig Meter starkes Nylonseil. Das trägt einen wie dich gleich zweimal.«
»Einen wie mich?«, protestierte Peter. »Warum einen wie mich? Warum nicht einen wie dich?«
»Weil ich in sportlicher Hinsicht kein Held bin. Aber du«,

erklärte Justus. »Wir binden das Seil an dem Eckpfeiler hier fest, dann lässt du dich daran hinunter und läufst zur Polizei. Auf Miss Agawam können wir nicht warten. Rawley und die Gnomen sind uns schon zu sehr auf die Pelle gerückt.«

Peter ließ das Seil durch die Hände gleiten. »Es ist zu dünn und zu glatt«, sagte er. »Daran kann ich mich nicht festhalten. Es würde sofort tief einschneiden.«

»Du hast ja Handschuhe mit ledernen Innenflächen. Damit geht es schon. Schling das Seil einmal um jede Hand und lass es langsam an der Handfläche vorbeilaufen.«

Peter versuchte es. Die Handschuhe halfen ihm wirklich das dünne Seil sicher zu halten. Schließlich nickte er. »Also schön«, seufzte er. »Ich mach's. Nur sag mir vorher noch eins.«

»Was denn?«, fragte Justus, während er schon ein Ende des Seils an dem Pfeiler des Minaretts festband.

»Wir haben doch leibhaftige Gnomen entdeckt, oder nicht?«

»Leibhaftige Zwerge, ja«, antwortete Justus. »Aber ich habe mich getäuscht, als ich sagte, sie hätten es hauptsächlich darauf abgesehen, Miss Agawam Angst einzujagen, damit sie ihr Haus verkauft. Die haben sich tatsächlich die ganze Zeit als Schatzgräber betätigt. Ich muss vernagelt gewesen sein, dass ich das nicht von Anfang an gemerkt habe.«

»Was gemerkt?«, rief Peter. »Wieso sollte jemand ausgerechnet unter Miss Agawams Haus nach Schätzen graben?«

»Das taten sie ja nicht. Nicht direkt unter dem Haus.« Es hörte sich an, als erwarte Justus, dass Peter jetzt selbst dahin-

terkommen würde. »Wo ist hier der nächste unterirdische Schatz?«
»Woher soll ich das wissen?«
»Du denkst zu wenig. Der nächste Schatz ist in der Bank genau neben Miss Agawams Haus!«
»In der Bank?« Peter starrte den Ersten Detektiv an. »Was willst du damit sagen?«
»Du gehst jetzt besser los, sonst finden sie uns noch«, drängte Justus ungeduldig. »Lass dich runter, so schnell du kannst, aber sei nicht leichtsinnig.«
»Keine Sorge, ich schaff das schon«, sagte Peter und ließ sich über die Brüstung des Türmchens gleiten.
Er hatte sich vorgenommen zu Fuß hinunterzugehen – das heißt die Füße gegen die Außenwand zu stemmen, sich zurückzulehnen und Schritt für Schritt abzusteigen, während das Seil langsam durch seine Handschuhe gleiten würde. Er versuchte, nicht nach unter zu blicken, sondern konzentrierte sich darauf, die Füße fest gegen die unebene, stuckverzierte Mauerfläche des Theaters zu stemmen. Schritt für Schritt ließ er sich hinab. Er hatte die halbe Strecke geschafft, als er über sich Rufe hörte. Justus schrie auf, eine tiefe Stimme knurrte etwas und dann war alles still. Peters Herz klopfte heftig. Hatten sie Justus entdeckt? Dann hieß es schleunigst Boden unter den Füßen gewinnen. Und dann –
Plötzlich ruckte es am Seil, sodass er fast den Halt verloren hätte. Rawleys tiefe Stimme dröhnte über ihm.
»Du da unten! He, Junge!«
Peter schluckte. Wieder schwankte das Seil heftig. Peter klammerte sich fest.

»J-ja?«, rief er. »Hier bin ich.«
»Komm sofort wieder rauf!«
»Ich will aber runter«, entgegnete Peter störrisch.
»Kannst du gleich haben!«, brüllte der Mann. »Ich schneid das Seil durch, wenn du nicht sofort raufkommst.«
Peter blickte in die Tiefe. Der Gehsteig lag noch zehn Meter unter ihm. Wäre es hohes Gras gewesen, hätte er vielleicht den Sprung gewagt. Aber Asphalt – ihm war klar, dass er im besten Fall mit gebrochenen Beinen zu rechnen hätte.
»Na schön, mein Junge«, ertönte die Stimme wieder. »Ich zähle bis drei. Dann schneid ich das Seil durch.«
»Halt, warten Sie!«, rief Peter. »Ich komm ja schon. Geben Sie mir Zeit, bis ich das Seil fest um die Hände gewickelt habe. Es ist so glatt.«
»Gut, aber versuch mich nicht reinzulegen.«
Peter war auf eine Idee gekommen. Vielleicht würde es auch schiefgehen, aber es schien ihm die einzige Rettung. Er hielt sich mit der linken Hand am Seil fest und zog mit den Zähnen seinen rechten Handschuh aus. Dann holte er sein Stück blauer Kreide aus der Tasche.
Flink malte Peter ein riesiges blaues Fragezeichen, mindestens einen halben Meter hoch, auf das trübe Weiß der Theatermauer. Das war die einzige Spur, die er hinterlassen konnte. Dann ließ er die Kreide fallen und schob die Hand wieder in den Handschuh.
»Na los, Junge!« Die Stimme oben klang ungeduldig. »Komm jetzt, oder es geht runter mit dir!«
»Ich komme schon!«
Griff um Griff hangelte sich Peter hoch. Als er auf der Höhe

der Brüstung anlangte, streckten sich ihm starke Hände entgegen und zerrten ihn herüber.
Drei Männer standen bei Justus im Turm. Zwei von ihnen hielten den Ersten Detektiv mit aller Kraft fest. Justus sah erschrocken und zornig aus. Peter wusste, wie ihm zumute war. Ihm selbst ging es nicht anders.
Aber was wurde hier eigentlich gespielt? Erst die Gnomen, dann diese drei Männer …

Die drei ??? *Gnomen als Schatzgräber sind meines Wissens nicht so sehr an Bankdepots interessiert, sondern schätzen eher goldenes Geschmeide und glitzernde Juwelen. Rawley hingegen …*
Soll man es glauben – bei einem so ehrenwerten Beruf wie Nachtwächter? Das seiner Obhut anvertraute Gebäude zu bewachen scheint ihn nicht sehr zu befriedigen, vielmehr gehen seine Gelüste weit darüber hinaus. Oder besser gesagt, darunter durch …

Peter öffnete den Mund zu einer Frage. Aber Rawley wollte nichts hören, sondern stieß ihn vor sich her.
»Los, vorwärts, Junge«, befahl er. »So, Chuck und Driller, schaffen wir die Burschen in den Keller runter. Wir müssen wieder an die Arbeit und dabei können sie zuschauen.«
Die drei Männer trieben Peter und Justus die enge Treppe hinunter, bis sie sich in einem geräumigen, betonierten Keller neben zwei großen verrosteten Heizkesseln befanden. Peter nahm an, dass dies früher die Heizzentrale des Theaters gewesen war. In einer Wand waren mehrere geschlos-

sene Türen. Auf verblassten Schildern stand daran: »Kohlenraum I«, »Kohlenraum II« und »Kohlenraum III«.
Rawley öffnete die Tür zu »Kohlenraum I« und schubste die Jungen hinein. Peter stieß einen Laut der Überraschung aus. Die vier Gnomen saßen in einer Ecke und spielten Karten. Für die Jungen zeigten sie jetzt wenig Interesse: Sie blickten kaum von ihrem Spiel auf. Schubkarren, Spitzhacken, Schaufeln und große Batterie-Laternen lagen achtlos am Boden. Aber worüber Peter am meisten staunte, war ein Loch in der Betonwand, die das Fundament des Theaters sein musste. Dahinter konnte er einen langen, dunklen Tunnel sehen.
Peter überlegte blitzschnell. Der Tunnel verlief so, dass er zu Miss Agawams Haus führen musste. Oder nein, er würde unter Miss Agawams Haus hindurch weiterführen!
Und da endlich ging Peter auf, was Justus mit seiner Feststellung gemeint hatte, der nächste Schatz sei in der Bank.
Die drei Männer und die seltsamen kleinen Kerle als ihre Helfer waren Bankräuber. Rein zufällig waren er und Just einem raffinierten Bankraub auf die Spur gekommen!

Ein finsterer Plan wird enthüllt

Peter und Justus saßen auf einem Stapel Jutesäcke, den Rücken gegen die Wand aus Beton gelehnt, Hände und Füße gefesselt. Justus stand der Sinn jetzt offenbar nicht nach Unterhaltung.

Peter sah, dass Justus sich ärgerte, weil er nicht gleich gemerkt hatte, was eigentlich los war. Aber wie sollte man erkennen, dass man blindlings in einen Bankraub hineinstolperte, wenn man nur hinter ein paar Gnomen her war – und das aufgrund der Aussage einer älteren Dame, die sich ebenso gut alles nur einbilden mochte?

Während Peter hier festsaß, hatte er die ganze Sache durchdacht.

Offensichtlich hatte Rawley die Leitung des Unternehmens. Die anderen beiden Männer handelten nach seinen Anweisungen – der kleine, gedrungene namens Chuck und der ebenfalls kleine, aber drahtige Driller. Driller hatte einen dünnen Schnurrbart und einen goldenen Schneidezahn und er sah die Jungen Unheil verkündend an.

»Just«, flüsterte Peter, »Rawley verschaffte sich hier den Posten als Nachtwächter, um den Bankraub in die Wege zu leiten.«

»Genau das, Peter«, antwortete Justus leise. »Ich hätte mir so etwas von Anfang an denken müssen. Zwei wesentliche Tatsachen waren mir ja bekannt. Eine Bank an der Ecke – und dass ganz in der Nähe jemand Grabungen veranstaltet. Das hätte mir alles sagen müssen. Und stattdessen ließ ich mich von Geschichten über Gnomen irreführen.«

»Auch Sherlock Holmes wäre vielleicht nicht darauf gekommen«, meinte Peter. »Diese Gnomen haben uns wirklich von dem Gedanken an einen Bankraub abgelenkt. Aber eines ist mir nicht klar, Just – warum sitzen die Gnomen jetzt hier herum und helfen nicht mit?«

»Weil sie wahrscheinlich gar nicht zur Bande gehören«, murmelte Justus, noch immer seinen trüben Gedanken nachhängend. »Anscheinend hat man sie bloß angeheuert, um Miss Agawam Angst einzujagen und um irgendwelches Gemunkel über nächtliche Grabarbeiten als unglaubhaft hinzustellen.«

»Aha.« Peter dachte darüber nach. »Jetzt begreif ich das, glaub ich. Aber wie kam Mr Rawley an diese Gnomen heran? Sind die denn aus dem Schwarzwald hierhergekommen?«

»Ach, Peter«, seufzte Justus. »Es ist hoffnungslos mit dir. Diese Gnomen haben den Schwarzwald nie gesehen. Sie kommen direkt aus den Kinderbüchern, die Miss Agawam früher schrieb. Das wurde mir klar, als ich sie dort im Hof sah.«

Er erwartete wohl, dass Peter ihm zu folgen vermochte, und so rätselte Peter eine Weile an Justs Worten herum. Wieso aus Miss Agawams Büchern? Justus mochte das einleuchten, aber Peter kam nicht dahinter.

Inzwischen gingen die Vorbereitungen für den Bankraub zügig voran. Die drei Männer gruben eifrig am anderen

Ende des Tunnels und schafften das lose Erdreich in Schubkarren heraus. Diese kippten sie dann vermutlich in einer der anderen leeren Kohlenkammern aus. Und schon ging es zurück, die nächste Fuhre holen.

»Nur noch drei Meter, Driller!«, hörte Peter Chuck sagen, als die beiden Männer an den Jungen vorübergingen.

»Dann kann ich mich mit meinem Werkzeug an die Arbeit machen, wie?«, posaunte Driller vergnügt. »Diesen Betontresor werde ich aufbohren wie der Zahnarzt einen Zahn.«

Sie arbeiteten stetig weiter und führten den Tunnel das letzte Stück bis an den auf sie wartenden Banktresor heran. Die Kleinen machten es sich in der Zwischenzeit gemütlich – ihre Arbeit war getan.

Da kam Peter eine neue Frage. Er wandte sich an Justus.

»Just –«, fing er an. Dann hielt er inne. Justus hatte sich auf den Jutesäcken langgelegt und schlief!

Beinahe hätte Peter ihn geweckt. Wie konnte man als Erster Detektiv zu solcher Zeit schlafen? Sie waren doch auf seinen Verstand angewiesen, um aus dieser Klemme zu finden!

Dann fiel Peter ein, dass sie noch eine lange Nacht vor sich hatten. Sie würden ihre Kräfte für den kritischen Augenblick brauchen, wenn der Bankraub abgewickelt war und die Bande den Rückzug antreten wollte. Also war es ganz vernünftig, dass Justus sich schlafen gelegt hatte.

Schon der Gedanke daran machte Peter ebenfalls schläfrig. Immerhin war es reichlich spät. Und da es für ihn nun einmal nichts anderes zu tun gab, war auch Peter bald eingeschlafen.

Er wusste nicht, wie lange er geschlafen hatte, aber als er aufwachte, fühlte er sich frisch und ausgeruht. Er war zwar steif geworden, und seine Handgelenke und Knöchel schmerzten unter den Fesseln, aber geistig war er wieder munter. Ganz nah hörte er Stimmen.

Er wälzte sich herum und sah, dass Justus aufrecht dasaß, einen Becher Suppe in den gefesselten Händen. Mr Rawley saß neben Justus auf einer Kiste und war sichtlich guter Laune.

Die Grabarbeiten waren anscheinend beendet. Die Gnomen saßen in einer Ecke und aßen belegte Brote, Chuck und Driller waren nicht zu sehen. Dann bemerkte Peter ein starkes Stromkabel, das sich in die Tunnelmündung schlängelte. Ganz schwach hörte er Bohrgeräusche. Das musste Driller sein, der die Betonwand des Banktresorraums anbohrte.

Justus merkte, dass Peter sich aufrichtete, und begrüßte ihn: »Morgen, Peter. Ich hoffe, du hast gut geschlafen.«

»Na klar, wie ein Murmeltier«, brummte Peter und rekelte sich, um seinen steifen Rücken wieder geschmeidig zu machen. »Die Matratzen hier sind klasse. Gibt nichts Besseres.«

Rawley warf den Kopf zurück und lachte lauthals los.

»Ihr Burschen!«, rief er. »Ihr macht mir Spaß! Ich hatte es euch ja schwer übel genommen, dass ihr euch hier eingemischt habt, aber jetzt, wo ich euch gut versorgt habe und ihr nichts mehr anstellen könnt, wollen wir nicht mehr böse miteinander sein.«

»Sie haben uns wirklich hereingelegt«, gab Justus zu. »Als ich Ihre Gnomen beim Spielen im Hof sah, dachte ich, Roger Agawam hätte sie besorgt, um seine Tante zu erschrecken.

Aber als ich dahinterkam, dass sie uns in den alten Theaterbau hier gelockt hatten, ging mir endlich auf, was sich eigentlich abspielte.«

»Das dachte ich mir«, meinte Rawley. »Noch ein bisschen mehr Glück auf eurer Seite, und ihr hättet uns längst die Polizei auf den Hals geschickt.«

Er wandte sich an Peter.

»Du hast da ja einen ganz schlauen Freund«, sagte er grinsend. »Und dabei sieht er die meiste Zeit ein bisschen bekloppt aus. Aber das ist gut, in meiner Branche würde ihm das viel nützen. So einen würde man nie verdächtigen. Wenn er bei mir einsteigen will, kann ich ihm alles beibringen. In zehn Jahren ist er der gerissenste Gauner in der Gegend!«

»Nein, vielen Dank«, sagte Justus höflich. »Eine Existenz jenseits der Legalität birgt zu viele Risiken und nimmt unweigerlich ein böses Ende.«

»Hört, hört!«, spöttelte Rawley. »Wie der Kerl reden kann! Junge, du könntest dich ab sofort mit den besten Köpfen im Land zusammentun. Es geht nur darum, alles gut vorauszuplanen, so wie ich es bei dem Ding hier gemacht habe. Ich werd jetzt ein reicher Mann sein, solange ich lebe, aber du – du willst ja nicht einsteigen. Tja, ich sag lieber nicht, wie es für dich ausgehen wird.«

Peter wurde es bei diesen Worten regelrecht unheimlich zumute.

»Peter möchte noch eine ganze Menge wissen«, lenkte Justus schnell ab. »Wollen Sie ihm nicht erzählen, wie Sie auf die Idee mit diesem Bankraub gekommen sind, Mr Rawley?«

»Klar, mach ich«, sagte Rawley gönnerhaft. »Da, nimm einen Becher Suppe.«
Er nahm den Aluminiumbecher, aus dem Justus getrunken hatte, füllte ihn aus einer Thermosflasche mit heißer Suppe und gab ihn Peter.
»Das kam so«, begann Rawley. »Ich bin hier gleich über die Straße geboren und aufgewachsen. Vor vierzig Jahren war ich einer von Miss Agawams Gnomen.«
Er lachte auf. »Stellt euch das vor – ich und ein Gnom! Aber sie nannte uns eben so. Einmal die Woche lud sie alle Kinder in der Umgebung zu sich ein. Es gab Eis und Kuchen und sie las uns aus ihren Büchern vor.«
Und Mr Rawley erzählte weiter. Als er ein Junge war, hatte sein Vater, der bei einer Baufirma arbeitete, beim Bau des Maurischen Palasts und der Bank mitgeholfen.
Irgendwann einmal hatte sein Vater den großen unterirdischen Tresorraum der Bank erwähnt. Er hatte eine gewaltige Stahltür, aber die Wände waren keineswegs aus Stahl, sondern nur aus Beton. Man hatte sie auch nie verstärkt, denn man war überzeugt, dass der Raum viel zu tief unter der Erde lag, um jemals Bankräubern Zugang zu gestatten.
»Aber ich«, betonte Mr Rawley, »ich hab die ganzen Jahre darüber nachgedacht, was mein Vater erzählt hatte. Ich überlegte mir, wenn man in Miss Agawams Keller anfinge, dann könnte man direkt bis zum Tresorraum weitergraben und die Betonmauer durchbohren. Nur zog Miss Agawam einfach nicht weg. Als dann das Theater schloss, hatte ich einen neuen Einfall. Ich rechnete mir aus, man könnte hier unter diesem Bau mit ein bisschen mehr Mühe auch

so zum Banktresor vorstoßen. Leider kam ich damals mit dem Gesetz in Konflikt. Aber sobald ich wieder draußen war, nahm ich mir meinen Plan von Neuem vor. Ich suchte mir die Leute zusammen, die ich brauchte. Dann musste ich in den Theaterbau hier reinkommen. Zwei Nachtwächter schlug ich mit unheimlichen Geräuschen in die Flucht. Und schließlich wurde ich selber von Mr Jordan eingestellt und es konnte losgehen.«

Rawley berichtete, wie er mit Driller und Chuck das Betonfundament des Theaters durchstoßen und von da aus den Tunnel unmittelbar unter Miss Agawams Haus hindurchgezogen hatte. Die ausgeschachtete Erde hatten sie in den leeren, stets abgeschlossenen Kohlenkammern aufgehäuft, sodass der neue Eigentümer, Mr Jordan, bei einer Inspektion nichts Verdächtiges hätte feststellen können.

»Mr Jordan ist also in Ihr Vorhaben nicht eingeweiht?«, fragte Justus. »Ich hätte es für möglich gehalten.«

»Nein. Ich hab ihn zum Narren gehalten, wie all die anderen auch. Miss Agawam zum Beispiel. Ich wusste, sie würde es der Polizei melden, wenn sie etwas von den Grabungen merkte. Aber Miss Agawam glaubte nun mal an Gnomen. Also trieb ich ein paar Gnomen auf, die sich nachts in ihr Haus schlichen und ihre Bücher und den anderen Kram durcheinanderschmissen. Sie mussten sich extra so anziehen, wie ich es auf den Bildern in ihrem Buch gesehen hatte. Ich hoffte, sie würde es mit der Angst bekommen und ausziehen. Aber nein, sie ging zur Polizei und meldete, sie werde von Gnomen belästigt, die außerdem unter ihrem Haus in der Erde gruben. Na, man hätte sie glatt in eine

Klinik stecken können. Mir wäre das gerade recht gekommen.«
Rawley schüttelte sich vor Lachen.
»Tja«, fuhr er fort, »sie hatte weiterhin Angst, aber sie holte sich euch Burschen ran. Und ihr habt mir wahrhaftig mehr Kummer gemacht. Aber zum Glück schafften wir es, euch beizeiten zu erwischen.«
»Und wenn nun Roger, Miss Agawams Neffe, ihr geglaubt hätte?«, fragte Justus. »Angenommen, er wäre bei ihr im Haus geblieben und hätte das Graben auch gehört? Ihm hätte die Polizei womöglich geglaubt.«
Rawley zwinkerte ihm mit zufriedener Miene zu.
»Ich sagte ja schon, ich hätte alle zum Narren gehalten, nicht? Von Mr Jordan ließ ich mich einstellen. Miss Agawam band ich einen Bären auf. Und mit Roger traf ich eine Abmachung.«
»Eine Abmachung?«, entfuhr es Peter.
»Na klar. Ich erzählte ihm, Jordan hätte mich eingestellt, um die liebe Tante ein bisschen nervös zu machen, damit sie ihren Besitz endlich verkaufte. Ich versprach, ich würde ihr nichts zuleide tun – nur ein paar Gnomen und das nächtliche Graben vorführen. Dann würde sie vielleicht kurz entschlossen an Jordan verkaufen. Und genau das wollte ja Roger – dass sie verkaufte, solange sie ein gutes Angebot hatte. Also war er einverstanden, nur musste ich versprechen, dass ihr nichts geschehen würde. Und als sie dann von Gnomen und Schatzgräbern redete, tat er natürlich so, als glaubte er ihr kein Wort.«
Rawley war sichtlich mit sich zufrieden.

»Mann, Just!«, stöhnte Peter. »Bei Roger hast du beinahe richtig getippt. Der hatte in der Sache also tatsächlich die Finger drin.«

»Das hast du rausgekriegt?«, fragte Rawley anerkennend. »Junge, du bist ja noch schlauer, als ich dachte. Machen wir doch gemeinsame Sache, und wir werden die Polizei zur Schnecke machen. Du hast wirklich genug Grips dazu.«

»Hm –« Justus blickte nachdenklich vor sich hin. Peter hatte den Eindruck, dass Justus die Vorstellung, selbst Erzgauner zu sein, plötzlich nicht übel gefiel. »Lassen Sie mich noch ein wenig überlegen.«

»Aber ja doch, mein Junge. Ich geh inzwischen mal nachschauen, ob Chuck und Driller schon durch die Betonmauer im Tresorraum gedrungen sind.«

Als er gehen wollte, hielt Peter ihn mit einer Frage auf.

»Ich glaube, ich habe den Plan begriffen, und ich finde ihn ganz schön schlau«, sagte er. »Aber woher nahmen Sie eigentlich die Gnomen, und wie schafften Sie es, dass sie mitmachten?«

Rawley grinste. »Das sollen sie dir selber erzählen«, erwiderte er und rief zu den Zwergen hinüber: »He! Kommt mal her und unterhaltet euch mit den beiden hier.«

Dann verschwand er im Tunnel. Ein Gnom mit wilden roten Augen und schmutzigem weißen Bart kam herüber, kauerte sich auf die Fersen und schaute zu den Jungen herauf.

»Ihr habt uns schwer zu schaffen gemacht«, begann er mit hoher Stimme. »Beinahe hättet ihr mir auch noch den Arm gebrochen. Aber ich trage es euch nicht weiter nach, denn sobald wir hier fertig sind, sollt ihr auf eine lange Seereise gehen, von der ihr nie zurückkommen werdet.«

Der kleine Kerl sprach gut Englisch, allerdings mit irgendeinem europäischen Akzent. Peter sah ihn sich in dem schwachen Licht genau an. Die roten Augen, die spitzen Ohren, die großen behaarten Hände – er konnte sich nicht vorstellen, wie ein solches Geschöpf unbehelligt unter Menschen leben sollte. Höchstens tief in der Erde …

»Hör mal, bist du wirklich ein Gnom? Oder was bist du sonst?«, fragte er.

Der kleine Mann kicherte.

»Tja, Junge, da haben wir euch wohl tüchtig Rätsel aufgegeben. Schau mal her!«

Er zog kräftig an einem seiner haarigen Ohren. Peter erschrak gewaltig, als das Ohr vom Kopf abriss. Dann sah er, dass es nur ein großes künstliches Ohr war, das über ein normales, rosiges kleines Ohr gestülpt worden war.

Darauf zog der »Gnom« eine große haarige Pranke ab, worunter ein zierliches Händchen, wie eine Kinderhand, zum Vorschein kam. Er nahm sich die langen falschen Fangzähne aus dem Mund. Und schließlich tastete er behutsam an einem Auge herum, schob etwas heraus und starrte Peter grinsend an.

»Siehst du, Junge – bloß noch ein rotes Auge, und keine Vampirzähne mehr!« Tatsächlich hatte er jetzt nur noch ein rotes Auge. Das andere war ganz normal blau.

»Getönte Kontaktlinsen«, erklärte er. Dann fasste er sich an die Nase. »Aus Plastik. Und der Bart ist auch falsch. Alles ist haargenau den Bildern in den Büchern der alten Dame nachgemacht. Ich bin kleinwüchsig, mein Junge, und wenn du mich noch einmal Gnom nennst, verwandle ich dich in eine Kohlrübe.«

Er brach in schrilles Gelächter aus. Peter sah Justus nur an.

»So, Peter, nun hast du aber bestimmt alles begriffen«, meinte der.

»Ja, dass uns eine Gruppe Kleinwüchsiger an der Nase herumgeführt haben, das begreife ich!«, sagte Peter. »Aber wenn du meinst, ich hätte begriffen, wozu das gut war und überhaupt – na ja, da sehe ich in ein paar Kleinigkeiten noch nicht ganz klar.«

»Du hast doch verstanden, wie Mr Rawley einen Plan zu diesem Bankraub mithilfe eines Tunnels zum Tresorraum ausarbeitete?«, fragte Justus. »Und wie er geschickt die falschen Gnomen einsetzte, damit Miss Agawam sich nicht über die Grabgeräusche zu Dritten äußerte, und wie er in diesem Punkt mit ihrem Neffen Roger einigging?«

»Ja, ja, das alles ist mir inzwischen auch aufgegangen«, antwortete Peter beschämt. »Wann hast du denn das alles ausgetüftelt, Just?«

»Ungefähr da, als ich die Zwerge in die offene Tür flitzen sah«, sagte Justus. »Da ist mir mit einem Schlag alles klar geworden. Die Bank – das Graben – die Gnomen – auf einmal sah ich die Zusammenhänge.«

»Aber es ist zu spät«, sagte ihr Gegenüber hämisch. »Heute schnappen wir uns die Beute und ziehen ab. Und heute ist Sonntag, also wird bis morgen niemand wissen, was geschehen ist.«

»Miss Agawam wird uns vermissen«, verkündete Justus im

Bemühen, zuversichtlich zu wirken. »Sie wird die Polizei rufen.«
»Das wird sie nicht. Sie ist nämlich mit ihrem Neffen im Auto auf und davon. Wahrscheinlich glaubt sie, ihr wärt weggelaufen oder so was. Wir haben uns alles bis ins Kleinste überlegt, mein Junge. Wir haben vierundzwanzig Stunden Vorsprung, bis man in der Bank von dem Raub überhaupt etwas merkt«, entgegnete der kleine Mann.
Peter fühlte seinen Mut sinken. Justus wollte etwas erwidern, aber in diesem Augenblick tauchte Mr Rawley auf.
»Driller ist in den Tresorraum durch«, meldete er. »Wir brauchen Hilfe zum Rausschaffen des Geldes. Ein paar von euch Zwergen sollen mal herkommen und mit anpacken.«
»Darf ich auch mitkommen?«, meldete sich Justus. »Ich würde gern zuschauen, wie Sie vorgehen, Mr Rawley.«
»Klar, Junge. Ich hoffe ja noch, du tust dich mit uns zusammen, wenn du erst mal siehst, wie glatt alles geht.«
Er zerschnitt Justs Fußfesseln, ließ aber seine Hände gebunden. Justus folgte Rawley und drei von den Männern in den Tunnel; Peter und der eine, mit dem er sich unterhalten hatte, blieben zurück.
»Euch haben wir vielleicht was vorgegaukelt!«, sagte der Mann mit hämischem Kichern. »Einer stellte sich dem anderen auf die Schultern und klopfte ans Fenster, damit ihr uns auch bestimmt sehen würdet. Dann hopsten und turnten wir auf dem Rasen herum, bis ihr Jagd auf uns machtet. Und dann ließen wir euch durch die Tür hier reinkommen und schon hatten wir euch in der Falle. Eins muss ich ja zugeben: Beinahe wärt ihr uns durch die Lappen gegangen.«

»Danke für die Blumen«, gab Peter zurück. »Aber warum musstet ihr uns unbedingt fangen?«
»Weil wir heute Nacht aufs Ganze gehen. Wenn ihr uns beim Graben belauscht hättet, wäre dein Freund sofort losgesaust und hätte die Bullen geholt. Wir mussten euch aus dem Weg räumen, bis wir die Beute ausheben und türmen können.«
Peter war verdutzt. »Aber hör mal«, wandte er ein. »Wie könnt ihr euch einbilden, dass ihr je vor der Polizei sicher seid? Kleinwüchsige fallen doch auf. Die Polizei wird sofort bei euch anrücken, wenn wir euch angezeigt haben.«
»Wenn ihr könntet, ja!«, erwiderte der kleine Mann. »Aber zum Anzeigen werdet ihr keine Gelegenheit mehr haben. Na, nehmen wir trotzdem mal an, es klappte, und die Polizei spürte uns auf. Nun sind wir hier ja in Hollywood, wo all die Filme gedreht werden, stimmt's?«
»Ja, und?«, fragte Peter.
»Na, in Hollywood gibt es so viele Kleinwüchsige wie in der ganzen übrigen Welt zusammengenommen. Alle mit der Hoffnung, beim Film zu landen oder im Fernsehen oder in Disneyland. Ungefähr dreißig von uns leben zusammen in einem Wohnheim. Manche haben einen kleinen Nebenerwerb – wir zwängen uns durch Schutzgitter und öffnen Fenster und räumen aus. Oder wir helfen bei einem Ding wie hier. Bei unserer Größe können wir alles Mögliche anstellen, was kein gewöhnlicher Mensch schafft. Aber dabei sind wir alle eine große, glückliche Familie, kapiert? Keiner von uns würde einen anderen verraten. Wenn uns einer mit Fragen kommt, wissen wir von nichts, haben nie etwas ge-

hört und können uns von anderen Kleinwüchsigen rein gar nichts denken.«

Der Kleine setzte sich sein künstliches Ohr wieder auf. »Und außerdem könnt ihr keinen von uns zuverlässig wiedererkennen. Selbst wenn ihr dazu Gelegenheit bekommen solltet, was nicht sehr wahrscheinlich ist.«

Mit dieser Unheil verkündenden Äußerung stand er auf und verschwand im Tunnel.

Justus stand inzwischen in einem ausgeschachteten Raum vor einer Betonmauer. Durch den Beton war ein Loch gebohrt worden – groß genug, damit ein kleiner Junge durchschlüpfen konnte. Chuck und Driller, erschöpft von der Anstrengung, wischten sich den Schweiß von der Stirn.

»Wir könnten das Loch vergrößern«, sagte Chuck zu Rawley. »Aber das würde Zeit kosten. Jetzt könnten die Kerle schon rein und uns den Zaster durchreichen.«

»Gut.« Rawley schob die kleinen Männer einen nach dem anderen durch das sauber ausgebohrte Loch. Drüben erhellten ihre Laternen einen großen rechteckigen Raum. Bargeld und Wertpapiere waren säuberlich auf Regalen gestapelt. Säcke voller Silbermünzen standen reihenweise auf dem Fußboden.

»Eine Viertelmillion!« Rawley stierte gierig hin. »Montag ist Zahltag – Ultimo. Und das ist die Hausbank der großen Flugzeugfabrik ganz in der Nähe.« Justus sah höchst interessiert zu, wie die Männer die Banknoten und Wertpapierbündel durch das Loch herausreichten. Die drei unten Stehenden stopften alles in Jutesäcke. Endlich war alles untergebracht, bis auf die Säcke mit den Münzen.

»Das Kleingeld lassen wir hier«, schlug Chuck vor. »Zu schwer. Wir haben ja genug.«
»Schön«, entschied Rawley. »Oder – nein, gebt zwei Säcke raus.«
Unter Ächzen und Stöhnen schafften es die Kleinen, zwei der schweren Säcke mit Silber durch das Loch zu zwängen. Dann stiegen sie selbst wieder zurück.
Als sie alles in Schubkarren zur Kohlenkammer transportiert hatten, schnitt Rawley ein Bündel auf und gab jedem der vier eine Anzahl Banknoten.
»Da, nehmt, zehntausend Dollar für jeden«, sagte er. »Seid vorsichtig beim Ausgeben. Und jetzt legt eure Gnomen-Maskerade ab. Wir sind gleich startbereit.«
»Und auf keinen Fall zu früh«, murrte Driller. »Wir haben unseren Zeitplan überzogen.«
Rawley reagierte nicht darauf und wandte sich an Justus. »Na, Junge?«, fragte er. »Nun hast du gesehen, wie wir vorgehen. Willst du nicht künftig mitmachen? Du wirst dabei ein reicher Mann werden – du hast genug Verstand für einen Gangster großer Klasse.«
Peter fragte sich, was Justus wohl sagen würde. Er konnte nicht glauben, dass Justus einwilligen würde, aber –
»Ich möchte ganz gern noch ein wenig darüber nachdenken«, antwortete Justus. »Erst will ich noch sehen, wie Sie Ihren Rückzug geplant haben. Schließlich ist die Ausführung einer Tat erst die halbe Sache. Der Rückzug ist ebenso wichtig und daran scheitern die meisten Verbrecher.« Rawley lachte.
»Ich sagte euch ja: Der hat Köpfchen«, meinte er zu den

anderen. »Also schön, wir nehmen euch mit. Nur müsst ihr leider verkleidet reisen. Chuck, Driller – zieht den beiden was über.«
Bei diesen Worten stürzten sich die beiden Männer plötzlich auf die Jungen. Sie stülpten ihnen zwei große Säcke über den Kopf, die sie bis zu den Füßen herunterzogen, wo sie die Säcke fest zuschnürten.
»Wir laden sie in den Transporter und nehmen sie mit«, rief Rawley. »Los, ziehen wir Leine.«
Driller passte das nicht. Die Jungen würden nur Ärger machen. Warum sie nicht einfach hierlassen und … Er senkte die Stimme, sodass Peter im Sack nicht mehr hören konnte, was er noch sagte. Doch er hörte Rawley lachen.
»Nicht nötig«, erklärte er. »Was glaubt ihr wohl, wozu ich die beiden Silbersäcke mitgenommen habe? Sobald wir die Burschen loswerden wollen, binden wir ihnen einfach die Säcke ans Bein und werfen sie über Bord. So reich beschenkt ist noch keiner ins nasse Seemannsgrab gesunken!«

Bob sucht seine Freunde

Bob Andrews erwachte von der Sonntagmorgensonne, die zum Fenster hereinschien. Einen Augenblick blieb er still liegen und genoss behaglich die kurze Zeitspanne, solange man noch nicht hellwach ist und an nichts Bestimmtes denkt.

Dann zuckte ein Gedanke durch seinen Kopf und er sprang aus dem Bett. Justus und Peter! Was war heute Nacht passiert? Hatten sie etwas herausgefunden? Hatten sie ihm vielleicht schon etwas ausrichten lassen?

Er schlüpfte in seine Kleider. Mechanisch schob er das kleine Funksprechgerät in die Tasche und ging die Treppe hinunter. Seine Mutter machte in der Küche Pfannkuchen, und der Duft von Ahornsirup stieg ihm in die Nase.

»Gibt's was Neues von Justus, Mama?«, fragte Bob.

»Nein, er hat nicht angerufen, nichts mit Grünem Tor, Lila Luke und dergleichen. Du kannst dich also ruhig hinsetzen und von den guten Pfannkuchen essen, die ich gebacken habe, statt gleich wieder zu diesem Schrotthandel rüberzusausen.«

»Es ist ein Trödelmarkt, Mama, und eine Lila Luke haben wir nicht«, stellte Bob richtig und häufte sich den Teller voll Pfannkuchen.

Wenn Justus jetzt noch nicht angerufen hatte, musste alles gut gegangen sein. Vielleicht war es über Nacht ruhig ge-

blieben und sie schliefen noch. Oder sie hatten ihm auf dem Schrottplatz eine Nachricht hinterlassen.
Er frühstückte gemütlich und fuhr dann mit dem Rad zur Firma Jonas hinüber. Das große Tor stand offen, Patrick war im Hof und wusch den kleinen Lastwagen.
»Hat Justus mal angerufen?«, fragte Bob.
»Nein, ich glaube, es war alles ruhig«, antwortete Patrick.
»Er müsste jetzt aber auf sein.« Bob zog die Stirn kraus. »Ich werd am besten selber anrufen und dann fahren wir hin und holen die beiden ab. Heute wollen wir mal wieder Tauchunterricht nehmen.«
Er betrat das kleine Büro und wählte Miss Agawams Nummer. Es läutete und läutete, aber zu seinem Erstaunen nahm niemand ab. Er versuchte es noch einmal. Wieder keine Antwort. Da war Bob zum ersten Mal leicht beunruhigt.
»Da rührt sich keiner«, verständigte er Patrick. »Wo stecken die bloß? Ich meine, Miss Agawam müsste ja zu Hause sein. Wenn sie auch noch weggegangen ist –«
Patrick sah plötzlich sehr ernst aus.
»Sie wollten Gnomen fangen. Ich glaube eher, die Gnomen haben sie gefangen!«, sagte er grimmig.
»Wir sollten hinfahren und nachsehen, was los ist«, entschied Bob. »Beeilen wir uns!«
»Bin sehr dafür!«, brummte Patrick.
In diesem Augenblick läutete das Telefon.
»Vielleicht ist das jetzt Justus!«, rief Bob. Er flitzte hinein und schnappte sich den Hörer.
»Hallo?«, meldete er sich, »Firma Jonas, Gebrauchtwarencenter.«

»Entschuldigen Sie, bitte, ist Justus hier?«, fragte eine Jungenstimme und Bob erkannte Taro Togati.
»Nein, er ist dienstlich auswärts. Hier ist Bob Andrews.«
»Bitte richte Justus etwas aus. Die Nachricht lautet: Mein Vater und die Aufseher haben in der letzten Nacht das Museum durchsucht nach dem Goldenen Gürtel. Sie schauten hinter den Bildern nach und an allen möglichen Stellen.«
»Und haben sie ihn gefunden?«, fragte Bob aufgeregt.
»Leider nein. Sie haben nichts gefunden. Mein Vater macht sich neue Vorwürfe, dass er ernst genommen hat die dummen Gedanken von ein paar Jungen. Mit mir ist er auch böse. Ich halte es immer noch für eine gute Idee von Justus. Aber sag ihm jedenfalls, der Gürtel ist noch nicht gefunden.«
»Ich werd's ausrichten, wenn ich ihn sehe«, erwiderte Bob.
Er legte auf, ging hinaus und stieg in den Lastwagen. Diese Nachricht würde Justs Stimmung sicher nicht heben. Freilich, es war eine gute Idee gewesen, dass der Gürtel die ganze Zeit im Museum gesteckt haben sollte. Justus irrte sich selten, aber diesmal hatte er gründlich danebengetippt.
Dröhnend fuhr der Wagen stadteinwärts los. Der Verkehr auf den Schnellstraßen nach Los Angeles war nicht so stark wie sonst, und sie fuhren so schnell, dass der alte Kasten rumpelte und ächzte. Fünfundvierzig Minuten später hielten sie vor Miss Agawams altem Haus in der Innenstadt an. Noch ehe der Motor stillstand, war Bob aus dem Wagen gesprungen und hatte die Klingel gedrückt.
Er ließ den Finger lange darauf, doch es kam keine Antwort.

Bob machte sich jetzt ernstlich Sorgen.
Er rief Patrick. Während der Ire vom Wagen herunterkletterte, sah Bob, dass das Tor nicht ganz zu war. Er drückte es auf und lief mit Patrick zur Terrasse.
An der Haustür läuteten sie Sturm. Doch alles blieb still.
»Versuch mal, ob die Tür aufgeht«, schlug Patrick vor. »Vielleicht sind sie drinnen, zu Stein verwandelt.«
Patrick bildete sich offenbar fest ein, dass die Gnomen Peter und Justus verzaubert hätten. Aber Bob drehte am Türknauf und zu seiner Überraschung ging die Tür auf. Laut rief er ein paarmal nach Justus und Peter.
Nur das schwache Echo seiner eigenen Stimme kam zu ihm zurück.
Von Angst gepackt durchsuchten Bob und Patrick das ganze Haus mitsamt dem Keller. Nirgends fand sich eine Spur von Peter und Justus, nirgends Miss Agawam. Alles, was sie fanden, waren die Beutel fürs Nachtzeug und die offene Ledertasche für Justs Ausrüstung.
»Just und Peter haben etwas entdeckt und sind auf Erkundung ausgegangen!«, vermutete Bob nach raschem Überlegen. »Vielleicht ist Miss Agawam ihnen nachgekommen und selbst gefangen worden! Wir müssen sie suchen!«
»Die Gnomen haben sie alle gefangen«, beharrte Patrick. So ganz glaubte er zwar nicht, dass Peter und Justus zu Stein verwandelt worden waren, aber auf alle Fälle musste ihnen etwas Schlimmes zugestoßen sein. »Zuerst suchen wir draußen den Garten ab.«
Sie hielten Ausschau, ohne eine Spur zu entdecken, bis Bob Justs Kamera in einem Strauch hängen sah. Er stürzte da-

rauf los. »Just war hier draußen!«, keuchte er. »Er hat etwas fotografiert. Mal sehen, was es war.« Schon nach wenigen Sekunden konnte er das fertige Bild herausziehen. Als sie es anschauten, mussten sie beide schlucken. Auf dem Bild war ein wild dreinblickender Gnom mit behaarten Ohren und gebleckten Fangzähnen zu sehen, der zu einem Fenster hereinstarrte!

»Mann!«, stöhnte Patrick. »Was hab ich dir gesagt, Bob? Die Gnomen haben Peter und Just tatsächlich erwischt.«

»Mag sein«, murmelte Bob. Er wusste nicht mehr, was er davon halten sollte. »Trotzdem müssen wir sie suchen. Wir holen die Polizei und –«

Aber der Gedanke, dieses Foto der Polizei zeigen zu müssen, ließ ihn zögern. Nein, erst würde er mit Patrick auf die Suche gehen, beschloss er.

»Hör zu, Patrick«, sagte Bob rasch. »Im Haus und im Garten sind sie nicht. Aber gestern Abend sind sie hergekommen, um etwas zu fangen, und nicht zurückgekehrt. Vielleicht haben sie uns ein Zeichen hinterlassen oder es hat sie jemand gesehen. Wir suchen jetzt erst mal die angrenzenden Häuser ab. Und dann die nächsten Straßen. Jeden, den wir antreffen, fragen wir, ob er heute Nacht etwas gesehen oder gehört hat.«

Bob ging als Erster zur Straße zurück. Das Theater lag am nächsten, also wählte er diese Richtung. Die Straße lag ruhig da, und sie trafen niemand, den sie hätten fragen können. Auch kein Zeichen war zu entdecken. Aber als sie genau vor dem Maurischen Palast standen, trat Bob auf etwas, das unter seinem Schuh knirschte. Er sah hinunter und stieß

einen Schrei aus. Er war auf ein abgebrochenes Stück blauer Kreide getreten!
»Peters Kreidestück!«, rief er Patrick zu. »Peter ist heute Nacht hier in der Gegend gewesen!«
»Da, schau mal!«, sagte Patrick. Dicht bei der Hauswand lag die andere Hälfte der blauen Kreide.
»Das war ein Stück und es ist auseinandergebrochen«, folgerte Bob. »Patrick, schau dir das an. Siehst du? Da auf dem Gehweg ist noch der Punkt zu sehen, wo es aufgeschlagen und zersprungen ist!«
»Aufgeschlagen? Wo ist es denn runtergefallen?«, fragte Patrick.
Aber Bob war schon zurückgetreten und starrte in die Höhe. Keine offenen Fenster, keine Stelle, wo sich ein Junge von Peters Größe verborgen halten könnte –
Und dann sah er es. Es war kaum sichtbar, so verschmutzt war die weiße Fassade des Theaters. Aber da stand es: ein riesiges Fragezeichen in blauer Kreide. Ein Signal von Peter!
Es bedeutete, dass Peter irgendwie und irgendwann in der vergangenen Nacht oben an der Fassade des ehemaligen Theaters gewesen war!
Bob konnte sich beim besten Willen nicht vorstellen, wie dies zugegangen sein mochte, aber auf alle Fälle war das Fragezeichen ungeheuer bedeutsam. Es hieß, dass Peter und Justus möglicherweise da drinnen steckten.
»Patrick, wir müssen in das Haus rein!«, sagte Bob entschlossen.
»Schön, dann reiß ich ein paar Bretter weg und renne die

Tür ein«, sagte Patrick. Er fing an die Bretter loszureißen, mit denen der Haupteingang vernagelt war. Aber Bob hielt ihn zurück.
»Wenn sie drinnen sind, gibt es wahrscheinlich auch eine offene Tür«, meinte er. »Ich glaube, ich weiß, wo die ist.«
Er führte Patrick um das Gebäude herum, bis zu dem Sträßchen, das hinter dem Theater und Miss Agawams Haus verlief.
»Psst!«, machte er. »Jetzt müssen wir Vorsichtsmaßnahmen ergreifen.« Aus der Brusttasche seiner Jacke zog er einen kleinen runden Spiegel. Es war ein neues Stück ihrer Ausrüstung, das Justus gerade in dieser Woche an die drei ??? verteilt hatte.
Bob legte sich auf dem Gehweg flach auf den Bauch und robbte bis zur Ecke vor, wo die schmale Straße begann. Äußerst vorsichtig hielt er den Spiegel über die Hausecke hinaus und drehte ihn so, dass er darin den Weg überblicken konnte.
Da! Ein geschlossener grüner Transporter stand genau vor dem Bühneneingang, wo Bob am Vortag mit den anderen gewesen war!
Mit wachsender Erregung blickte Bob in den Spiegel. Zu seiner Überraschung sah er einen hochgewachsenen Mann aus dem Theater kommen, der einen großen, schweren Sack schleppte. Es war Mr Rawley.
»Siehst du was, Bob?«, fragte Patrick.
»Ich seh da den Nachtwächter bei einer höchst sonderbaren Beschäftigung. Ich glaube, er hat was gestohlen«, flüsterte Bob, noch immer platt auf dem Gehweg ausgestreckt. »Auf

alle Fälle bin ich sicher, dass Peter und Justus da drinnen sind.«
»Na und, worauf warten wir noch? Wir gehen hin und holen sie raus.« Patrick ließ seine kraftvollen Muskeln spielen.
»Nein, wir brauchen die Polizei. Da drinnen ist vielleicht eine ganze Bande – aha, da kommen noch zwei Männer mit Säcken. Such ein paar Polizisten und komm rasch wieder her, Patrick. Ich bleibe hier auf Posten.«
»Na schön«, brummte Patrick, hörbar überzeugt, dass er auf eigene Faust weit wirksamer eingreifen könnte. Er lief los, während Bob Wache hielt.
Von Zeit zu Zeit spähten die Männer aufmerksam die Straße auf und ab. Der kleine Spiegel dicht über dem Asphalt fiel ihnen jedoch nicht auf. Die drei – einer dünn und drahtig, einer klein und gedrungen, und der große, vierschrötige Mr Rawley – trugen immer neue Säcke heraus und verstauten sie in dem Transporter.
Bob konnte nicht mehr stillhalten. Die Zeit verrann. Warum kam nur Patrick nicht mit einem Polizisten zurück?
Jetzt schienen die drei Männer mit dem Beladen des Transporters fertig zu sein. Sie berieten sich kurz. Dann gingen sie noch einmal ins Haus und diesmal kamen zwei von ihnen mit einem größeren Sack heraus.
Und dieser Sack zappelte! Er versuchte sich loszureißen!
Die Männer schoben ihn in den Wagen und holten dann einen zweiten Sack, der noch praller und schwerer schien und sich ebenfalls bewegte.
Ohnmächtig musste Bob es mit ansehen. Es konnte gar nicht anders sein: Peter und Justus steckten in diesen beiden letz-

ten Säcken, und er konnte überhaupt nichts ausrichten, um ihnen zu helfen. Wäre Patrick noch hier, so hätten sie die Männer überrumpeln und die Freunde vielleicht befreien können. Aber er hatte Patrick nach einem Polizisten ausgeschickt. Und Bob wusste, dass er beim Versuch, allein einzugreifen, mit Sicherheit selbst geschnappt werden würde.
Einer der Männer warf die hintere Tür des Transporters ins Schloss. Alle drei stiegen vorn ein. Und im nächsten Augenblick fuhr der Wagen an.

Die Spur verliert sich

Justus und Peter fühlten sich äußerst unbehaglich. Mit gefesselten Händen und Füßen, kratzige Säcke über dem Gesicht, lagen sie auf Banknotenbündeln und Wertpapieren.
Peter spürte, wie sich Justus neben ihm bewegte. Der Erste Detektiv probierte, wie fest seine Fesseln saßen.
»Just«, flüsterte Peter durch seinen Sack. »Was glaubst du, wo sie uns hinbringen?«
»Da war von einem Schiff die Rede«, flüsterte Justus zurück. »Vermutlich wollen sie auf dem Seeweg fliehen.«
»Hast du gehört, was Mr Rawley sagte – er will uns Silbersäcke an die Beine binden und uns über Bord werfen?«
»Ich hab's gehört«, erwiderte Justus. »Aber denk dran, dass der berühmte Zauberkünstler Harry Houdini sich mit Handschellen fesseln, in eine fest verschlossene Milchkanne stecken und ins Wasser werfen ließ. Und immer kam er lebendig zum Vorschein.«
»Wenn ich Harry Houdini wäre, würde mich das jetzt ungemein beruhigen«, brummte Peter. »Aber ich bin Peter Shaw und ich habe keinerlei Übung. Ich mag nicht mit einem Silberschatz am Bein ins Seemannsgrab sinken.«
Ein Kichern unterbrach ihre Unterhaltung. Die vier Kleinwüchsigen hatten sich als kleine Jungen angezogen und fuhren hinten im Laderaum bei den beiden Gefangenen mit. Einer von ihnen fing zu sprechen an.

»Vielleicht habt ihr auch Glück«, quäkte er mit seiner hohen, kindlichen Stimme. »Vielleicht verkauft euch Mr Rawley irgendwo in Asien als Sklaven. Tief in der arabischen Wüste werden heute noch Sklaven gehalten.«
Peter grübelte schweigend darüber nach. Wollte er weit weg von der Heimat Sklave eines Araberscheichs sein? Oder wäre er lieber ein Festmahl für einen Schwarm Fische? Er konnte sich beim besten Willen mit keiner dieser beiden Möglichkeiten befreunden.
Die Männer schwiegen jetzt auch. Der Wagen voll gestohlenem Geld rumpelte dahin. Plötzlich fuhr er langsamer.
»Also los, ihr Zwerge, raus mit euch. Euer Bus kommt gleich!«, dröhnte Rawleys Stimme von vorn herein. »Euren Lohn habt ihr bekommen. Aber vergesst nicht: Lasst euch nicht zu früh beim Geldausgeben sehen!«
»Wir verstecken es erst mal, keine Sorge«, versprach einer der Männer.
»Und dichthalten! Kein Wort über eure Lippen!«, rief Chuck barsch über die Schulter.
»Wir reden bei der Polizei nie«, sagte der Mann. »Wir Kleinwüchsigen halten zusammen. Die können sich auf den Kopf stellen – uns können sie nichts anhängen.«
Jetzt fuhr der Wagen noch langsamer, die hintere Tür öffnete sich und die Kleinwüchsigen sprangen einer nach dem anderen von der Pritsche. Die Tür schlug zu und der Wagen nahm die Fahrt wieder auf. Gleich darauf kam eine Steigung und danach eine weniger holprige Straße. Immer schneller ging die Fahrt. Offenbar waren sie jetzt auf einer Schnellverkehrsstraße, die wohl zu der nur wenig entfernten Pazifik-

küste führte. Und dort würde also ein Schiff die Bankräuber erwarten.
»Sklaven oder Fischfutter«, stöhnte Peter. »Just, mit uns ist es aus. Warum haben wir uns bloß an diesen Fall gewagt?«
»Weil's so aufregend war«, antwortete Justus gedämpft. »Und damit wir geistig fit bleiben.«
»Mir reicht die Aufregung für die nächsten tausend Jahre und geistig bin ich völlig durchgedreht«, beklagte sich Peter. »Die Bankräuber sind aus dem Schneider. Ich hatte gehofft, Bob würde mein einsames Zeichen sehen, aber die Hoffnung war wohl umsonst. Na, nun sag schon was!«, drängte er, gereizt durch das Schweigen seines Freundes. »Sag mir wenigstens, dass wir eine Chance haben!«
»Das kann ich nicht«, bekannte Justus aufrichtig. »Ich dachte eben, dass Mr Rawley wirklich ein ganz gerissener Hund ist.«
Zu dieser Zeit wurden sie mit einer Wagenlänge Abstand von Bob Andrews und Patrick beharrlich verfolgt.
Patrick war, nachdem er nirgends einen Polizisten auftreiben konnte, gerade zurückgekommen, als Bob den grünen Transporter davonfahren sah. Erst hatte Bob gemeint, sie sollten von einer Telefonzelle aus die Polizei verständigen, aber weit und breit war keine Telefonzelle zu sehen. Und außerdem hätte ein Telefonat einen weiteren Zeitverlust bedeutet.
Also packte er Patrick am Ärmel und zog ihn mit sich zu dem wartenden Lastwagen. Sie stiegen hastig ein und rasten los.
Der grüne Transporter hatte eine blaue Tür, die anscheinend

nach einem Unfallschaden ausgewechselt worden war, und ließ sich daher leicht wiedererkennen und verfolgen. Der sonntägliche Frühverkehr war schwach und an dem klapprigen Lastwagen vom Schrottplatz war nichts Auffälliges zu bemerken.

»Er darf uns nicht entwischen, Patrick!«, drängte Bob. »In dem Transporter da vorn sind Peter und Justus!«

»Ich könnte ihm hinten auffahren«, schlug Patrick hoffnungsvoll vor. »Ihn in den Graben legen. Damit hätten wir ihn auf jeden Fall gestoppt.«

»Und womöglich Just und Peter umgebracht!«, wehrte Bob ab. »Du weißt genau, dass es so nicht geht. Fahr ihm nach, bis er anhält.«

Also fuhren sie dem Transporter immer hinterher. Nach fünf Minuten verringerte er sein Tempo, stoppte ganz kurz und vier kleine Jungen sprangen aus der Hecktür.

»Unerhört!«, brummte Patrick grimmig. »So kleine Kerle, und machen bei so was mit. Was soll ich tun, Bob? Sie schnappen und aushorchen?«

»Nein, nein!«, antwortete Bob. »Dann verlieren wir den Transporter.«

Gleich darauf bog der grüne Wagen in eine Schnellstraße ein und brauste nach Westen ab, auf die Küste zu.

Der verdutzte Patrick schaffte es gerade noch, ebenfalls in die Schnellstraße einzubiegen, ehe er den Transporter aus den Augen verlor. Dieser fuhr jetzt so schnell, dass Patrick kaum mithalten konnte.

»Ob Just oder Peter wohl das Walkie-Talkie benutzen können?«, meinte Bob in Gedanken an frühere Situationen, in

denen sich die Funksprechgeräte bewährt hatten. »Ich werd mal probeweise einschalten.«
Er zog sein Walkie-Talkie aus der Tasche, drückte auf den Knopf und hielt es ans Ohr. Erst hörte er nur Summtöne.
Dann kam zu seinem Erstaunen eine Männerstimme herein, und zwar sehr laut, die er als Rawleys Stimme erkannte. Anscheinend hatte Rawley ein leistungsstarkes Sprechgerät in Betrieb, das auf derselben Wellenlänge funkte wie Bobs Gerät.
»Hallo, Hafen!«, rief Rawley. »Hallo, Hafen! Hier Aktion Tunnel. Hört ihr mich? Bitte kommen! Bitte kommen!«
Bob lauschte angespannt. Gleich darauf antwortete eine schwächer klingende Stimme:
»Hallo, Aktion Tunnel. Hier Hafen, alles klar bei uns. Aktion Tunnel gut verlaufen?«
»Hallo, Hafen!«, kam nun wieder Rawleys Stimme. »Hätte nicht besser klappen können. Nur haben wir zwei Passagiere aufgelesen. Wenn wir an Bord sind, überlegen wir uns, was wir mit ihnen anfangen. Das ist alles. Ich melde mich wieder, wenn wir am Dock sind. Ende.«
Und damit war die Verbindung beendet.
Plötzlich gab es einen lauten Knall. Bob duckte sich. Die Männer da vorn mussten sie gesehen und auf sie geschossen haben!
Der Lastwagen schwankte. Patrick lenkte ihn auf den Randstreifen neben der Fahrbahn.
»Wir waren zu schnell«, stellte er fest. »Bob, wir haben einen Plattfuß. Wir müssen anhalten.«

Im nächsten Augenblick war der grüne Transporter mit der blauen Tür, in dem Peter und Justus steckten, in der Ferne verschwunden.

Mit dem Mut der Verzweiflung

Patrick wechselte den Reifen, so schnell er konnte. Aber zehn Minuten dauerte es mindestens, und mittlerweile war der grüne Transporter natürlich meilenweit weg.

Sie hatten Justus und Peter verloren. Bob hatte das höchst unbehagliche Gefühl, er werde sie niemals wiedersehen.

»Was machen wir jetzt, Bob?«, fragte Patrick, als sie beide wieder vorn im Wagen saßen. »Zur Polizei fahren?«

»Ich hab ganz vergessen mir die Nummer von dem Transporter aufzuschreiben«, bekannte Bob und kam sich recht ungeschickt vor. »Die Verfolgung hat uns zu sehr beansprucht. Da gibt es eigentlich wenig, was wir der Polizei berichten könnten.«

»Na, hier sind sie langgefahren, also müssen wir auch da weiter«, meinte Patrick. Er legte den Gang ein und der Lastwagen reihte sich wieder in den Verkehr auf der Schnellstraße in westlicher Richtung ein.

Bob überlegte angestrengt. Die Straße, auf der sie jetzt waren, führte zum Pazifik. Bei der nächsten Gabelung würden sie in der einen Richtung zu der schönen Küstenstadt Long Beach, in der anderen Richtung nach San Pedro Harbour, dem Hafen von Los Angeles, kommen.

Die Stimme im Sprechfunk hatte von einem Hafen gesprochen. Long Beach war kein Hafen, doch San Pedro war einer. Und obendrein der einzige in dieser Richtung.

»Patrick, nach San Pedro«, beschloss Bob.
»Machen wir, Bob«, stimmte Patrick zu.
Mit Höchstgeschwindigkeit donnerte der alte Lastwagen weiter. Bob zermarterte sich inzwischen das Gehirn mit Vermutungen, was wohl geschehen sein mochte.
Peter und Justus waren ausgezogen, um die Gnomen zu fangen. Und sie waren in Säcken auf einem Transporter gelandet, den Mr Rawley, der Nachtwächter des Maurischen Palasts, steuerte. Die ungewöhnliche Reihe von Ereignissen, die zu diesem Ausgang geführt hatte, konnte man sich unmöglich ausmalen.
Bob wusste nur, dass seine Freunde ernstlich in Gefahr waren und dass niemand außer ihm sie retten konnte. Beim Gedanken daran kam ihm seine ganze Ohnmacht zum Bewusstsein.
Nun kamen sie in die Außenbezirke von San Pedro, wo die Felder mit großen Bohrtürmen bestückt waren, die Öl aus der Tiefe förderten. Sie fuhren zügig durch die Innenstadt zum Hafen. Er bot kein sehr eindrucksvolles Panorama, da es vorwiegend künstliche Anlagen waren, aber es wimmelte von Frachtern an den Piers, und andere waren im schmutzig grauen Wasser vor Anker gegangen.
Auch ein paar Fischerboote lagen verankert und kleine Motorboote waren im Hafenbecken unterwegs. Vom Meer her kam leichter Nebel auf.
Patrick hielt an und beide sahen sich ratlos nach allen Seiten um. Eines dieser Schiffe sollte für Peter und Justus Endstation werden, vielleicht auch eines der Fischerboote. Sie würden an Bord gebracht werden und nie mehr zurück-

kehren. Wenn man nur erfahren könnte, welches Schiff es war!

»Sieht so aus, als könnten wir einpacken, Bob«, meinte Patrick. »Den Transporter finden wir jetzt nicht mehr. Ich habe in allen Straßen Ausschau nach ihm gehalten und ihn nirgends gesehen.«

»Er ist an irgendeinem Pier«, sagte Bob. »So viel hat uns das Funkgespräch verraten. Aber es gibt in San Pedro eine ganze Menge Piers. Bis wir die alle abgesucht haben –« Dann zuckte er zusammen wie von der Tarantel gestochen.

»Der Sprechfunk!«, rief er. »Wir hörten doch, wie sie vereinbarten, sie würden sich wieder verständigen, wenn sie hier angekommen sind!« Er geriet in solche Hast, dass er ein paar Sekunden länger als sonst brauchte, um das kleine Gerät in Gang zu setzen. Erst hörte er nichts. Heftig atmend hielt er es sich dicht ans Ohr. Dann vernahm er eine Stimme.

»Aktion Tunnel! Boot zu Wasser gelassen, nehmen euch in fünf Minuten bei Pier 37 an Bord. Ladung und Passagiere müssen zur sofortigen Übernahme klar sein.«

»Hier Aktion Tunnel«, erwiderte Rawleys Stimme. »Ihr seid bereits in Sicht. Ladung und Passagiere warten im Wagen, klar zum Einschiffen.«

»Sehr gut«, ertönte wieder die andere Stimme. »Machen wir Schluss. Wenn wir mit dem Boot ankommen, schwenkt ihr dreimal ein weißes Taschentuch zum Zeichen, dass alles klar ist. Ende.«

Nun blieb es still. Doch Bob zitterte vor Aufregung.

»Der grüne Wagen steht bei Pier 37«, sagte er atemlos zu Patrick. »Fünf Minuten haben wir Zeit. Wo ist Pier 37?«

»Weiß ich nicht«, musste Patrick zugeben. »Ich kenn mich in San Pedro nicht aus.«
»Wir müssen jemand finden, den wir fragen können«, keuchte Bob. »Möglichst einen Polizisten. Fahr los, Patrick, und versuch einen aufzutreiben!«
Patrick fuhr wieder an, und langsam rollten sie die Straße entlang und hielten Ausschau nach jemand, der ihnen Auskunft geben könnte.
Aber es war Sonntagfrüh und auffallend wenige Fußgänger waren unterwegs. Dann sahen sie einen Streifenwagen der Polizei in die Straße vor ihnen einbiegen.
»Setz dich neben den Wagen da, Patrick!«, schrie Bob. »Und drück auf die Hupe, was du kannst!«
Patrick gab Vollgas. Mit schrillem »tüüüt-tüüüt« holperte der alte Lastwagen neben das schnittige kleine Polizeiauto.
»Bitte, Herr Inspektor!«, schrie Bob hinüber. »Wo ist Pier 37? Es geht um Leben und Tod!«
»Pier 37?« Der Polizist am Steuer wies nach hinten. »Drei Straßen zurück, dann geht's zum Hafen ab. Nein, das ist eine Einbahnstraße. Fahrt vier Straßen zurück, dann in Richtung Hafen und wieder bis zur nächsten Querstraße vor und –«
»Danke!«, rief Bob. »Kommen Sie mit! Zwei Jungen sind in größter Gefahr!«
Bevor der Polizist noch etwas erwidern konnte, brauste der Lastwagen davon. Der Beamte zwinkerte, als Patrick mitten auf der Straße wendete – fast nur noch auf zwei Rädern – und mit aufheulendem Motor zurückfuhr.
»He! Das kostet Strafe!«, schrie der Polizist. Dann ließ er den Wagen an, wendete ebenfalls und raste hinterher.

Patrick kam zur dritten Querstraße.
»Jetzt einbiegen!«, dirigierte Bob. »Ist eine Einbahnstraße, aber so geht's am schnellsten, wir haben kaum noch Zeit!«
Auf einem kleinen Schild stand »Pier 37« und ein Pfeil zeigte die Straße entlang. Sie fuhren noch ein Stück vor, und dann brachte Patrick mit einer Vollbremsung den Lastwagen zum Stehen, dass es nur so quietschte.
Auf der anderen Seite konnten sie den grünen Transporter mit der blauen Tür sehen. Ein gedrungener Mann lehnte gegen die vordere Stoßstange und schwenkte gelassen ein weißes Taschentuch. Etwa hundert Meter entfernt war auf dem Wasser eine schäbige Motorbarkasse zu erkennen, die sich mit schäumender Bugwelle dem Pier näherte.
»Wir sind ausgesperrt, Bob!«, sagte Patrick. »Peter und Just kommen da nicht mehr raus!«
Im selben Augenblick kam das Polizeiauto angebraust.
»Sie sind verhaftet!«, schrie der Beamte am Lenkrad. »Sie haben auf der Fahrbahn gewendet, sind zu schnell gefahren und außerdem verkehrt in eine Einbahnstraße eingefahren! Zeigen Sie mal Ihren Führerschein.«
»Dazu ist jetzt keine Zeit!«, brüllte Patrick. »Wir müssen sofort durch zu Pier 37!«
»Da wird heute nichts verschifft«, sagte der andere Polizist. »Und Sie haben gegen die Straßenverkehrsordnung verstoßen. Nun zeigen Sie schon den Führerschein.«
»Herr Inspektor, begreifen Sie doch! Die Männer in dem Transporter dort drüben wollen zwei Jungen entführen!«, schrie Bob, der sich neben Patrick ans Fenster gedrängt hatte. »Bitte helfen Sie uns, halten Sie sie auf!«

»Solche Mätzchen nützen euch jetzt gar nichts!«, knurrte der Polizist. »Los, Mann, her mit dem Führerschein.«
Und mit jeder Sekunde, die verstrich, näherte sich die Barkasse dem Pier …
»Patrick!«, rief Bob in einer plötzlichen Eingebung. »Fahr zu, los! Drück das Tor ein!«
»In Ordnung, Bob, gute Idee!« Patrick trat mit voller Wucht aufs Gaspedal, sodass der Lastwagen einen Satz nach vorn machte. Laut rufend blieben die Polizisten zurück.
Als die robuste Stoßstange das verschlossene Tor in der Mitte traf, klang der Aufprall wie ein schriller Schrei. Das Tor und ein Stück Zaun brachen nieder. Der Lastwagen schob sich noch ein Stück vor, dann verhedderten sich die Räder im Maschendraht des Zauns und der Wagen blieb knapp zwanzig Meter hinter dem grünen Transporter stehen.
»Auf, Bob, komm mit!«, brüllte Patrick. Er sprang vom Wagen und stürzte los, Bob dicht hinterdrein.
Wie ein wild gewordener Bulle raste Patrick auf Rawley zu. Erschrocken sah ihn Rawley kommen, und seine Hand fuhr in die Tasche, vermutlich nach einem Revolver. Doch ehe er sie wieder herausziehen konnte, hatte ihn Patrick mit seinen mächtigen Armen umklammert, wie ein Kind hochgehoben und ins Hafenbecken geworfen. Rawley ging unter und erreichte prustend wieder die Oberfläche. Die eben angekommene Barkasse drosselte den Motor und die Männer zogen ihn an Bord.
Nun sprangen Chuck und Driller, mit Schraubenschlüssel und Wagenheber bewaffnet, aus dem Transporter und stürzten sich auf Patrick. Patrick wich den Angriffen geschickt

aus, wirbelte die beiden um ihre eigene Achse und packte jeden mit einer Hand beim Kragen. Dann schleifte er sie zum Rand des Piers und stieß sie ins Wasser.

Bob hatte sich inzwischen an der Hintertür des Transporters zu schaffen gemacht. Als er die Tür endlich aufbekommen hatte, schrie er hinein: »Peter! Just! Seid ihr da?«

»Bob!« Das war Just, mit erstickter Stimme. »Hol uns bloß aus den Säcken raus!«

»Eins zu null für Bob!«, stöhnte Peter. Seine Stimme klang noch schwächer, weil Justus halb über ihm lag.

Die Barkasse nahm in der Zwischenzeit auch Chuck und Driller an Bord, wendete in voller Fahrt und hielt nun auf einen der Fischkutter draußen im Hafen zu.

Angesichts der Demonstration von Patricks Körperkräften näherten sich ihm die beiden Polizeibeamten vorsichtig mit gezogenem Revolver.

»Sie sind verhaftet!«, rief der eine. »Ich weiß schon gar nicht mehr, wie viele Vorschriften Sie übertreten haben, aber so viel weiß ich sicher: Jetzt reicht es!«

»Ha!«, schnaubte Patrick. Er wies auf die entschwindende Barkasse. »Schnappt euch das Boot da! Dann habt ihr die Richtigen erwischt.«

Bob hantierte inzwischen unbemerkt mit seinem Messer. Erst befreite er Justus und Peter aus den Säcken, dann kappte er ihre Hand- und Fußfesseln. Die Freunde, beide arg zerzaust, standen auf und streckten sich. Sie mussten blinzeln, um ihre Augen wieder an die Helligkeit zu gewöhnen.

Der zweite Polizist bemerkte, wie die Jungen aus ihren Säcken krochen, und mit verdutztem Blick kam er herüber.

»Was geht hier eigentlich vor?«, fragte er. »Was habt ihr Burschen in diesen Säcken zu suchen? Soll das vielleicht ein Scherz sein?«
Justus richtete sich auf und gab sich einen möglichst würdevollen Anstrich. Er holte stumm einen der vollen Säcke aus dem Wagen, nahm Bobs Messer und schnitt den Sack auf. Bündelweise fielen Banknoten auf den Boden. Dann zog er eine Karte der drei ??? hervor und die gab er dem Beamten.
»Die drei Detektive haben soeben einen äußerst unangenehmen Fall um Gnomen der Lösung zugeführt«, sagte er betont großspurig. »Sie haben ferner die Beute aus einem tollkühnen Bankraub sichergestellt. Die Täter versuchen zur Stunde zu entkommen«, berichtete er den maßlos verblüfften Polizisten, »daher übergeben wir nun den Fall der zuständigen Obrigkeit. Mehr ist nicht zu sagen, denke ich.«
Peter, Bob und Patrick starrten den Ersten Detektiv voll Bewunderung an. Einen so überlegenen Eindruck hatte Justus noch nie gemacht!
Ja, wenn es eine würdige Haltung an den Tag zu legen galt, war Justus Jonas nicht zu übertreffen!

Die drei ??? *Hm, hm. Soo viel Grund zum Großtun hat der Erste Detektiv nun auch wieder nicht. Denn wo steckt die Beute aus unserem Parallel-Fall – der Goldene Gürtel? Dieses noch immer ungelöste Rätsel dürfte Justus bald wieder den Wind aus den Segeln nehmen.*

Überraschungsangriff

Sechs Tage waren seit jenem aufregenden Sonntag vergangen. Nachdem Justus sein »Mehr ist nicht zu sagen« geäußert hatte, waren den Jungen unzählige Fragen gestellt worden. Die Polizei erkannte schließlich an, dass sie tatsächlich die Bankräuber erfolgreich an der Flucht mit der Beute gehindert hatten. Die Rolle der »Gnomen« betrachteten sie zunächst mit Vorbehalt, aber die Aussage von Miss Agawam überzeugte sie dann später doch.

Allerdings gelang es der Polizei nicht, die Verbrecher zu fassen. Rawley, Chuck und Driller waren mit dem Boot in dem leichten Nebel entkommen. Und was die als Gnomen verkleideten Kleinwüchsigen anging, so stritten die schlauen kleinen Herrschaften einfach alles ab. Die Polizei besuchte die Artisten-Pension, wo fast alle Kleinwüchsigen in Hollywood wohnten, doch jeder hatte mehrere Freunde, die beschworen, dass er zu der Zeit des Bankraubs das Haus nicht verlassen hatte. Widerlegen ließen sich ihre Aussagen nicht, und so war es unmöglich, Verhaftungen vorzunehmen.

Während der sechs vergangenen Tage war Justus meist verdrießlich und reizbar gewesen. Im Grunde haderte er mit sich selbst.

Zwar hatte Just zum Schluss erkannt, dass die Gnomen verkleidete Kleinwüchsige waren, und ebenso richtig getippt, dass es um einen Bankraub ging. Aber das war ihm erst im

letzten Augenblick gelungen, ehe er außer Gefecht gesetzt wurde.
Das Zeichen an der Theatermauer stammte von Peter. Entdeckt hatte es Bob. Und Bob und Patrick hatten Peter und ihn selbst gerettet.
Zugegeben: Justus Jonas, der Erste Detektiv, war in jenem Fall um Miss Agawams »Gnomen« nicht gerade eine Leuchte gewesen – zumindest nicht aus eigener Sicht. Und obendrein hatte sich auch noch seine Erklärung für das Verschwinden des Goldenen Gürtels als falsch erwiesen, ungeachtet seiner bestechenden Logik. Justus schluckte schwer an dieser bitteren Pille. Auch die herzlichen Lobesworte, die Miss Agawam für sie alle gefunden hatte, linderten Justs Verstimmung nur wenig. Es musste etwas geschehen, damit Justus zu seinem normalen Selbstvertrauen zurückfand, Bob und Peter wünschten es sehnlichst herbei.
Nachdem die drei Jungen an dem folgenden Samstagmorgen eine Sonderschicht in Reparaturarbeiten auf dem Schrottplatz eingelegt hatten, erholten sie sich nachmittags in ihrer versteckten Werkstatt auf dem Betriebsgelände. Dank dieser Arbeit hatte sich Justs Laune etwas aufgeheitert und gemeinsam mit Peter erzählte er Bob neue Einzelheiten ihres Abenteuers in dem alten Maurischen Palast.
»Es überrascht mich, dass die Polizei Rawley oder zumindest Driller bis jetzt immer noch nicht gefunden hat«, bemerkte Peter. »Aber Interpol wird ihn früher oder später schnappen. Schließlich müsste gerade Driller mit seinem Goldzahn besonders auffallen.«
»Goldzähne haben viele Leute«, meinte Bob. »Sogar ein klei-

ner Pfadfinder, mit dem ich damals im Museum zusammenstieß, hatte einen Goldzahn. He, Just, was hast du denn?«

Justus benahm sich ausgesprochen sonderbar. Er war aufgesprungen und starrte Bob an, als sähe er ihn zum ersten Mal.

»Du hast einen kleinen Pfadfinder mit einem Goldzahn gesehen?«, fragte er mit vor Erregung gerötetem Gesicht. Er beugte sich vor und hämmerte mit den Fäusten auf die Druckerpresse. »Mann, Bob!«, stöhnte er laut. »Warum hast du mir das nicht gleich gesagt? *Warum hast du's mir nicht gesagt?*«

»Das mit dem Pfadfinder und seinem Goldzahn?«, fragte Bob, verblüfft über Justs Reaktion. »Ich hielt das nicht für so wichtig … und überhaupt ist es mir eben erst wieder eingefallen.«

»Aber merkst du denn gar nichts?«, fragte Justus. »Hättest du's mir gleich erzählt, dann hätte ich vielleicht –«

In diesem Augenblick unterbrach ihn Mrs Jonas' mächtiges Organ mit der Ankündigung Taro Togatis. Der junge Japaner machte einen sehr niedergeschlagenen Eindruck.

»Justus-san«, grüßte er mit einer kleinen Verbeugung. »Bob-san. Peter-san. Ich komme, euch Lebewohl zu sagen. Mein Vater ist in Ungnade gefallen. Wir kehren zurück nach Japan.«

»Was ist passiert, Taro?«, erkundigte sich Justus. »Wird die Juwelenausstellung vorzeitig geschlossen?«

»Oh nein.« Der zierliche Japaner schüttelte den Kopf. »Aber ihr wisst, dass der Goldene Gürtel nie mehr gefunden wurde. Er war nicht im Museum, wie ihr so klug vermutet hattet.

Den Aufsehern war kein Verschulden nachzuweisen. Und weitere Verdächtige wurden auch nicht festgestellt. Deshalb hat die Nagasami-Gesellschaft meinen Vater als leitenden Detektiv entlassen. Das ist für ihn ein schwerer Schlag – beinahe so schlimm wie ein Todesurteil.«

Es tat den Jungen leid, das hören zu müssen. Sie mochten den kleinen Taro gern. Und sie wussten, dass sein Vater sein Bestes getan hatte – nur hatte ihn die Bande, die im Museum auf Raubzug ausgegangen war, überlistet.

Doch da benahm sich Justus schon wieder merkwürdig. Er knetete seine Unterlippe, um seinen Denkapparat auf Touren zu bringen, und seine Augen leuchteten. Die trübe Stimmung der vergangenen Woche war wie weggeblasen.

»Taro!«, sagte er lebhaft. »Morgen ist der letzte Ausstellungstag, nicht wahr?«

»Ja, ja.« Taro nickte. »Sonntagabend ist Schluss. Sonntagabend fliegen mein ehrenwerter Vater und ich nach Japan zurück. Deshalb komme ich heute her, um von meinen einzigen Freunden hier Abschied zu nehmen.«

»Stand nicht in der Zeitung«, fragte Justus, »dass morgen noch einmal Kindertag ist? Alle Kinder unter zwölf haben freien Eintritt, die älteren zahlen die Hälfte des Eintrittspreises, stimmt's?«

»Ja«, bestätigte Taro. »Das letzte Mal ging es ja – wie sagt ihr dazu? – drunter und drüber. Daher wurde beschlossen noch einmal einen Kindertag zu veranstalten.«

»Dann haben wir keine Zeit mehr zu verlieren! Taro, ich habe eine Idee. Kann ich von deinem Vater Unterstützung erwarten?«

»Unterstützung?« Taro begriff nicht sogleich.
»Wird er mir helfen meine Idee zu verwirklichen?«
»Oh ja!« Taro nickte heftig. »Mein Vater ist verzweifelt. Er sagt, da die Polizei den Fall nicht aufgeklärt hat, will er es jetzt mit den drei Jungen versuchen.«
»Na, dann los!« Justus sprang auf. »Bist du mit dem Auto hier?«
»Mein Vater schickte mich im Auto mit Fahrer.«
»Gut. – Bob, Peter, ihr wartet auf uns. Es kann sein, dass ich den ganzen Nachmittag weg sein werde. Bob, du bringst dein Protokoll auf den neuesten Stand, damit wir den Fall dann Mr Hitfield zu lesen geben können. Peter, du machst mit Abschleifen an dem verrosteten Rasenmäher weiter. Das bringt uns zehn Dollar ein. Holt euch die Erlaubnis, über Nacht hierzubleiben, falls es sein muss.«
Und damit wandte sich Justus zum Gehen, Taro Togati im Schlepp, während Bob und Peter den Mund nicht mehr zubekamen.
Es dauerte eine ganze Weile, bis sie die Sprache wiedergefunden hatten. »Hoppla!«, rief Peter. »Worum ging es nun eigentlich?«
»Keinen blassen Schimmer«, antwortete Bob. »Just war plötzlich wie umgekrempelt. Wir müssen wohl oder übel warten, bis er zurückkommt.«
Es wurde noch rätselhafter, als spät am Nachmittag ein Anruf von Justus kam.
»Prüft bitte alle unsere geheimen Ein- und Ausgänge, bis auf die Notausgänge I und IV«, befahl er. Damit meinte er die getarnten Schlupflöcher, die sie nur im äußersten Notfall

benutzten. »Ihr nehmt euch vor: das Grüne Tor, Tunnel II, das Rote Tor und den Dicken Bauch. Geht mehrmals rein und raus. Überzeugt euch davon, ob sie alle völlig in Ordnung sind.«

Mehr wollte er nicht sagen. Ehe die beiden Fragen stellen konnten, hatte er aufgelegt.

Worauf Justus hinauswollte, begriffen Peter und Bob beim besten Willen nicht. Doch sie gehorchten. Sie gingen zum Grünen Tor hinein – das waren zwei grün gestrichene, herausschwenkbare Zaunbretter – und krabbelten durch den Wellblech-Röhrengang von Tunnel II. Als Nächstes prüften sie das Rote Tor. Dieses bestand ebenfalls aus Zaunbrettern, auf die mit roter Farbe eine Szene vom großen Brand nach dem Erdbeben von San Francisco im Jahre 1906 aufgemalt war. Ein kleiner Hund saß da und schaute ins Feuer, und wenn man auf sein Auge drückte, ließen sich die Bretter zur Seite drehen. Als sie dann wieder drinnen auf dem Hof waren, krochen sie unter und zwischen Stapeln von altem Trödel hindurch, die scheinbar absichtslos dort aufgehäuft waren, bis sie direkt vor ihrer Zentrale herauskamen. Durch eine Schiebetür gelangten sie ins Innere des Wagens.

Der einfachste Zugang war der Dicke Bauch. Eine massive Eichentür samt Rahmen lehnte auf dem Gelände gegen einen Stapel Bauholz. Ein großer, verrosteter Schlüssel, der mit anderem rostigen Alteisen zusammen in einem Blechtopf lag, öffnete diese Tür. Dahinter führte der Weg durch einen mächtigen alten Dampfkessel, der seinerseits mit einer engen Öffnung direkt in den Campinganhänger mündete, den die Jungen zu ihrem Hauptquartier ausgebaut hatten.

Sie benutzten den Dicken Bauch nur, wenn niemand auf dem Schrottplatz war, der sie hätte beobachten können.
Weder Bob noch Peter waren von Justs Anweisungen begeistert, aber er war der Chef des Unternehmens, und sie taten wie befohlen. Sie probierten jeden Zugang dreimal aus. Und dann warteten sie weiter ab.
Mrs Jonas hatte das Abendessen schon fast eine Stunde warm gehalten, als Justus endlich zurückkehrte – verschwitzt, aber siegesgewiss. Sonderbarerweise kam er im Taxi an. Das Taxi fuhr über den Hof bis zum Wohnhaus vor, Justus stieg aus und bezahlte mit großer Geste. Verblüfft beobachteten Bob und Peter, wie der Wagen danach an der Ecke noch einmal kurz anhielt und der kleine Taro verstohlen herausschlüpfte und sich flink durch die Hintertür ins Haus schlich.
»Ach du lieber Himmel!«, rief Mrs Jonas, als Justus endlich hereinkam. »Um alles in der Welt, Justus, was hast du jetzt wieder im Sinn? Du hast ja deinen besten Anzug an, und wie der um den Bauch spannt! Du bist richtig fett geworden.«
Eines konnte Justus nicht leiden: dass ihn jemand fett nannte. »Gedrungen« oder »muskulös«, das mochte noch angehen, aber »fett« – nein. Diesmal grinste er allerdings nur.
»Wenn du dich wieder in einen Bankraub verwickeln lässt, mein lieber Justus«, riet Mr Jonas, ein kleiner Mann mit einem großen schwarzen Schnurrbart und einer Vorliebe für wohlgesetzte Worte, »so lass dir gesagt sein, dass ich strikt dagegen bin. Mit anderen Worten: Ich missbillige es. Um es rundheraus zu sagen: Ich verbiete es dir.«
»Ich versuche, Taro behilflich zu sein«, erwiderte Justus.

»Sein Vater ist in einer schwierigen Lage. Er hat einen wertvollen Gürtel verlegt und ich möchte ihm beim Suchen helfen.«
»Hmmm.« Mr Jonas dachte über diese Erklärung nach, während er das Roastbeef und den Kartoffelbrei austeilte. »Einen Gürtel verlegt. Ich habe den Tatbestand mehrmals bedacht, kann aber daran nichts Gefährliches entdecken. Also gut, du kannst dich meinetwegen beteiligen.«
Während des Abendessens wirkten Justus und Taro zerstreut, aber Justus ließ Bob und Peter in keiner Weise merken, was in ihm vorging. Merkwürdigerweise behielt er seine Jacke fest zugeknöpft, obwohl es ein sehr warmer Abend war.
Als es allmählich dunkel wurde, stand Justus auf.
»Wenn ihr uns jetzt bitte entschuldigen möchtet, Tante Mathilda und Onkel Titus«, bat er. »Wir wollen uns draußen auf dem Hof zu einer Besprechung treffen.«
»Ach ja, euer Klub«, bemerkte Justs Tante halb abwesend. Sie hielt noch immer an ihrer Vorstellung fest, dass die Detektivfirma ein Klub sei. »Dann geht nur los, Titus und ich machen heute den Abwasch.«
»Hoffentlich kannst du dem Vater dieses jungen Mannes erfolgreich bei der Suche nach dem verlorenen Gürtel helfen«, lächelte Titus Jonas, wobei er Taro die Hand auf die Schulter legte. »Also, dann los mit euch!«
»Tjaa – aus bestimmten Gründen legen wir Wert darauf«, sagte Justus, »dass niemand von unserem Gast erfährt. Ich werde deshalb Taro von Patrick und Kenneth in einem Karton rübertragen lassen.«
Das kam Bob und Peter sonderbar vor, doch Mr und Mrs

Jonas nickten nur. Sie waren es gewohnt, dass Justus manchmal seltsame Dinge tat.
Also versammelten sich kurz darauf Bob, Peter und Justus, gefolgt von Patrick und Kenneth mit einem großen Karton, in der Werkstatt des Lagerhofs. Die Männer setzten den Karton ab und Taro krabbelte heraus. Sobald die beiden Brüder gegangen waren, führte Justus die drei Jungen durch Tunnel II in die Zentrale. Als sie dort alle versammelt waren, fragte Justus: »Habt ihr meine Anweisungen befolgt?«
Peter und Bob bejahten das. »Aber es ging uns gegen den Strich«, murrte Peter. »Ein paar Kinder ließen an der Straße Drachen steigen, und die haben uns womöglich gesehen, wie wir durch unsere Geheimgänge raus- und reingingen.«
»Wahrscheinlich waren es welche von Skinny Norris' Bande, die uns nachspionierten«, bemerkte Bob. »Aber du wolltest es ja so haben und danach haben wir uns gerichtet. Ich hoffe, das war richtig.«
»Ausgezeichnet.«
Justus schien zufrieden. »Eine Organisation kann nur dann funktionieren, wenn man sich aufeinander verlassen kann. Ich habe einen hochinteressanten Nachmittag verbracht – später berichte ich euch davon. Erst wollen wir nun Taro etwas von unseren Abenteuern erzählen.«
Peter und Bob blieb also nichts anderes übrig, als ihre Neugier zu zügeln und abzuwarten. Taro Togati saß stumm da und hörte sich aufmerksam Berichte über verschiedene von den drei ??? gelöste Fälle an. Die Sache mit dem Super-Papagei interessierte ihn besonders, denn er hatte, wie er erklärte, zu Hause selbst einen Papagei sprechen gelehrt.

Die drei ???

Der vorhin erwähnte Skinny Norris ist euch vielleicht aus vorausgegangenen Bänden als der hinterlistige Möchtegern-Rivale der drei ??? bekannt. Aber ich weiß nicht recht … Die Kinder mit den Drachen waren vielleicht sogar gefährlichere Gegenspieler als die Anhänger des übelwollenden Jünglings.

Draußen wurde es immer dunkler. Durch das Oberlicht in der Decke konnten sie beobachten, wie der Nachthimmel allmählich tiefschwarz wurde.
Und da endlich knöpfte Justus seine Jacke auf. Alle konnten sehen, was ihn so dick hatte erscheinen lassen.
Justus trug den Goldenen Gürtel der alten japanischen Kaiser! Die großen goldenen Glieder und die riesigen Smaragde blitzten und funkelten, als er den Gürtel erleichtert abnahm.
»Den habe ich den ganzen Tag getragen«, seufzte er erleichtert. »Er ist ziemlich schwer.«
Bob und Peter bombardierten ihn mit aufgeregten Fragen. Wo hatte er den Gürtel her? Warum hatte er ihn mitgebracht? Warum hatte er ihn nicht zurückgegeben?
Ehe Justus antworten konnte, hob sich zu ihren Füßen die Einstiegklappe von Tunnel II. Ein ganz kleiner Mann, der unter wilden Grimassen ein Messer schwenkte, starrte zu ihnen herauf. Gleichzeitig hob sich auch die Klappe, die den Zugang vom Roten Tor her bildete, und ein anderes Männchen, ebenfalls bewaffnet, tauchte auf.
Und wie auf Verabredung wurde auch die Tür im Wagen, zu welcher der Dicke Bauch führte, aufgerissen. Gleich zwei

kleine Männer mit wildem und entschlossenem Blick, der ihren kleinen Wuchs vergessen ließ, bedrohten die Jungen mit Messern.

»So, ihr Burschen, jetzt holen wir uns das Ding!«, kreischte einer der Kleinen. »Gebt den Gürtel her!«

Erwachsene hätten durch die Geheimeingänge zur Zentrale nicht eindringen können – wenigstens keine normalen Erwachsenen. Doch das hier waren keine Männer in voller Größe – es waren kleinwüchsige.

Der Ansturm der vier auf das Hauptquartier ließ Justus zur Tat schreiten.

»Alarmstufe Rot! Höchste Gefahr! Ab durch die Mitte!«, schrie er. Er packte den Goldenen Gürtel und stand auf der Schreibtischplatte, noch ehe er ausgesprochen hatte. Er stieß blitzschnell das Oberlicht auf und zog von außen ein Seil mit zwei Schlingen als Kletterhilfe herein. Taro hangelte sich mit affenartiger Geschwindigkeit daran hoch und Justus reichte ihm den Gürtel nach. Peter und Bob, beide leicht verwirrt, handelten dank oft geübtem Ablauf mechanisch und kletterten hinterher. Bis die wütenden Männer sich in dem kleinen Raum zurechtfanden, war auch Justus auf dem Dach angelangt.

Doch nach der ersten Verblüffung kletterten die Männer, die ja Berufsakrobaten waren, hinterher – mit lautem Freudengeheul, denn scheinbar gab es für die Jungen keinen Weg nach unten. Aber Justus hatte für ebendiesen Notfall vorgesorgt.

Eine alte Rutschbahn von einem Kinderspielplatz stand seitlich am Anhänger. Das untere Ende war in Hüfthöhe von

Stahlträgern blockiert. Die Jungen warfen sich hintereinander flach auf die Rutschbahn und sausten auf dem Bauch unter den Stahlträgern hindurch zum sägemehlbedeckten Boden hinunter. Dann flitzten sie zwischen aufgestapeltem Trödelkram hindurch zum Ausgang. Vom Dach der Zentrale aus wollte es ihnen der erste der Männer auf der Rutschbahn nachtun. Er rutschte jedoch im Sitzen statt in Bauchlage hinunter und prallte mit voller Wucht gegen einen der scharfkantigen Stahlträger. Sein wütender Schmerzensschrei schrillte durch die Nacht.

»Zurück!«, warnte er die anderen dann. »Wieder rein und zur Tür raus! Wir müssen sie kriegen!«

Wildes Getrampel hallte vom Dach. Die Männer ließen sich hastig wieder ins Wageninnere hinab und stürzten durch den Dicken Bauch ins Freie.

»Wir müssen sie finden!«, kreischte einer mit hoher Stimme. »Sie haben den Gürtel noch!«

Den Jungen, die sich in einer dunklen Ecke hinter einem Stapel Holzbalken versteckt hatten, rann es kalt den Rücken hinunter, als vier schattenhafte kleine Gestalten mit gezückten Messern auf sie zukamen.

Und dann erlebten Bob und Peter ihre zweite Überraschung an diesem Abend. Ganz in ihrer Nähe schrillte eine Trillerpfeife los. Im nächsten Augenblick stürzten mindestens sechs große Gestalten durch das Tor und warfen sich auf die Kleinwüchsigen. Die kleinen Männer schrien und wanden sich, aber die Polizisten und Mr Togati, die hier draußen auf der Lauer gelegen hatten, machten kurzen Prozess mit ihnen.

Nach einem schnellen, heftigen Kampf wurden die Gauner sicher gefesselt und zu einem wartenden Polizeiwagen geschleppt.

Bob, Peter, Justus und Taro krochen aus ihrem Versteck hervor. Der kleine Taro war fast außer sich vor Freude.

»Da siehst du, Vater!«, schrie er. »Der Plan von Justus hat wunderbar funktioniert. Der Gürtel ist wieder da und die kleinen Diebe sind erwischt!«

»Oh ja!«, freute sich Mr Togati. »Es stimmt: Kleine Bücher können große Ratschläge geben. Justus-san, verzeih mir gütigst meine anfängliche Grobheit.«

»B-bitte, bitte, Sir«, stotterte Justus vor Freude über den glücklichen Ausgang. »Sie mussten ja annehmen, dass die Polizei die Sache mit mehr Erfolg angehen würde.«

»Bei gewöhnlichen Verbrechern, ja«, bekannte Mr Togati. »Aber nicht bei so außergewöhnlichen Verbrechern wie diesen hier. Mein Sohn, ich bin hocherfreut, dass du mich überzeugt hast auf deine Freunde zu hören.«

Der kleine Taro platzte fast vor Stolz über das väterliche Lob. »Nun werde ich den Gürtel sorgsam hüten.« Ehrfürchtig berührte Mr Togati die goldenen Glieder. »Er ist sehr kostbar. Ihr Jungen habt meine Ehre gerettet. Ich werde es nicht vergessen. Nochmals vielen Dank. Komm, Taro. Wir müssen gehen. Aber in Gedanken bleiben wir bei euch.«

Mr Togati und sein Sohn verneigten sich tief und gingen dann mit dem Goldenen Gürtel rasch zu ihrem wartenden Auto. Polizeichef Reynolds blieb noch ein paar Minuten, um Justus noch einige Fragen zu stellen.

Bob und Peter standen sprachlos da und suchten zu begreifen, was hier eigentlich vor sich gegangen war. Justs geheimnisvolle Machenschaften – seine unvermutete Enthüllung, dass er im Besitz des Goldenen Gürtels sei, der Überfall auf die Zentrale durch die bewaffneten Kleinwüchsigen, ihre Flucht, der Auftritt von Hauptkommissar Reynolds und Detektiv Togati – es überstieg für den Augenblick Bobs und Peters Fassungsvermögen. Doch schließlich wurden Bob die Zusammenhänge klar.

»Just!«, sagte er, als der Polizeichef gegangen war. »Diese Kleinwüchsigen, die wegen des Goldenen Gürtels hierherkamen! Du, ich möchte wetten, das waren dieselben, die Rawley bei dem Bankraub geholfen haben, stimmt's?«

»Ja, genau«, bestätigte Justus. »Sie sind in Wahrheit ausgekochte Verbrecher, und es wurde Zeit, dass man sie schnappte. Sie haben schon viel zu viele Verbrechen ungehindert begangen – immer als Kinder verkleidet.«

»Aber –« Nun fing auch Peter zu begreifen an. »Ha, jetzt hab ich's! Dann ist das auch die Bande, die ganz zu Anfang den Goldenen Gürtel geklaut hat!«

»Sicher ist sie das! Damals sagte ich schon, dass es das Werk einer gut organisierten Bande von mehreren Männern sein musste. Die Kleinwüchsigen waren als Pfadfinderbuben verkleidet und deshalb fiel überhaupt kein Verdacht auf sie. Wer sollte auch bei einem Verbrechen an Kinder denken? Ich wäre vielleicht schon früher darauf gekommen, wenn Bob das mit dem Goldzahn eher erwähnt hätte. Aber letzten Endes haben wir den Goldenen Gürtel nun doch wiederbeschafft und die Diebe sind festgenommen.«

Es gab noch einiges, was Peter und Bob nicht begriffen,

aber sie zweifelten nicht daran, dass Justus zu gegebener Zeit alles erklären würde. Im Augenblick trug er eine Spur von Selbstgefälligkeit zur Schau, wie so manches Mal, wenn sich alles nach seinen Vorstellungen entwickelt hatte.
Gewiss hatte er allen Grund zur Selbstzufriedenheit. Wieder einmal hatte Justus Jonas bewiesen, dass er sich zu Recht Erster Detektiv nennen durfte.

Albert Hitfield erwartet eine Antwort

Albert Hitfield, der Filmregisseur aus Hollywood, lehnte sich in seinem luxuriösen Büro auf dem Drehsessel zurück. Vor der breiten Schreibtischplatte ihm gegenüber saßen Peter, Bob und Justus, alle drei mit recht zufriedenen Gesichtern.
Mr Hitfield hielt den Stapel Blätter in der Hand, worauf Bobs Protokoll der Fälle vom Goldenen Gürtel und von Miss Agawams Gnomen zu lesen war. Gespannt erwarteten die Jungen Mr Hitfields Reaktion auf den Bericht.
»Gut gemacht, Freunde«, brummte Albert Hitfield schließlich. »Wirklich gut gemacht. Wie ich sehe, habt ihr also meine Freundin Agatha von ihren Gnomen befreit. Begreiflicherweise musstet ihr zu diesem Zweck einen Bankraub aufklären, die Beute sicherstellen, einen abhandengekommenen goldenen Gürtel von unschätzbarem Wert wiederfinden und die Diebe der Polizei übergeben. Doch all das sind nur Nebenerscheinungen. Damit muss man schon rechnen, wenn die drei Detektive sich eines Falles bemächtigt haben, egal wie alltäglich die Sache an der Oberfläche wirkt.«
Bob und Peter grinsten, Justus wurde rot vor Freude.
»Die Gnomen der lieben Agatha waren also verkleidete Kleinwüchsige«, murmelte Mr Hitfield. »Natürlich die einzig mögliche Erklärung. Aber sagt mir: Wie war ihr zumute, als sie erfuhr, dass ihr Neffe Roger von Rawleys Vorhaben wusste, sie mit falschen Gnomen zu schrecken?«

»Erst war sie hell empört«, sagte Justus. »Aber Roger hatte immerhin nicht gewusst, dass der Spuk zu den verbrecherischen Vorbereitungen für einen Bankraub gehörte. Er war ganz zerknirscht und Miss Agawam hat ihm verziehen. Sie hat sich dann auch endgültig entschlossen ihr Haus zu verkaufen und in eine kleine Wohnung an der See zu ziehen. Sie sagt, dort ließe es sich gemütlicher leben.«

»Das freut mich zu hören«, meinte Mr Hitfield. »Sie ist eine reizende alte Dame. Nun, ich denke, damit wären all die geheimnisvollen Umstände des Bankraubs aufgeklärt. Ein höchst ausgeklügelter Plan war es ja – sich als Nachtwächter in einem unbenutzten alten Theater anstellen zu lassen, um einen Tunnel zum Tresorraum einer nahe gelegenen Bank zu graben. Vielleicht kann ich das irgendwann als Thema für einen Film verwerten. Doch nun« – Mr Hitfield klopfte auf die beschriebenen Blätter – »kommen wir zu einer Stelle, die mich wirklich stutzig macht. Ich muss gestehen, dass ich die Sache mit dem Goldenen Gürtel nicht begreife. Wie er gestohlen wurde. Wo er versteckt war. Und wie du, Justus, die kriminellen kleinwüchsigen Männer zum Überfall auf euch verleitet hast, sodass die Polizei nur zuzugreifen brauchte. Ich bitte dich um eine lückenlose Erklärung dieser rätselhaften Geschehnisse.«

»Ja, das war so –« Justus holte tief Luft, denn er hatte eine Menge zu berichten. »Ich hätte das alles viel früher merken müssen, schon zu dem Zeitpunkt, als wir entdeckten, dass Miss Agawams Gnomen verkleidete Kleinwüchsige waren. Ich hätte mir klarmachen müssen, dass Menschen, die Gnomen spielen, genauso gut als Kinder auftreten können. Aber ich brauchte zu lange, um zu erkennen, wie alles zusammenpasste. Bis dann Bob erzählte, dass er im Museum einen kleinen Pfadfinder mit einem Goldzahn gesehen hatte.«

»Aha!« Mr Hitfield beugte sich mit lebhaftem Interesse vor. »Der Goldzahn. Darauf habe ich gewartet. Nun verrate mir bitte, was einer schon an einem Pfadfinder mit Goldzahn Auffälliges finden kann, und sei er Sherlock Holmes.«

»Na ja«, begann Justus, »kleine Jungen verlieren die Milchzähne und die zweiten, bleibenden Zähne wachsen nach. Das ist allgemein bekannt. Niemand würde einem Kind einen Goldzahn einsetzen, denn der würde ja ausfallen, sobald darunter der zweite Zahn durchbricht.«

»Aber natürlich!« Im Gesicht des Regisseurs spiegelte sich Überraschung. »Nur ein älterer Junge oder ein Mann kann einen Goldzahn haben. Sehr richtig. Also hattest du den kleinen Pfadfinder sofort als erwachsenen Mann durchschaut!«

»Als erwachsenen, aber kleinwüchsigen Mann in Pfadfinderuniform«, fuhr Justus fort. »Mit seinen Freunden ging er in den Dutzenden anderer kleiner Pfadfinder unter, ohne im Geringsten aufzufallen.«

»Eine gerissene Bande«, sagte Mr Hitfield.

»Diese Männer sind eine Gruppe von vier Akrobaten aus Europa«, erklärte Justus. »In letzter Zeit hatten Kleinwüchsige in Hollywood nicht mehr so gute Arbeitsmöglichkeiten und die vier beschlossen einen Einbruch. Da kam die Nagasami-Juwelenausstellung hierher. Es wurde bekannt gegeben, dass ein Kindertag veranstaltet würde, mit freiem Eintritt für alle Kinder in Pfadfinderuniform. Das verschaffte der Diebesbande eine einmalige Gelegenheit, denn als Kinder verkleidet waren die Männer schon oft aufgetreten. Es war der Rahmen für ihr Vorhaben. Fast zur gleichen Zeit trat Mr Rawley an sie heran, der ein paar Komplizen suchte, damit sie ihm als Gnomen maskiert bei dem Bankraub helfen sollten. Die Männer wurden mit Rawley einig, der eine Bekannte anheuerte, die sich als Gruppenleiterin verkleidete und die vier Kleinwüchsigen als Pfadfinder ins Museum führte. Diese Frau gab Mr Frank, dem Schauspieler, telefonisch den Auftrag, im Museum einen ablenkenden Zwischenfall zu inszenieren. Als sich alle Aufmerksamkeit ihm zugewandt hatte, kletterten die vier Kleinwüchsigen rasch die Treppe zur Galerie hinauf. Niemand bemerkte sie dabei. Und im nächsten Augenblick ging das Licht aus. Ich bin überzeugt, dass das Rawleys Werk war, als Gegenleistung für die Hilfe der Männer bei seinem eigenen Vorhaben. Er durchschnitt alle Stromkabel und fuhr wieder weg. Inzwischen standen die vier auf der Galerie, während drunten die Kinder wie irrsinnig durcheinanderliefen und alles in höchster Aufregung war.«

»Es war wirklich sagenhaft!«, warf Peter ein.

»Die Gauner«, fuhr Justus fort, »hatten ein kurzes Stück Nylonseil, das ihre Begleiterin vermutlich unter ihrer Jacke um die Taille getragen hatte. Drei Männer hielten das Seil, während einer daran herunterkletterte, mit einem Fußtritt die Glasvitrine zertrümmerte, den Goldenen Gürtel herausfischte und dann wieder zur Galerie hinaufgezogen wurde.«

Albert Hitfield sah nachdenklich aus. »Hm, ja. Diesen Coup

konnten sie als Akrobaten in ungefähr fünfundvierzig Sekunden landen. Jetzt begreife ich, warum sie ausgerechnet den Goldenen Gürtel und nicht die Regenbogen-Juwelen stahlen. Der Schaukasten mit den Juwelen stand frei in der Mitte des Raums und entzog sich ihrem Zugriff. Sie nahmen sich, was sie erreichen konnten. Zweifellos hatten sie die Absicht, den Gürtel für eine sehr hohe Summe an die Nagasami-Gesellschaft zurückzuverkaufen.«

»Sie schweigen sich aus«, erklärte Justus. »Aber Mr Togati, der Detektiv, glaubt das auch. Nach dem Diebstahl mussten sie den Gürtel wohl oder übel verstecken, weil sie ihn ja nicht unbeobachtet hinaustragen konnten. Also versteckten sie ihn blitzschnell und liefen dann im Dunkeln wieder ins Erdgeschoss hinunter. Und in dem fürchterlichen Durcheinander sind sie alle entwischt. Niemand fand ihren Aufzug verdächtig, und den Gürtel konnte man bei ihnen natürlich auch nicht entdecken, weil sie ihn nicht bei sich hatten.«

»Halt!«, fuhr Mr Hitfield dazwischen. »Du sagtest, sie hätten den Gürtel im Museum versteckt. Auf deinen Vorschlag hin wurde doch im Museum gründlich nachgeforscht, sogar hinter den aufgehängten Bildern. Und den Gürtel fand man nicht. Wieso blieb er unentdeckt?«

»Weil die Detektive und die Aufseher überall nachschauten, nur nicht am richtigen Ort«, erklärte Justus. »Die Männer hatten dieses Versteck sehr sorgfältig ausgewählt. Sie konnten sicher sein, dass der Gürtel nicht gefunden würde und dass sie später zurückkommen und ihn abholen könnten. Fürs Erste waren sie ja mit dem Bankeinbruch beschäftigt, und deshalb nahmen sie sich vor, am nächsten Kindertag noch einmal hinzugehen, wenn sie in ihrem Pfadfinderaufzug nicht auffallen würden.«

»Sehr richtig«, bemerkte Mr Hitfield.

»Die Polizei hatte sie im Zusammenhang mit dem Bankraub nicht verhaften können. Ihre Freunde verschafften ihnen ein Alibi. Da überlegte ich mir: Wenn ich sie dazu bringen könnte, mich zu überfallen, während im Hintergrund die Polizei bereitstand, dann würden sie immerhin auf frischer Tat ertappt.«

»Du hättest uns wenigstens einweihen können!«, warf Bob an dieser Stelle ein. »Peter und ich erschraken fast zu Tode, als diese Zwerge in unserer Zentrale auftauchten und mit ihren Messern herumfuchtelten!«

»Unser Notausgang funktionierte ja vorzüglich, wie ich genau wusste«, beschwichtigte ihn Justus. »So ging alles gut, Mr Hitfield. Ich war mit Taro zum Museum gefahren und mit seinem Vater zusammen fanden wir den Gürtel. Ich legte ihn unter meiner Jacke an –«

»Aber wo habt ihr ihn denn nun gefunden?« Peter konnte sich diese Unterbrechung nicht verkneifen.

»Das kommt schon noch«, erklärte Justus. »Jedenfalls versteckte ich den Gürtel unter meiner Jacke und ging dann zu der Pension, wo die kleinwüchsigen Männer wohnten. Scheinbar war ich allein, aber natürlich folgten mir unauffällig Polizisten in Zivil, denn der Goldene Gürtel ist ungefähr eine Million Dollar wert. Ich wandte mich an den Mann mit dem Goldzahn, weil ich bei ihm sicher wusste, dass er zu der Bande gehörte. Er tat so, als wisse er nicht, wovon ich sprach, aber er wusste ganz genau, dass ich mitgeholfen hatte Rawleys Bankraub auffliegen zu lassen. Ich erzählte ihm, dass es mir jetzt leidtue, Rawleys Beitrittsangebot zu der Bande ausgeschlagen zu haben. Und dass ich schnell zu viel Geld kommen wolle. Das begriff er sofort.«

»Alle Kriminellen wollen das«, bestätigte Mr Hitfield. »Deshalb glauben sie, dass das bei jedem anderen auch so sein muss.«

»Ich verriet ihm, ich hätte den Goldenen Gürtel, wüsste aber nicht, wie ich ihn loswerden solle. Also sei ich bereit, ihn für den Betrag zu verkaufen, den Rawley den vieren bezahlt hatte – vierzigtausend Dollar. Ich öffnete meine Jacke und ließ ihn den Gürtel sehen, und ihm fielen fast die Augen aus dem Kopf. Er wusste, dass es der echte sein musste, und er war überzeugt, dass auch ich das Licht scheute, denn sonst hätte ich den Gürtel der Museumsverwaltung übergeben.«

Justus gefiel sich sichtlich darin, dass man ihn für einen Gauner großen Stils gehalten hatte.

»Ich sagte, ich gäbe ihm Bedenkzeit bis Mitternacht. Bis dahin würde ich mit meinen Freunden in meinem Hauptquartier auf dem Schrottplatz der Firma Jonas sein. Wenn sie das Geschäft eingehen wollten, könnten sie kommen, das Geld mitbringen und sich dafür den Gürtel abholen. Ich wusste, dass sie es nicht wagen würden, so etwas in ihrer Pension abzuwickeln. Da liefen zu viele Leute herum.«

»Aha!«, rief Albert Hitfield. »Und da du genau wusstest, dass du es mit Kriminellen zu tun hattest, war dir auch klar, dass sie versuchen würden dir den Gürtel wegzunehmen, statt ihn dir abzukaufen.«

»Ja, Sir. Aber selbst wenn sie gekommen wären, um ihn mit

dem Geld aus dem Bankraub zu kaufen, hätte es ausgereicht, sie zu überführen.«

»Also deshalb hast du verlangt, dass wir an dem Tag so oft durch unsere Geheimgänge ein und aus gingen!«, rief Bob. »Diese Kinder, die uns dabei zuschauten, waren verkleidete Kleinwüchsige. Du hast damit nur bezweckt, dass sie sich auf den Überfall umso gründlicher vorbereiten konnten!«

»Ja. Ich glaube sogar, sie haben uns fotografiert!«, sagte Peter. »Wenn du das nächste Mal unser Leben aufs Spiel setzt, dann sag uns bitte vorher Bescheid!«

Justus Jonas wand sich ein wenig verlegen auf seinem Stuhl. »Ich hatte uneingeschränktes Zutrauen zu unserem Notausgang I. Und die Gauner mussten genau erfahren, wie man zu uns reinkommt. Taro hatte ich bei mir, damit er sich vor seinem Vater bewähren konnte. Nur durften das die Diebe nicht bemerken, sonst hätten sie Verdacht geschöpft. Auf alle Fälle hatte ich Detektiv Togati und Hauptkommissar Reynolds eingeweiht und sie warteten draußen gut versteckt. Die Kleinwüchsigen starteten ihren Überfall genau so, wie ich es mir gedacht habe. Wir flüchteten und sie wurden geschnappt. Und somit war der Fall erfolgreich aufgeklärt.«

»Das möchte ich meinen!«, bestätigte Mr Hitfield. »Allerdings« – und sein Blick heftete sich ernsthaft auf Justus – »meine Frage hast du umgangen. Also stelle ich sie noch einmal: Wo hatten die Männer den Goldenen Gürtel versteckt, dass ihn niemand entdecken konnte?«

»Wo ihn niemand suchen würde«, antwortete Justus. »Mir fiel die Lösung selbst sehr schwer, bis ich bedachte, dass sie gelernte Akrobaten sind. Vor Miss Agawams Haus kletterte einer dem anderen auf die Schultern, damit sie ans Fenster klopfen konnten. Dadurch kam ich darauf, dass sie vielleicht im Museum –«

»Einen Augenblick, Jonas junior!«, unterbrach Albert Hitfield mit dröhnender Stimme. »Die Erleuchtung scheint mir nahe. Lass sehen, ob ich deine Ermittlung nachvollziehen kann.« Er wandte sich wieder dem Stapel Papier auf seinem Schreibtisch zu und blätterte darin. Er fand die Seite, die er gesucht hatte, las sie nochmals durch und nickte dann.

»Oh ja. Hier haben wir den Schlüssel zur Lösung. Auf Seite 15. Nun ist mir alles klar.«

Bob und Peter versuchten sich angestrengt daran zu erinnern, was auf der genannten Seite stand. Etwas von der Einrichtung des Museums und von der Art, wie die Bilder aufgehängt waren. Das war alles, was sie behalten hatten.

»Ja, tatsächlich«, fuhr Mr Hitfield fort. »In dem Bericht wird beschrieben, dass unmittelbar unter der Decke der beiden Kuppelsäle ein breiter Sims umläuft. Diese Simse benutzte man früher zum Aufhängen von Bildern. In großen Häusern aus früherer Zeit wurde solch ein Sims auch als raumgestaltendes Element angebracht, damit die Wände nicht so hoch wirkten. Wenn ein solcher Sims breit genug war, konnte er sehr wohl eine tiefe Rille aufweisen oder auch an der Oberseite abgeflacht sein. Ich kann mir vorstellen, dass die kleinwüchsigen Männer im Museum diesen Sims bemerkten. Sie waren ziemlich sicher, dass niemand dort ein Versteck vermuten würde. Als sie den Gürtel gestohlen hatten, bildeten sie mit ihren Körpern von der Galerie aus eine lebendige Leiter, und der Oberste legte den Gürtel in die Rille des

Simses oder auf seine abgeflachte Oberseite, wo er von unten nicht gesehen werden konnte. Das Ganze war im Handumdrehen erledigt. Im nächsten Augenblick konnten sie als vier verängstigte Pfadfinder die Flucht ergreifen. Und später sah keiner auf dem Sims nach, weil dazu eine Leiter notwendig gewesen wäre, jedermann aber wusste, dass zur Tatzeit keine Leiter im Raum vorhanden war. Trifft das zu, Justus?«

Bob und Peter hätten sich ohrfeigen können, weil sie nicht selbst dahintergekommen waren. Dabei hatten sie den Sims selbst gesehen! Allerdings war es in dem fensterlosen Raum unter der Decke ziemlich dunkel gewesen.

Justs Antwort versetzte ihnen einen gehörigen Schock.

»Nein, Sir, Ihre Erklärung trifft nicht ganz zu.«

Albert Hitfield hielt die Luft an. Er sah Justus mit gerunzelter Stirn an. Seine Stimme wurde um ein paar Töne tiefer.

»Na, hör mal, junger Mann! Wenn ich nach dieser Begebenheit einen Film gedreht hätte, wäre dies mein erwähltes Versteck gewesen. Wo steckte denn nun der Gürtel?«

»Ich hatte es mir genauso zusammengereimt wie Sie, Sir«, sagte Justus. »Aber als ich wieder im Museum war und eine Leiter hinaufstieg, entdeckte ich, dass der Sims in einer schrägen Rundung nach außen abfiel. Es gab keine ebene Fläche, worauf der Gürtel hätte liegen können. Da war ich platt.«

»Das kann ich mir vorstellen«, meinte Mr Hitfield.

»Dann«, fuhr Justus fort, »als ich so auf der Leiter stand und mir ziemlich hilflos vorkam, spürte ich im Gesicht einen kalten Luftzug. Und da wurde mir sofort alles klar –«

»Aha!«, brummte Albert Hitfield. »Die Klimaanlage!«

»Ja, Sir«, bestätigte Justus. »Ganz dicht unter dem Sims war eine Öffnung für die Klimaanlage des Museums. Ich rüttelte an dem Gitter davor und es ließ sich abnehmen. Der Goldene Gürtel war an einer schwarzen Schnur im Lüftungsschacht aufgehängt. Aber wie gesagt: Die Öffnung lag so hoch, dass man eine Leiter brauchte, um hinzugelangen, und deshalb war niemand auf die Idee gekommen, dort oben einmal nachzusehen.«

»Ausgezeichnet!«, lobte Mr Hitfield. »Nun ist alles klar. Diesmal habt ihr im Grunde zwei Fälle aufgeklärt, zwischen denen das in beide verwickelte diebische Quartett den Zusammenhang darstellt. Das ist schon eine Meisterleistung, selbst für die drei Detektive.«

Die Jungen sahen sich gegenseitig an und grinsten. Als sie aufstanden, um sich zu verabschieden, fragte der Regisseur: »Und was steht jetzt auf eurem Programm, Freunde?«

»Unterricht im Sporttauchen«, erwiderte Peter rasch und Bob nickte zustimmend.

Justus sah nachdenklich drein. »Ich frage mich«, meinte er mehr zu sich selbst, »ob es nicht nutzbringender wäre, wenn wir uns weiter in der Kunst logischer Schlussfolgerung üben.«

Albert Hitfield lachte. »Nun, was ihr drei auch unternehmen werdet – ich bin schon neugierig auf euren nächsten Besuch!«

Die Jungen gingen und der Regisseur wandte sich wieder Bobs Bericht auf seinem Schreibtisch zu. »Gnomen und ein verschwundener Schatz«, meinte er mit leisem Lachen. »Na, das gäbe einen Film!«

Die drei ???®

Die Rache des Untoten

Die Wege des Schicksals

Der Zweite Detektiv sah hinauf zur Dachluke der Zentrale. Das Milchglasfenster stand wie meistens einen kleinen Spalt offen und eben hatte sich ein einsamer Sonnenstrahl erst durch den Schrottberg über dem Wohnwagen und dann genau durch diesen Spalt gezwängt.

Peter grunzte missmutig. Er hatte sich so aufs Surfen gefreut. Stattdessen saß er hier drinnen und wartete darauf, sich durch Berge alter Bücher wühlen zu dürfen. Horden von Papierläusen würden sich auf ihn stürzen. In zentimeterdickem Staub würde er ertrinken. Regale würden über ihm zusammenbrechen und ihn lebendig begraben. Und das alles bei schönstem Sonnenschein, traumhaften Temperaturen und genialem Wind. Diesen Ferienbeginn hatte er sich ganz anders vorgestellt. Manno!

»Ja, Peter, ich weiß.« Justus klickte auf die linke Maustaste und eine andere Seite erschien auf dem Monitor.

»Was weißt du?« Die Wellen waren sicher auch eins a.

»Dass du keine Lust hast.«

Peter lächelte säuerlich. »Kannst du jetzt auch noch Gedanken lesen, oder was?«

Jetzt erst sah Justus auf. »Nein, aber dein andauerndes Gegrunze und dein Mördergesicht sind vermutlich kein Indiz dafür, dass dich unsere bevorstehende Arbeit mit übergroßem Enthusiasmus erfüllt. Doch das ist nun einmal der Deal:

die Nutzung dieses wunderschönen Wohnwagens gegen zeitweilige Dienste auf dem Schrottplatz.«
Peter grunzte abermals. »Das Leben ist so ungerecht! Hättest du gestern bei mir übernachtet, wie ich es dir vorgeschlagen hatte, wärst du heute Morgen nicht Tante Mathilda über den Weg gelaufen und sie hätte dir nicht diese Sklavenarbeit aufdrücken können. Aber du musstest ja in dein eigenes Bett! Weil du da besser schläfst! Wie alt bist du? Achtzig?«
»Und wäre ihrer Schwester Susanne nicht gestern Abend ein Hexenschuss ins Kreuz gefahren, säßen Tante Mathilda und sie seit dem Morgengrauen im Bus nach San Francisco, um dieses Horrorfilm-Festival zu besuchen. So spielt das Schicksal eben manchmal.«
Peter verdrehte die Augen.
»Und übrigens«, setzte Justus hinzu: »Die unbestrittene Werthaftigkeit eines gesunden Schlafes ist vollkommen altersunabhängig.«
Der Blick des Zweiten Detektivs fiel auf den Bildschirm. Dort war ein Zeitungsartikel mit einem großen Foto zu sehen. »Dann hattest du damals offenbar sehr schlecht geschlafen.« Er nickte Richtung Foto.
Justus drehte sich um. »Was meinst du? Wieso?«
Peter stand auf und kam zum Schreibtisch. »Na, sieh dir das Foto doch mal an! Du siehst aus wie dein eigener Opa. Als hättest du zwei Tage durchgemacht.«
»Unsinn! Das … Bild ist ein wenig unscharf, das ist alles!«
»Natürlich. Unscharf. Und wieso sehen Bob und ich dann aus wie das blühende Leben?«
Justus ging näher an den Bildschirm und vergrößerte das

Foto. »Ich sehe doch ganz normal aus! Vielleicht ein ganz klein wenig erschöpft, okay. Aber das ist ja kein Wunder. Das Foto wurde damals nach der Sache mit dem Vampir in Yonderwood aufgenommen. Da sind wir alle kaum zum Schlafen gekommen.«

Peter kniff die Augen zusammen und sah angestrengt auf den Monitor. »Und danach hast du mit dieser Kokos-Limonen-Diät begonnen, oder?« Er fuhr Justus' Silhouette nach. Großzügig.

»Nein, das war schon Wochen zuv–« Erst jetzt verstand Justus. »Soll das etwa heißen, ich sehe auf dem Foto dick aus?« Der Erste Detektiv war schon immer recht empfindlich gewesen, wenn es um seine etwas füllige Figur ging. »Fotos lassen einen immer ein klein wenig … voluminöser erscheinen! Und gerade damals war ich –«

Peter lachte laut auf. »Lass gut sein, Erster! Du bist auf dem Foto bezaubernd wie eh und je.« Er nahm die Maus, klickte ein Bild weiter und grinste. »Wir und das Witherspoon-Skelett. Hübsch. Hat Bob mittlerweile alle unsere Zeitungsartikel eingescannt?«

Justus musterte konzentriert seine Gestalt auf dem Foto. Das T-Shirt saß doch perfekt, oder?

»Just?«

»Was?«

»Die Artikel! Bob! Unser Freund! Du erinnerst dich? Der dritte Junge auf dem Foto da.«

»Jaja. Nein, hat er noch nicht. Aber fast.« Er klickte eine Seite weiter. Und stutzte. »Shelby Tuckerman? Was macht der denn hier? Da stimmt die Reihenfolge aber gar nicht.«

»Narbengesicht?« Auch Peter konnte sich noch gut an den Fall erinnern. »Tatsächlich. Da wird er gerade aus dem Gerichtssaal abgeführt.«

Die Tür des Campinganhängers ging auf und Bob kam herein. »Hi, Kollegen. Tut mir leid, ich hab's nicht eher geschafft.«

»Hallo, Bob. Du, die Bilder sind aber noch ziemlich durcheinander.« Justus deutete auf den Monitor.

Bob ließ sich in einen der Sessel fallen. »Ja, ich weiß. Muss ich noch mal ran.« Er atmete tief durch und fuhr sich durch seine blonden Haare.

»Ist was?« Peter merkte, dass mit seinem Freund irgendetwas nicht stimmte. Er wirkte abwesend und ernst.

Der dritte Detektiv zögerte einen Moment, als müsste er nachdenken. »Ja. Komische Sache. Ich habe heute Morgen einen wirklich merkwürdigen Brief erhalten. Deswegen bin ich auch später dran. Ich wollte noch ein paar Dinge überprüfen, bin aber nicht sehr weit gekommen.«

»Einen merkwürdigen Brief?« Justus drehte sich auf seinem Chefsessel um. »Definiere merkwürdig!«

»Droht dir Kimberly, weil du nichts von ihr wissen willst?«, fragte Peter.

»Diese Blonde?« Justus sah Bob an. »Die dir neuerdings in der Pause dauernd hinterherläuft?«

»Bitte? Nein!« Bob entfuhr ein genervter Schnalzlaut. »Ihr kommt aber auch manchmal auf Ideen!« Er beugte sich ein Stück nach vorn und holte ein zusammengefaltetes Blatt Papier aus seiner hinteren Hosentasche. »Es waren eigentlich zwei Briefe. Ein Anwalt aus Pasadena, ein gewisser Evander

Whiteside, teilte mir mit, dass er eine Nachricht für mich hätte. Und das war dann der zweite Brief, der verschlossen dem ersten beilag.« Er wedelte mit dem Blatt Papier. »Der hier. Und da steht drin …« Der dritte Detektiv hielt noch einmal inne, sah ins Nirgendwo und schüttelte leicht den Kopf. »… dass mir jemand etwas vererben will. Angeblich einen Teil eines beträchtlichen Vermögens.«
Justus und Peter blickten ihren Freund verblüfft an.
»Genau so habe ich auch geguckt. Hier, lest selbst.« Bob reichte den Brief an Justus weiter.
»Jemand?«, fragte Justus und nahm das Blatt entgegen.
»Wow!« Peter riss die Augen auf. »Du erbst ein Vermögen? Na, wenn das mal kein Grund zum Feiern ist! Gratuliere! Ist ja 'n Ding! Könntest ja gleich eine gute Tat vollbringen und jemanden engagieren, der den Monsterbücherberg im Hof sortiert.« Er deutete mit dem Daumen nach draußen.
Justus runzelte die Stirn. »Craig Marshall. Den Namen habe ich noch nie gehört.«
»Da geht es dir wie mir«, erwiderte Bob.
Peter stutzte. »Moment mal! Du kennst deinen, äh … Vererber gar nicht?«
»Erblasser«, korrigierte Justus, ohne von dem Brief aufzusehen.
»Wie auch immer. Du kennst diesen Menschen gar nicht?«
Bob schüttelte den Kopf. »Nein, tu ich nicht.«
»Und wieso vermacht er dir dann sein Geld? Wie viel ist es denn überhaupt?«
»Über die Summe steht hier nichts drin«, informierte ihn Justus. »Marshall hatte weder Familie noch Verwandte. Und

deswegen hat er sich schon vor langer Zeit eingehend darüber Gedanken gemacht«, er fuhr mit seinem Finger eine Zeile entlang, »›wem ich dereinst mein nicht unbeträchtliches Vermögen hinterlassen möchte. Es mag Ihnen seltsam oder gar absonderlich vorkommen, aber ich kam endlich zu dem Entschluss, mich gewissermaßen bei meinem Schicksal zu bedanken. Denn schließlich war es dieses Schicksal, das mir mein Glück, meinen Erfolg, mein wundervolles Leben beschert und ermöglicht hat. Und da kamen unter anderem Sie ins Spiel, Mr Andrews.‹«

Peter ließ sich nach hinten in seinen Sessel sinken. »Jetzt bin ich aber mal gespannt.«

»Lies weiter, Just, die wichtige Stelle kommt gleich im Anschluss«, sagte Bob.

Der Erste Detektiv fuhr fort: »›Sie werden sich vermutlich nicht mehr an den 14. Juli des vorletzten Jahres erinnern, an die Kreuzung Horn Road und De La Vina Street in Rocky Beach. So um die Mittagszeit. Sie standen an der Ampel und warteten, dass es Grün wurde, als ich, den Kopf mal wieder voller Gedanken, über die Straße laufen wollte. Blind, ohne nach links oder rechts zu sehen, einfach drauflos. Nur die Tatsache, dass Sie mich am Arm gepackt und zurückgehalten haben, hat verhindert, dass mich der Bus, der eine Sekunde später vorüberdonnerte, erfassen konnte.‹«

»Davon weiß ich ja gar nichts«, meinte Peter.

Bob schüttelte den Kopf. »Ich kann mich auch nicht mehr daran erinnern. Ist aber auch schon zwei Jahre her. Doch genau diese Sache ist der Grund, warum Marshall mir etwas vererben will. Weil ich ihm angeblich das Leben gerettet habe.«

»Abgefahren!« Peter kratzte sich am Kopf. »Echt abgefahren!«

Justus überflog noch den Rest des Briefes. »Er schreibt, er sei dir damals hinterhergelaufen, um herauszufinden, wer du bist und wo du wohnst. Weil er zu der Zeit schon den Plan mit seinen *Schicksalserben* hatte, wie er das hier nennt. Und dass er sich äußerst glücklich schätzen würde, wenn du ihm die Gunst erweist, dein Erbteil anzunehmen.«

»Na, aber hallo tust du das!«, rief Peter. »Ein Vermögen erbt man nicht alle Tage.«

»Aber ich kenne den Mann doch gar nicht!« Bob zuckte die Achseln. »Und von der Sache damals an der Kreuzung weiß ich auch nichts!«

»Einem geschenkten Gaul schaut man nicht ins Maul«, konterte Peter. »Noch dazu einem mit Säcken voller Geld auf dem Rücken.«

»Um welche Art von Erbe es sich handelt, bleibt vorerst abzuwarten«, entgegnete Justus. »Und abgesehen von dem ohnehin schon mehr als merkwürdigen Brief irritieren mich auch noch die letzten beiden Zeilen.«

»Mich auch«, sagte Bob. »Fällt dir dazu irgendetwas ein?«

»Welche beiden Zeilen?«, fragte Peter.

»›An Ibykos gerner führe weit zur Herden Wagen, Elle am Besen wird prüder besonders dein Sagen.‹« Justus blickte auf und sah in Peters völlig verdutztes Gesicht.

»Was soll das denn sein? Ein Gedicht? Lass mal sehen!« Peter nahm Justus den Brief ab.
»Sagt dir das was?«, hakte Bob noch einmal nach.
Der Erste Detektiv schüttelte den Kopf. »Im Augenblick rein gar nichts. Für ein Gedicht ist der Text, selbst wenn es sich um ein modernes Gedicht handeln sollte, ausgesprochen kryptisch. Außerdem wüsste ich nicht, welchen Sinn ein Gedicht am Ende dieses Briefes ergeben sollte. Aber ein uns bekannter Code oder eine Geheimsprache liegt meiner ersten Einschätzung nach auch nicht vor.«
Peter betrachtete den Brief, als liefe ein hässliches Insekt über das Papier. »Wer oder was ist denn Ibykos? Und das Wort *gerner* hab ich auch noch nie gehört. Gibt es das überhaupt? Gern, gerner, am gernsten?«
»Ibykos ist ein altgriechischer Dichter. Und das Adverb *gern* bildet keinen Komparativ. Vielleicht ist es ein Name. Ibykos Gerner?« Justus zuckte die Schultern. »Wartet mal, ich habe eine Idee.« Er öffnete eine Suchmaschine und gab die ersten drei Wörter des seltsamen Spruches ein. Sofort spuckte die Maschine eine Reihe von Treffern aus.
»Ist was dabei?« Bob sah seinem Freund über die Schulter.
»Nein, das hat alles nichts mit unserem Text zu tun.« Justus scrollte nach unten. »Ein paar Einträge über Ibykos, ein Baustoffhändler, Hinweise auf eine Ballade von einem deut-

schen Dichter, ein … Moment mal!« Der Erste Detektiv zeigte mit dem Cursor auf einen Link. »Da! Seht ihr das? Die ganze erste Zeile unseres Gedichts!«
»Und noch ein Name. Harper Knowsley, dann bricht der Eintrag ab. Mach mal auf!«, forderte Bob.
Justus tat wie ihm geheißen und öffnete die Internet-Seite. Ein längerer Artikel erschien.
Peter sah auf die URL. »Closedsecrets.com. Scheint irgend so ein Verein von Geheimniskrämern zu sein. Wo ist denn unser Text?«
»Da unten.« Justus markierte die Stelle. »Und da sind noch ein paar Zeilen in der Art: ›Wenn denn Leder juchzet, Mensch macht Ost, ihr bleich gewesen.‹«
»Na super!« Peter tippte sich an die Schläfe.
»Oder hier: ›Kann, der wehrt, kühnes Buch aufnehmen? Bauerhafter Dank siede freventlich hin ewig!‹«
»Wenn ihr mich fragt, hat da einer mächtig zu tief ins Glas geguckt, als er das Zeug geschrieben hat.« Der Zweite Detektiv kippte ein imaginäres Glas hinunter, hickste und verdrehte die Augen.
Bob lachte. »Lasst uns mal den ganzen Artikel lesen. Vielleicht sind wir dann schlauer.«
Der Artikel befasste sich ausführlich mit einem gewissen Harper Knowsley, einem geheimnisumwitterten Trapper und Fallensteller, der im neunzehnten Jahrhundert in der Sierra Nevada als Einsiedler gehaust hatte. Knowsley gab vor, mit höheren Mächten in Kontakt zu stehen, die ihn in ihre Mysterien eingeweiht hätten, und verfasste zu diesen Offenbarungen rätselhafte und oft reichlich abstruse Kurz-

texte, Gedichte und Sinnsprüche. Manche hielten ihn für erleuchtet, die meisten für verrückt – was aber überhaupt keine Rolle mehr spielte, als sich nach seinem Tod walnussgroße Gold-Nuggets in seiner schlichten Waldbehausung fanden. Insbesondere der Text, den der tote Knowsley bei sich trug, erregte plötzlich große Aufmerksamkeit. Viele sahen in ihm den Schlüssel zu seinem Geheimnis, das sie sich wahlweise als bisher unentdeckte Goldader, als alten Spanierschatz oder als ein verschüttetes Versteck früherer Goldgräber vorstellten. Aber bis heute war es niemandem gelungen, seine krausen Texte zu verstehen.

Justus knetete seine Unterlippe. »Interessant. Das ist wirklich sehr interessant.«

Peter schmunzelte. »Du bekommst schon wieder deine glasigen Rätselglupscher, Just. Ich würde eher sagen, das ist verrückt, sehr verrückt. Von wegen höhere Mächte!«

»Der Satz aus meinem Brief stammt aus dem Gedicht, das man bei seiner Leiche gefunden hat.« Bob deutete auf die Stelle in dem Artikel. »Da steht's.«

»Wie diese anderen Formulierungen auch.« Justus' Augen leuchteten aufgeregt. Der Erste Detektiv hatte in der Tat Feuer gefangen. So ein Rätsel war genau nach seinem Geschmack. »Warum beendet dieser Mr Marshall seinen Brief ausgerechnet mit einem Ausschnitt aus einem bis heute unentschlüsselten Text dieser sonderbaren Gestalt?«

»Weil er ihn enträtselt und verstanden hat?«, überlegte Peter. »Und deswegen das restliche Gold gefunden hat, das Grundlage seines Vermögens war?«

Justus machte eine skeptische Miene. »Ergibt das einen Sinn?

Möchte Marshall posthum damit angeben, dass er Knowsleys Rätsel gelöst hat? Vielleicht. Vielleicht auch nicht. Dazu wissen wir noch zu wenig über den Mann.«

»Posthum?« Peter griff nach seinem schlauen Büchlein, das er ab und zu brauchte, um folgen zu können.

»Viel gibt es über Marshall auch nicht zu wissen«, sagte Bob. »Das war es, wozu ich recherchiert habe, bevor ich zu euch kam. Ich wollte etwas über diesen Craig Marshall in Erfahrung bringen. Aber im Internet bin ich auf keinen Craig Marshall gestoßen, der infrage käme.«

»Klingt nicht gut«, meinte Peter und klappte sein Büchlein zu. Posthum: nach dem Tod. »Heutzutage findet man doch fast über jeden etwas im Internet. Es sei denn, derjenige versteht es, sich unsichtbar zu machen. Was wiederum die Frage aufwirft, warum er das tut.«

»Du meinst, Marshall hatte etwas zu verbergen?«

»Ich sage nur, dass es ungewöhnlich ist, wenn du keine Informationen zu einem Mann findest, der reich genug ist, um ein Vermögen vererben zu können, aber gleichzeitig niemanden hat, dem er es hinterlassen könnte.«

»Und er hat ja offenbar mehrere Erben im Auge«, fügte Justus hinzu und nahm Marshalls Brief noch einmal zur Hand. »Er schreibt von Schicksalserb*en*, Plural, und dass du, Bob, nur *unter anderem* ins Spiel kamst.«

»Hm.« Der dritte Detektiv setzte sich wieder und stützte sein Kinn auf seine Hände. »Und was mache ich jetzt?«

Justus überlegte einen Augenblick. »Hast du diesen Anwalt schon kontaktiert, der dir den Brief geschickt hat? Der sollte ja eigentlich mehr über Marshall wissen.«

»Nein, habe ich noch nicht. Aber du hast recht. Wenn ihn Marshall damit beauftragt hat, nach seinem Tod für ihn tätig zu werden, muss er ihn ja kennen.«
Auf dem Briefkopf fand Bob die Nummer von Evander Whitesides Kanzlei. Aber als er eben wählen wollte, hallte draußen eine wohlbekannte Stimme über den Schrottplatz.
»Justus? Peter? Bob? Wo steckt ihr denn wieder?« Tante Mathilda! Eine ungeduldige Tante Mathilda. »In eurer Höhle? Seid ihr da drin?«
Justus sah seine Tante förmlich vor sich, wie sie auf dem staubigen Schrottplatz stand, die Hände in die Hüften gestemmt, den Kopf nach vorn gestreckt, und den Haufen Altmetall über der Zentrale mit ihren Blicken durchbohrte.
»Die Bücher sind, zu eurer Information, bisher nicht von alleine in die Kisten und Regale gesprungen! Hallo?«
Der Erste Detektiv seufzte, stand auf und ging zur Tür des Wohnwagens. »Wir kommen gleich, Tante Mathilda!«, rief er nach draußen. »Drei Minuten noch!«
»Aber drei Minuten nach meiner Zeitrechnung, nicht nach eurer! Klar?«
»Jaha!«
Tante Mathilda wartete fünf Sekunden und rief dann: »Noch zwei Minuten fünfundfünfzig Sekunden!«
Justus schloss die Tür. »Den Anruf noch, aber dann müssen wir wohl.«
Bob wählte die Telefonnummer in Pasadena und schaltete auf Lautsprecher, damit Justus und Peter mithören konnten.
Nach dem dritten Klingeln nahm Evander Whiteside ab.

Der Stimme nach zu urteilen war er ein umgänglicher, gelassener Herr mittleren Alters. Er hörte Bob ruhig und ohne ihn zu unterbrechen an, sagte nur ab und zu »Aha« oder »Hm« und ließ am Ende ein kurzes, wohlmeinendes Lachen ertönen.

»Verstehe, verstehe. Sie sind auch nicht der Erste, Mr Andrews, der mit diesem Anliegen an mich herantritt. Ich muss allerdings auch Ihnen mitteilen, dass ich zwar der Testamentsvollstrecker von Mr Marshall bin, jedoch nie das Vergnügen hatte, ihm persönlich zu begegnen. Ich habe nur einmal mit ihm telefoniert und bekam alle Anweisungen und Dokumente auf dem Postweg zugestellt. Von daher fürchte ich, dass ich Ihnen nicht weiterhelfen kann.«

»So …« Bob konnte seine Enttäuschung nicht verbergen. »Aha. Ja … dann …«

»Aber«, ergriff Whiteside erneut das Wort, »ich soll und darf Ihnen noch eine Information zukommen lassen. Falls Sie aufrichtiges Interesse an der Hinterlassenschaft von Mr Marshall haben, möchten Sie sich bitte übermorgen bei Sonnenaufgang auf dem Parkplatz von The Pear einfinden. Das ist eine Halbinsel westlich von Malibu.«

»Ich kenne sie.« Dem dritten Detektiv war die Halbinsel natürlich ein Begriff. Sie war der gruselige Schauplatz in einem ihrer Fälle gewesen. Dichter Nebel zog vor Bobs innerem Auge vorbei, schemenhafte Möwen und die grässliche Fratze von Jack the Riddler. »Und … wozu?«

»Das«, antwortete Evander Whiteside, »entzieht sich leider ebenfalls meiner Kenntnis. Sie sollen aber bitte das Nötigste für ein paar Tage dabeihaben.«

Reise ins Ungewisse

Zwei Tage später brachen die drei ??? eine halbe Stunde vor Sonnenaufgang zum Zelten in die Santa Monica Mountains auf. Offiziell. In Wirklichkeit nahmen sie den Highway Number One Richtung Malibu, Richtung The Pear. Diese kleine Notlüge war nötig gewesen, weil Mütter, Väter, Tante und Onkel den drei Jungen wohl kaum ihre Zustimmung zu deren eigentlichem Vorhaben erteilt hätten. »Bob soll das Erbe eines Unbekannten antreten? Muss dazu aber in aller Frühe mit Sachen für ein paar Tage auf einen einsamen Parkplatz? Ohne zu wissen, warum und wieso? Habt ihr noch alle Tassen im Schrank?« So oder so ähnlich, vermuteten die Jungen, hätten die Reaktionen wohl ausgesehen.

Aber sie wollten zu The Pear, unbedingt. Darauf hatten sich am Tag zuvor alle drei geeinigt, während sie die Bücher auf dem Schrottplatz sortiert hatten. Sie wollten sich zumindest einmal ansehen, was Bob auf diesem Parkplatz erwartete.

Die Fahrt über den zu dieser frühen Stunde nahezu menschenleeren Highway verlief schweigend. Peter konzentrierte sich auf die Straße, Justus verspeiste einen Blaubeer-Muffin, den er sich noch schnell im 7-Eleven gekauft hatte, und Bob hing seinen Gedanken nach. Links von ihnen breitete der Pazifik sein riesiges schwarzes Tuch aus, aber hinter dem Küstengebirge zeigte sich schon das bläuliche Grau des heraufziehenden Tages.

Wenige Minuten vor Sonnenaufgang hatten sie die Halbinsel erreicht. Ihren Namen hatte The Pear von ihrer ungewöhnlichen Form, die entfernt einer Birne glich. Die Halbinsel war unbewohnt, weil sich auf ihr ein Naturschutzgebiet für Meeresvögel befand.
»Jetzt bin ich aber mal neugierig.« Peter ließ seinen roten MG auf den weitläufigen, geschotterten Parkplatz rollen.
»Und denkt daran!«, mahnte Justus und knüllte seine Muffintüte zusammen. »Wir müssen vorsichtig sein. Wir wissen nicht, was uns da vorne erwartet.«
Doch etwaige Befürchtungen zerstreuten sich sehr schnell. Im milchigen Morgennebel, der wie fast immer um diese Zeit über The Pear kroch, entdeckten die drei ??? sechs Fahrzeuge. Offenbar galt der Termin noch für andere Personen. Und diese anderen Personen machten auf den ersten Blick nicht den Eindruck, als führten sie Böses im Schilde. Ganz im Gegenteil. Die Menschen wirkten auf die Jungen eher unsicher, ratlos, ein wenig verloren. Ein Mann blies sich gerade warmen Atem in seine Hände, eine Frau wippte mit hochgezogenen Schultern auf der Stelle, ein anderer Mann zündete sich eine Zigarette an und sah nachdenklich in den Nebel. Ein Gespräch war offenbar nicht im Gang.
»Ich tippe auf weitere potenzielle Erben«, sagte Peter und parkte seinen Wagen neben einem alten Volvo.
»Der Motor des kleinen Busses läuft«, stellte Justus fest. »Und der Fahrer sitzt als Einziger am Steuer.«
»Dem ist es vielleicht zu frisch draußen«, meinte Bob. Er öffnete die Beifahrertür und trat in die kühle Morgenluft.
»Tach zusammen!«

Drei Männer erwiderten den Gruß, der Raucher nickte, die Frau lächelte scheu.

»Gleich drei auf einmal?« Der Mann mit den kalten Fingern, ein schlaksiger Brillenträger mit knochigem Gesicht, hob generνt die Hände. »Wie viele kommen denn da noch?«

Wie zur Antwort bog hinter ihnen ein weiteres Fahrzeug in den Parkplatz ein, ein schwarzer Chevrolet mit verdunkelten Scheiben.

»Nummer zehn!« Einer der anderen Männer, blondes Stoppelhaar, Dreitagebart, zog ein grimmiges Gesicht. »Wenn dieser Whiteside mich wegen ein paar lausigen Kröten hier rausgescheucht hat, werde ich echt sauer. Hab Besseres zu tun, als mir hier den Allerwertesten abzufrieren.«

Dem Chevrolet entstieg ein elegant gekleideter Mann mit einer schwarzen Aktentasche. Seine Haare waren glatt nach hinten gekämmt, in der Brusttasche seines dunkelgrauen Anzuges steckte ein weißes Tuch.

»Das ist bestimmt Whiteside«, flüsterte Peter.

»Einen wunderschönen guten Morgen, die Herrschaften!« Der Mann lächelte verbindlich und kam auf die kleine Gruppe zu. »Eins, zwei, drei …«, sein Finger hüpfte über die Anwesenden, »sechs«, ein kurzes Zögern, »sieben … acht.«

»Und Sie sind?« Der Raucher nahm einen letzten Zug und trat dann seine Kippe auf dem Boden aus.

»Ah! Natürlich! Entschuldigen Sie! Wie unhöflich!« Der Anzugträger stellte seine Aktentasche behutsam neben sich auf den Boden. »Mein Name ist Evander Whiteside. Ich bin Mr Marshalls Testamentsvollstrecker und derjenige, der Sie zu dieser unchristlichen Stunde hierherbestellt hat.«

Ein entschuldigendes Lächeln. »Guten Morgen noch einmal.«

Gemurmel, neugierige Blicke, verhaltene Grüße.

»Mit den meisten von Ihnen habe ich ja bereits telefoniert.« Er bückte sich nach seiner Aktentasche. »Eine Mrs Wendy Brown …«

»Das … das bin ich.« Die junge Frau meldete sich wie in der Schule. Dabei drehte sie die Fußspitzen zueinander und sah drein, als hätte sie die Hausaufgaben vergessen.

»Ah, hier ist die Liste.« Whiteside richtete sich wieder auf. »Mr Christopher Barclay?«

Der Raucher, ein Mann um die fünfzig mit grauen Strähnen, stahlblauen Augen und einem wettergegerbten Gesicht, hob ansatzweise die Hand.

»Mr Edgar Bristol?«

Ein jüngerer Mann rechts neben Peter nickte knapp. Sein schulterlanges braunes Haar hatte er mit einem Gummi zu einem Pferdeschwanz zusammengebunden, der Bob an den Rasierpinsel seines Großvaters erinnerte. Auch solche Schuhe hatte er schon an seinem Opa gesehen. Klobige, abgewetzte Arbeitsstiefel mit dicker Sohle.

»Mrs Wendy Brown, wir haben uns ja gerade schon bekannt gemacht.« Der Anwalt schenkte der schüchternen jungen Frau ein charmantes Lächeln und Wendy lief sofort rot an.

»Mr Carter Godfrey?«

Kaltfinger grinste schief und kratzte sich an seiner krummen Hakennase.

»Mr Chuck Foster?«

»Jep, an Bord.« Stoppelhaar verschränkte die muskulösen

Arme vor der Brust. Trotz der niedrigen Temperaturen trug der Mann nur ein T-Shirt, dessen Ärmel jetzt so weit nach oben rutschten, dass Justus den Ansatz eines Tattoos erkennen konnte: zwei gekreuzte Dolche, über die sich ein Schriftzug wand.

»Und dann wäre da noch Mr Bob Andrews.«

»Das bin ich.« Der dritte Detektiv machte einen kleinen Schritt nach vorn. »Und die beiden hier sind meine Freunde Justus Jonas und Peter Shaw.«

»Hast dir Verstärkung mitgebracht, Kleiner, hm?« Foster lachte dreckig.

Bob sah nicht mal zur Seite.

Whiteside runzelte die Stirn. »Verstehe. Jonas und Shaw, ah ja.« Er steckte die Liste weg und rieb sich die Hände. »Wunderbar! Dann wären wir ja alle. Ich muss Sie nachher natürlich noch bitten mir Ihre Ausweise zu zeigen. Sie werden verstehen. Formalitäten.« Wieder dieses entschuldigende Lächeln. »Aber das können wir beim Einsteigen erledigen.«

»Einsteigen?« Godfrey zog die Augenbrauen hoch.

Whiteside deutete auf den nicht mehr ganz neuen Bus hinter ihnen. Er atmete tief durch, sah von einem zum anderen. »Ich weiß, dass das alles sehr rätselhaft anmutet. Mir selbst ist ein derartiger Fall auch noch nie untergekommen, und wenn ich ehrlich sein darf, schwanke ich selbst zwischen Verwunderung und Amüsement.«

Foster prustete herablassend. »Amüsement, soso.«

»Ja, ähem. Aber ich führe nur aus, was mir Mr Marshall aufgetragen hat. Und seine Verfügung sieht vor, dass jeder, der sein Erbe antreten will, in diesen Bus einsteigt.«

Barclay zündete sich eine neue Zigarette an. »Und wozu?«
»Wohin fährt denn der Bus?«, fragte Bristol.
Whiteside zuckte die Schultern und bückte sich wieder nach seiner Aktentasche. »Das entzieht sich meiner Kenntnis. Aber der Zielort steht hier drin.« Er wedelte mit einem weißen Umschlag. »Ich soll den Umschlag dem Fahrer geben –«
»Den wer engagiert hat?«, wollte Godfrey wissen. »Marshall?«
»Nein, das war ich«, erwiderte Whiteside. »Mr Marshall gab mir auch hierzu eindeutige Anweisungen. Ich soll den Umschlag also dem Fahrer geben und der wird Sie dann an einen bestimmten Ort bringen.«
»Dann machen Sie den Umschlag doch jetzt auf, damit wir wissen, wohin es geht«, forderte Barclay.
»Aber … aber das muss der Busfahrer machen.«
»Meine Güte, ob der das nachher oder Sie das jetzt tun, ist doch völlig schnurz«, regte sich Bristol auf. »Marshall wird schon keinen Blitz vom Himmel schleudern – oder wo immer er gerade ist.«
»Na … gut.« Whiteside öffnete den Umschlag und entnahm ihm einen kleinen Zettel. Er stutzte. »Da … stehen nur Nummern drauf. Das sind Koordinaten.«
»Koordinaten? Lassen Sie mal sehen!« Godfrey trat näher und nahm Whiteside den Zettel aus der Hand. »Tatsache. Koordinaten. Keine Adresse, nichts. Was zum Henker …«
Justus ging auf die beiden zu. »Darf ich mir das mal ansehen? Ein wenig bin ich in diesen Dingen bewandert.«

Godfrey grinste. »Siehst auch genau so aus, Dickerchen.«
Der Erste Detektiv verkniff sich einen Kommentar und betrachtete die Zahlen. Ein jüngerer Fall, der sich um Geocaching gedreht hatte, hatte ihn viel über Koordinaten gelehrt. »Das liegt ziemlich genau nördlich von hier. Ich schätze, knapp fünfhundert Kilometer Luftlinie.«
Barclay nahm einen tiefen Zug. »Könnte hinter Fresno liegen. Vielleicht in der Sierra Nevada.«
Sierra Nevada. Justus nickte stumm. Eine vage Ahnung beschlich ihn, wo das Ziel ihrer Reise lag.
»Sierra Nevada!« Foster spuckte die Wörter förmlich aus. »Und was sollen wir da?«
Whiteside zuckte die Achseln. »Tut mir leid. Alles Weitere würde sich, so Mr Marshall, vor Ort klären.«
Für einen Moment herrschte Schweigen. Die drei Jungen sahen sich ratlos an. Was war das hier? Was sollte das alles? Und vor allem: Was sollte Bob tun?
»Hm.« Foster massierte sich seine Oberarme. »Und wir sollen da jetzt alle einsteigen? Einfach so?«
»Niemand muss«, sagte Whiteside. »Es steht natürlich jedem frei. Andererseits besagen Mr Marshalls Verfügungen ganz deutlich, dass nur erbberechtigt ist, wer in den Bus einsteigt und am Zielort anlangt.«
»Können wir diese Verfügungen mal sehen?«, fragte Bristol.
»Das ist leider nicht möglich.« Whiteside zog den Hals ein. »Mandantengeheimnis, Sie verstehen.«
»Was soll's. Wenn der alte Marshall will, dass wir Bus fahren, um an seinen Zaster zu kommen, fahren wir eben Bus.«

Foster schulterte einen schäbigen Seesack, der neben ihm auf dem Boden lag, und drehte sich um. »Bin dabei.«
Zur Verwunderung der drei ??? schloss sich ihm Wendy Brown als Nächste an. Godfrey und Barclay folgten und nach einigem Überlegen holte auch Bristol seine Sachen aus dem Auto.
»Und Sie, Mr Andrews?« Whiteside sah Bob fragend an.
Der dritte Detektiv zögerte, tauschte Blicke mit seinen Freunden aus. »Dürfen wir uns kurz beraten?«
»Aber natürlich.« Whiteside zog sich zurück.
Nach wenigen Minuten hatten die drei Detektive einen Entschluss gefasst und baten Evander Whiteside wieder zu sich.
»Ich werde ebenfalls mitfahren«, sagte Bob.
»Sehr schön! Wunderbar!«
»Unter einer Bedingung!«
Whiteside lächelte. »Ich glaube, ich weiß, wie die lautet.«
Bob sah ihn verwundert an.
»Mr Marshall informierte mich, dass Sie, Mr Andrews, vermutlich den Wunsch äußern werden, von Ihren beiden Freunden Mr Jonas und Mr Shaw begleitet zu werden, und dass ich diesem Wunsch gerne stattgeben darf. Lautet so Ihre Bedingung?«
»Äh, ja … genau.«
»Na dann? Darf ich bitten?«, sagte Evander Whiteside und wies mit einer einladenden Geste zum Bus.

Das Tal der Klapperschlangen

Evander Whiteside half noch beim Verladen der Gepäckstücke und kontrollierte die Ausweise. Danach verabschiedete er sich von jedem Einzelnen, überreichte dem Busfahrer den Zettel mit den Koordinaten und stieg wieder aus.
»Viel Erfolg!«, rief er in den Bus, als sich die Tür quietschend schloss, und winkte dabei.
Barclay nickte, Godfrey tippte sich knapp an die Schläfe und Foster grinste so übertrieben, dass man auch noch seine Backenzähne sehen konnte. Dann rollte der Bus mit knirschenden Reifen vom Parkplatz der Halbinsel.
»Okay«, drang die Stimme des Busfahrers knarrend aus den Lautsprechern. »Willkommen an Bord, Leute. Ich bin Sam.« Der füllige Mann mit den roten Pausbacken klopfte sich auf den Schirm seiner Dodgers-Kappe. »Mein Navi sagt mir, dass wir einige Zeit unterwegs sein werden. Wenn ihr auf der Fahrt was trinken wollt, ich hab hier 'n paar Dosen in meinem Cooler.« Er zeigte auf eine riesige Kühlbox, die rechts hinter ihm auf der ersten Sitzbank stand. »Mit einem Dollar seid ihr dabei. Ich würde sagen, in drei Stunden machen wir 'ne kleine Pinkelpause. Ich kenn da in Bakersfield ein Restaurant, Cope's Knotty Pine Café, in dem man super frühstücken kann. Wenn ihr sonst was auf dem Herzen habt, fragt einfach den alten Sam. Und jetzt – gute Fahrt!«
Foster riss einen Witz, der aber vom Motorengeräusch

übertönt wurde, und lachte blechern. Die anderen sahen schweigend aus den Fenstern.
Auch den drei Jungen, die sich auf der fleckigen Rückbank des Busses niedergelassen hatten, war nicht nach Reden zumute. Peter knibbelte an seinen Fingernägeln, Bob starrte ins Leere und selbst Justus wirkte nervös und angespannt.
»Ich weiß nicht, Kollegen«, sagte Bob nach einer Weile. Immer noch war sein Blick gedankenverloren. »Ist das wirklich so klug, was wir hier tun? Wenn ich länger darüber nachdenke, ist mir doch nicht so wohl bei der Sache.«
»Mir auch nicht«, pflichtete ihm Peter bei. »Aber irgendwie prickelt es auch, oder? So abenteuermäßig. Und nicht zu vergessen, du könntest bald stinkreich sein.«
»An das Geld denke ich im Moment gar nicht. Ich denke eher an mein Zimmer, unsere Zentrale, den Schrottplatz.« Bob seufzte.
»Im Augenblick verunsichert uns nur, dass wir die Situation nicht adäquat beurteilen können«, schaltete sich Justus ein. »Aber das wird sich sicher bald ändern und ich für meinen Teil kann mich dem Reiz, der diese rätselhafte, mysteriöse Angelegenheit umgibt, nach wie vor kaum entziehen.«
Peter überlegte einen Augenblick. »Das heißt, bei dir prickelt's auch, oder?«
»Wenn du so willst, ja.«
Bob holte seinen Blick aus der Leere zurück. »Na ja, und wenn es wirklich brenzlig werden sollte, können wir ja jederzeit aus der ganzen Sache aussteigen und nach Hause fahren.«
Justus sagte dazu nichts. Wenn ihr Ziel da lag, wo er ver-

mutete, würde das vielleicht schwerer werden, als ihnen lieb war.

In Ventura verließ der Bus den Highway Number One und bog auf die State Route 126 ein. Diese Straße führte sie zunächst nach Nordosten, wie Bob auf der Karte erkannte, die er mitgenommen hatte.

»Und hier, hinter Santa Clarita, nimmt Sam wahrscheinlich den Interstate Number Five.« Peter zeichnete den Verlauf ihrer mutmaßlichen Route nach.

Justus ließ sich tiefer in seinen Sitz sinken. »Was haltet ihr von unseren Reisegenossen?«, fragte er leise.

Peter machte eine abschätzende Miene. »So lala. Barclay und Bristol scheinen mir ganz in Ordnung, Godfrey und vor allem dieser Foster sind nicht so mein Fall.«

»Geht mir ähnlich«, meinte Bob. »Ist aber nur ein erster Eindruck.«

»Und Wendy?«, fragte Justus.

»Eine ziemlich graue Maus, wenn du mich fragst.« Peter sah zu dem Sitz drei Reihen vor ihnen, hinter dem der aschblonde Pferdeschwanz der jungen Frau zu sehen war. »Ich frage mich, warum sie überhaupt mitgefahren ist. Die ist ja völlig verunsichert und verängstigt. Nicht gerade die besten Voraussetzungen für so einen Trip ins Unbekannte.«

Justus konnte ihm nur zustimmen. »Kollegen, ich denke, wir sollten mehr über die anderen in Erfahrung bringen. Und das nicht nur, weil wir einige Tage mit ihnen verbringen könnten. Wir wissen nicht, was auf uns zukommt, und es kann nur von Nutzen sein, wenn wir diese Leute besser kennenlernen. Außerdem bekommen wir so vielleicht auch neue Informationen, was die mysteriösen Umstände unserer Reise betrifft.«

»Was schlägst du vor?«, fragte Bob.

»Wir mischen uns sozusagen unauffällig unters Volk. Harmlose, unaufdringliche Gespräche. Small Talk. Mal sehen, was dabei herauskommt. Peter könnte –«

»Hallo, Leute!« Von den drei ??? unbemerkt war Barclay nach vorn zum Busfahrer gegangen und hatte sich das Mikrofon geben lassen. »Ich bin Chris. Whiteside hat uns vorhin ja schon alle kurz vorgestellt. Ich dachte, wir sollten uns mal ein bisschen beschnuppern. Schließlich verbringen wir ein paar Tage miteinander und haben alle dasselbe Ziel.«

»So geht es natürlich auch«, murmelte Justus. Die anderen Reisegenossen sahen aufmerksam zu Barclay.

»Also, was mich angeht«, fuhr der Mann fort, »würde mich vor allem eines interessieren: Hat einer von euch diesen Craig Marshall gekannt oder seid ihr auch alle hier, ohne genau zu wissen, warum und wieso?«

Keiner sagte etwas. Selbst Foster hielt den Mund. Godfrey und Bristol schüttelten die Köpfe, aber das konnte alles Mögliche bedeuten.

»Also keiner. Dann gehe ich davon aus, dass ihr auch alle so einen Schrieb von Marshall bekommen habt, in dem er was von Schicksal und beim Glück bedanken und so schreibt?«

»Ich melde mich mal, oder?« Bob sah seine Freunde an. Justus nickte, Peter schürzte die Lippen.

»Ich habe so einen Brief bekommen, ja«, rief der dritte Detektiv.

Barclay lachte. »Zumindest einer spricht mit mir.«

»Ich auch«, sagte Bristol.

»Ebenfalls«, meinte Godfrey.

»Aha.« Barclay sah zu Foster. »Und Sie, Mr Foster?«

»Geht dich gar nichts an«, blaffte Foster und reckte streitsüchtig das Kinn.

»Natürlich nicht. War nur 'ne Frage. Miss Brown?«

Die junge Frau nickte unmerklich.

Barclay zögerte einen Moment. »Mein Brief hörte ziemlich merkwürdig auf. Zwei völlig sinnlose Zeilen, die nichts mit dem Rest zu tun hatten.«

Die Jungen sahen sich an. Das Harper-Knowsley-Rätsel?

»Ich habe ehrlich gesagt keine Ahnung, was ich damit anfangen soll.« Barclay blickte von einem zum anderen. »Steht bei euch auch so was?«

Bob wollte schon etwas sagen, als Justus ihn zurückhielt. »Lass uns damit noch etwas warten.«

Auch keiner der anderen wollte sich dazu äußern. Godfrey sah aus dem Fenster, Bristol und Wendy zu Boden. Nur Foster glotzte Barclay unverwandt an und grinste.

»Okay, verstehe. Könnte ja wichtig werden.« Barclay zog einen Brief aus seiner Jackentasche und faltete ihn auf. »Ich mache trotzdem den Anfang. Bei mir steht … ›Weder jemals Irdensohn endet, wird wonnevoll ansterblich und fein sein.‹«

Der Mann schaute auf und lächelte ratlos.

Aber immer noch wollte keiner der anderen etwas sagen.

»Ach, kommt schon, Leute!«

Schließlich gab sich Bristol einen Ruck. »Ja, bei mir war auch so 'n Spruch. Ich habe ihn mir gemerkt. Wie ging das noch gleich? ›Kann, der wehrt, kühnes Buch aufnehmen?

Bauerhafter Dank siede freventlich hin ewig.‹ Ja, das war's.« Er nickte Barclay zu. »Ich bin übrigens Edgar.«
Wieder warfen sich die drei vielsagende Blicke zu. Diesen Teil des Rätsels kannten sie bereits.
»Danke dir, Edgar. Sonst noch jemand?«
Die drei ??? verständigten sich wortlos. Bob meldete sich und las jetzt auch seine Zeilen vor.
»Danke auch dir, Bob, für dein Vertrauen.« Barclay musterte die drei, die bisher geschwiegen hatten. »Und bei euch?«
Aber weder Godfrey noch Foster oder Wendy antworteten ihm. Und da die drei auch sonst keine Anstalten machten, sich an einem Gespräch zu beteiligen, ging Barclay nach einiger Zeit schulterzuckend zu seinem Sitz zurück.
Peter hatte recht gehabt. Sam nahm die Interstate Number fünf. Kurz vor zehn Uhr legten sie einen Zwischenstopp bei Cope's Knotty Pine Café in Bakersfield ein, dann ging es weiter. Nach Norden, immer weiter nach Norden. Immer tiefer hinein in die Berge der Sierra Nevada.
Ab und zu sah Justus auf die Karte, und die Ahnung, wohin ihre Reise ging, verdichtete sich immer mehr zu einer Gewissheit. Aber noch wollte er nichts sagen.
Ein wirkliches Gespräch aller Reisenden kam auch im weiteren Verlauf der Fahrt nicht mehr zustande, was vor allem an Godfrey und Foster lag. Peter unterhielt sich ein wenig mit Wendy, die tatsächlich sehr schüchtern war und kaum mehr als Ja oder Nein von sich gab. Justus und Bob redeten mit Barclay und Bristol, doch über Allgemeinplätze gelangten auch ihre Gespräche nicht hinaus. Warum genau die beiden Männer von Marshall ausgewählt worden waren,

wieso sie mitgefahren waren, was in ihren Briefen stand, erfuhren die beiden Detektive nicht.

Kurz nach Mittag, etwa zwei Kilometer hinter der Abzweigung nach Los Banos, hatten sie eine Panne. Der Keilriemen des Busses riss, was sie gut zwei Stunden Zeit kostete. Am späten Nachmittag, kurz vor Einbruch der Dämmerung, passierten sie eine Stadt namens Sonora, wenige Kilometer östlich des New Melones Lake. Bob fiel am Rand der Stadt ein merkwürdiges Gebäude auf, das an dieser Stelle völlig deplatziert wirkte. Riesengroß, grau, nahezu festungsähnlich. Der dritte Detektiv meinte aus der Ferne sogar massive Zäune gesehen zu haben. Er fragte Sam, ob er wisse, um was es sich handele. Eine Fabrik? Oder eine militärische Einrichtung? Der Busfahrer hatte keine Ahnung.

»Es ist ein Knast«, sagte Barclay, als Bob wieder nach hinten ging. »Ein Hochsicherheitsgefängnis.«

»Hier draußen?«, wunderte sich Bob.

Barclay nickte. »Im Westen liegt der See und im Osten die Sierra Nevada. Und auch sonst wäre es sehr schwierig, aus dieser Gegend abzuhauen. Ein idealer Standort.«

Kurz darauf tauchte der Bus in den Wald ein und nach einer sehr holprigen Fahrt über brüchigen Asphalt voller Schlaglöcher, über Schotterstraßen und zuletzt enge Holzwege hatten sie schließlich eine Stunde später ihr Ziel erreicht.

»Wir sind da.« Sam zeigte nach vorn. »Die Hütte da muss es sein.«

Justus entdeckte ein verwittertes Schild. Er hatte recht gehabt: das Tal der Klapperschlangen. Das Tal, in dem Knowsley die letzten dreißig Jahre seines Lebens verbracht hatte.

Nacht des Grauens

Im schwindenden Tageslicht entluden alle ihr Gepäck. Von außen sah die Hütte, die am Rande einer kleinen Lichtung stand, geräumig und solide aus. Doch der dichte Wald ringsum, die unheimlichen Geräusche und die Einsamkeit hier draußen sorgten für eine beklemmende Atmosphäre.
»Knowsley hat hier gehaust?«, flüsterte Peter erschrocken, als Justus ihm und Bob offenbarte, wo sie waren. »Im Tal der Klapperschlangen? Woher weißt du das?«
»Ich habe gestern Abend noch ein wenig recherchiert.«
»Na super. Beruhigt mich irgendwie gar nicht.«
Als alle ihr Gepäck hatten, schloss Sam die Klappe des Busses und fischte ein Stück Papier aus seiner Tasche. »So, Leute. Ich geb euch noch meine Handynummer.« Er schrieb ein paar Zahlen auf den Zettel, sah sich um und drückte ihn Barclay in die Hand. »Wenn ihr wieder abgeholt werden wollt, sollt ihr mich anrufen.«
»Wie? Sie bleiben nicht hier?« Zum ersten Mal hatte Wendy einen vollständigen Satz gesagt. Leise, fast flüsternd, entsetzt.
»Nee, meine Hübsche, tut mir leid. Ich soll euch nur hier abliefern. Aber wenn ihr mich anruft, bin ich in spätestens zwei Stunden da. Also dann!« Er tippte sich an seine Kappe. »Macht's gut!« Sam stieg in seinen Bus, wendete und holperte über die Lichtung davon. Eine Minute später hatte der Wald die Rücklichter des Busses verschluckt.

»Dann lasst uns mal reingehen.« Barclay nahm seinen Rollkoffer und ging voraus. »Mal sehen, was uns da erwartet.«
Die Hütte machte auch innen einen guten Eindruck. Sauber, ausgestattet mit dem Nötigsten, groß genug für alle. Jeder bekam ein eigenes Zimmer, nur die drei Jungen mussten sich eines, das größte, teilen. Strom lieferte ein Diesel-Generator hinter dem Haus, Fernsehen und Computer gab es allerdings nicht. Die Hütte, so vermutete Justus, wurde ansonsten wahrscheinlich an Touristen vermietet, die sich hier draußen fern aller Zivilisation erholen wollten.
Peter sah sich stirnrunzelnd in dem großen Aufenthaltsraum um. »Zumindest können wir davon ausgehen, dass es nicht Knowsleys Bude war. Und Klapperschlangen kommen hier wohl auch keine rein.«
»Da steht ein Brief!«, rief Bristol in diesem Moment und eilte zu dem großen Tisch in der Mitte. Er nahm das Kuvert, das an einer Kerze lehnte, und öffnete es. »›Willkommen!‹«, las er vor. »›Ruhen Sie sich erst einmal aus, morgen früh erwarten Sie dann weitere Instruktionen.‹ Gezeichnet: Craig Marshall.« Bristol sah irritiert auf. »Der ist von Marshall!«
»Das ist ja ’n Ding!« Foster lachte. »Dann muss der Gute wohl aus seiner Gruft gekrabbelt sein.«
»Vielleicht gehört die Hütte doch Marshall und der Brief steht schon länger hier«, sagte Bob so, dass es nur Justus und Peter hören konnten. »Das ist vermutlich auch alles Teil seines Plans.«
»Möglich«, erwiderte der Erste Detektiv. »Möglich, aber dennoch bemerkenswert.«
»Oder jemand hilft Marshall bei dem, was er mit uns vor-

hat«, überlegte Peter. »Jemand Lebendiges. Der Generator lief ja auch schon, als wir hier ankamen.«
Peters Theorie erwies sich dann als die wahrscheinlichste, denn auch der Kühlschrank war gut gefüllt. Nach einem kurzen, schweigsamen Abendessen zogen sich schließlich alle in ihre Zimmer zurück. Die drei ??? unterhielten sich noch einige Zeit über Marshall, seinen unsichtbaren Helfer, Harper Knowsley und ihre Reisegenossen. Dann löschte Bob seine Nachttischlampe und das Zimmer versank in lautloser Dunkelheit …

Chemieunterricht. Howard, dieser Stinkeimer, stand neben dem Pult und grinste ihn an. Hob die Hand und kratzte ganz langsam mit seinem Fingernagel über die Tafel. Grässlich! Furchtbar! Peter schauderte es und er bekam eine Gänsehaut. Aber es knirschte und kratzte immer weiter. Ein lang gezogenes, hartes Kreischen. Peter drehte sich zur anderen Seite, zum Fenster. Da war das Geräusch noch lauter! Dieser Ekelbrocken! Warum hörte Howard nicht endlich –
Fenster! Peter setzte sich mit einem Ruck auf. Kein Traum! Fenster! Das Kratzen kam vom Fenster! Jemand kratzte am Fenster!
Wie in Zeitlupe drehte der Zweite Detektiv seinen Kopf und sah nach draußen. Der Anblick ließ sein Blut in den Adern gefrieren! Da, genau vor dem Fenster, glotzte ihn eine hässliche Fratze an! Peter hörte auf zu atmen, brachte keinen Mucks heraus, so geschockt war er. Ein bärtiges Gesicht, verrunzelt und faltig wie altes Leder, dunkle, stechende Augen, die von einem schweren Hut überschattet

wurden. Und dieser Fingernagel am Fenster! Spitz und lang wie ein Dolch.
»Uah!«, brach es jetzt endlich aus Peter heraus und er sprang mit einem gewaltigen Satz aus dem Bett.
Justus und Bob erschraken sich fast zu Tode und der dritte Detektiv stieß sich schmerzhaft den Kopf, als er sich in dem Stockbett auf der anderen Seite des Raumes aufsetzte.
»Da draußen! Da draußen!« Peter fuchtelte mit den Armen und zeigte zum Fenster. »Da ist jemand! Knowsley!«
Bevor Justus oder Bob etwas sagen konnten, war Peter aus dem Zimmer gestürmt. Draußen gingen Türen auf und die anderen stolperten nacheinander in den Wohnraum. Der Zweite Detektiv schnappte sich den Schürhaken vom Kamin und rannte zur Tür. Justus und Bob waren dicht hinter ihm, die anderen folgten, ohne zu wissen, was eigentlich los war.
»Was zur Hölle geht denn hier ab?«, rief Godfrey.
»Peter hat jemanden am Fenster gesehen«, erwiderte Bob.
Doch draußen war niemand. Als alle hinter der Hütte angekommen waren, lag die Lichtung ruhig im spärlichen Mondlicht. Irgendwo tönte ein Kauz, eine leichte Brise ging.
»Vielleicht hast du schlecht geträumt«, sagte Barclay.
Peter schüttelte heftig den Kopf. »Nein, da war jemand! Ganz bestimmt! Und er hatte … er sah … er …« Der Zweite Detektiv verstummte. Wenn er jetzt auch noch Knowsleys Fratze beschrieb, würden ihn die anderen sicher für übergeschnappt halten. »Da war jemand.«
»Wanderer werden sich um diese Zeit kaum hier draußen

rumtreiben«, meinte Bristol. »Ein Fallensteller vielleicht. Gibt es so etwas heute überhaupt –«

Ein grässlicher Schrei brachte den Mann augenblicklich zum Schweigen. Ein Schrei aus dem Wald. Der Schrei eines Menschen in Todesangst. Der Schrei einer Frau.

Godfrey zuckte zusammen. »Was um Gottes willen …«

Justus drehte sich hektisch einmal um die eigene Achse. »Wo ist Wendy?«

»Wendy?« Barclay fuhr herum. »Wendy!«

»Das kam von da drüben!«, rief Bristol und stürzte los. »Wendy!«, schrie er laut. »Wendy! Ist dir was passiert?«

»Warten Sie! Wir brauchen Taschenlampen, sonst –« Godfrey hielt unvermittelt inne. »Foster ist nicht hier! Wo zum Geier ist Foster?«

Eine Sekunde starrten sich alle an. Dann rannten die drei ??? ins Haus. Die Jungen sahen in sämtliche Zimmer. Sie waren leer. Niemand außer ihnen war im Haus. Auch nicht in der kleinen Kammer neben dem Hinterausgang – den Bob einen Spalt offen fand!

»Just! Peter! Seht euch das an!«

Der Erste Detektiv kam angelaufen und Bob deutete auf die Holztür. »Die war doch abgesperrt vorhin!« Justus untersuchte das Schloss. »Unversehrt. Kein Kratzer.«

»Kollegen!«, rief plötzlich Peter, der sich noch in einem der Zimmer aufhielt. »Kommt schnell! Hierher!«

Justus und Bob liefen durch den kurzen Gang in den Aufenthaltsraum. Sie sahen Peter in Wendys Zimmer. Er stand über das Bett gebeugt und hielt ein Blatt Papier in der Hand. Barclay, Bristol und Godfrey kamen zur Tür herein.

»Was ist? Habt ihr Taschenlampen gefunden?«, blaffte Godfrey. »Wo bleibt ihr?«
Justus zeigte wortlos in Wendys Zimmer und ging voraus. Der Zweite Detektiv setzte sich auf die Bettkante und sah die Eintretenden sorgenvoll an. Nein, dachte Justus, nicht sorgenvoll. Verwirrt. Erschrocken.
»Das habe ich hier gefunden«, sagte Peter tonlos. Er hob das Blatt Papier und Bob nahm es ihm aus der Hand.
»Zwei handschriftliche Zeilen. Schwer zu lesen. Hier steht … ›Dir wie Pferden warten nu Zeiten, wen der fernen Städte siegen floh.‹« Der dritte Detektiv stockte, schluckte und sah auf. »Gezeichnet … Harper Knowsley.«
»Harper Knowsley?« Bristol schüttelte den Kopf. »Wer ist Harper Knowsley?«
Justus blickte Bob für einen Moment ungläubig an. Dann sah er sich in dem Zimmer um und lief zu Wendys Nachtkästchen. In der Schublade fand er, wonach er gesucht hatte.
»Hey, was machst du da?« Barclay deutete unwirsch auf den Brief in Justus' Hand. »Das geht dich nichts an!«
»Ich befürchte, dass uns das alle etwas angeht.« Die Augen des Ersten Detektivs flogen zum Ende des Briefes. »›Dir wie Pferden‹ … das dachte ich mir.« Er schaute noch einmal in die Schublade und fand ein kleines Büchlein. »Ihr Tagebuch, bestens.«
»Jetzt reicht es aber!«, schimpfte Bristol. »Was soll das?«
Justus ging zu Bob und verglich die erste Seite des Büchleins mit der Schrift auf dem Blatt, das Peter gefunden hatte. Schließlich nickte er und sah auf: »Zwei unterschiedliche Handschriften.«

Vergeltung aus dem Grab

Der Erste Detektiv wollte eben zu einer Erklärung ansetzen, als Chuck Foster die Hütte betrat.

»Was ist denn hier los?« Er knöpfte seine Bomberjacke auf und kam in Wendys Zimmer. »Mitternachtsparty? Cool!«

»Wo warst du?« Barclay durchbohrte ihn mit einem dunklen Blick.

»Ey, was ist dir denn über die Leber gelaufen?«

»Wendy ist verschwunden«, sagte Bristol. »Wir haben ihre Schreie gehört. Aus dem Wald.«

Foster zögerte eine Sekunde. »Ah, verstehe. Und jetzt denkt ihr, ich hätte irgendwie …« Er winkte ab. »Nee, nee. Ich konnte nicht schlafen auf diesem Brett von Bett und bin ’n bisschen durch die Gegend gelatscht, das ist alles.«

»Und das ausgerechnet dann, als Wendy verschwindet.« Godfrey musterte ihn misstrauisch.

»Jetzt mach mal halblang, Alter. Ich hab keine Ahnung, was mit der Maus ist. War nur Luft schnappen. Warum steht ihr eigentlich noch hier rum? Warum sucht ihr sie nicht?«

»Mr Foster hat recht«, sagte Justus. »Wir haben schon zu viel Zeit verloren.«

Ausgerüstet mit den Taschenlampen der drei Jungen und zwei weiteren, die sich in der Hütte gefunden hatten, machten sie sich auf die Suche nach Wendy. Drei Trupps durchstreiften den nächtlichen Wald in unterschiedliche Richtungen und riefen dabei immer wieder Wendys Namen. Doch die junge Frau war wie vom Erdboden verschluckt. Keine abgebrochenen Zweige, keine Fußspuren, kein verlorenes Kleidungsstück lieferte einen Hinweis auf ihr Verschwinden. Nach einer halben Stunde gaben die Männer und die drei ??? die Suche auf.

»Wir müssen es bei Tagesanbruch noch einmal versuchen«, sagte Justus, als alle wieder in der Hütte versammelt waren. »In dieser Dunkelheit wäre es purer Zufall, wenn wir auf ein Indiz stießen.«

»So lange warte ich sicher nicht.« Barclay holte sein Handy aus seiner Jackentasche. »Ich rufe jetzt die Polizei.«

Während Barclay das Telefon einschaltete, fiel Bristol das Blatt Papier in die Augen, das Peter in Wendys Zimmer gefunden hatte und das jetzt auf dem großen Tisch lag. »Wer ist Harper Knowsley?«, fragte er Bob. »Ihr habt vorhin den Eindruck gemacht, als hättet ihr den Namen schon mal gehört.«

»Mist!«, fluchte Barclay. »Kein Netz! Ich krieg hier draußen kein Netz! Versucht ihr es mal!«

Bristol und Godfrey holten ihre Mobiltelefone hervor. Peter eilte in ihr Zimmer, wo das Firmenhandy der drei ??? auf seinem Nachttisch lag. Doch weder ihm noch den beiden Männern gelang es, eine Verbindung herzustellen.

»Nichts!«, fauchte Godfrey. »Absolut tote Hose. Wir sitzen in einem verdammten Funkloch!«

»Vielleicht ist es nur ein zeitlich bedingtes Phänomen«, sagte Justus. »Womöglich hilft uns auch ein Wechsel der Örtlichkeit weiter.«

Foster verzog das Gesicht. »Sag mal, redest du immer so geschwollen?«
Der Erste Detektiv ignorierte ihn. »Peter, versuchst du's mal?«
»Geht klar.« Der Zweite Detektiv lief nach draußen.
Bristol sah wieder zu Bob. »Also?«
»Sie meinen die Sache mit Harper Knowsley?«
»Genau.«
Der dritte Detektiv zögerte und suchte Blickkontakt mit Justus. Die Männer spürten, dass es da offenbar etwas gab, was sie nicht wussten, und waren auf einmal sehr aufmerksam.
Justus nahm das Blatt Papier vom Tisch. »Diese rätselhaften Zeilen am Ende der Briefe, die Sie alle von Mr Marshall erhalten haben, entstammen einem Text, den ein gewisser Harper Knowsley hinterlassen hat.«
In den folgenden Minuten informierte Justus die anderen über alles, was die drei ??? bisher über den sagenumwobenen Fallensteller und sein Rätsel herausgefunden hatten. Die Blicke seiner Zuhörer wurden dabei immer konzentrierter und durchdringender.
»Nuggets?«, war das Erste, was Foster dazu einfiel, als Justus zu Ende gesprochen hatte. »Der Kerl hatte Nuggets gebunkert? Irgendwo hier in der Gegend?«
»Und keiner weiß bis heute, wie man seine Sprüche lesen muss?«, wollte Godfrey wissen.
»Harper Knowsley. Noch nie gehört.« Bristol versank in nachdenkliches Schweigen.
Barclay setzte sich auf einen der Stühle und fixierte Justus

eine Weile. »Wie kommt es, dass ihr darüber so gut Bescheid wisst?«
Foster fuhr herum. »Ja, genau! Wieso wisst ihr von dem Kram und wir nicht? Ihr steckt mit diesem Marshall unter einer Decke, stimmt's? Los, raus mit der Sprache!«
Bob schüttelte den Kopf. »Wir haben einfach unsere Hausaufgaben gemacht und ein wenig recherchiert.«
»Im Rahmen unseres Detektivunternehmens, das wir in Rocky Beach betreiben«, setzte Justus hinzu.
Peter kam herein. Seine Miene war Aussage genug. »Nichts. Ich bin sogar auf einen Baum geklettert. Im Umkreis von fünfhundert Metern tut sich gar nichts.«
»Sch…eibenkleister!«, fluchte Foster. »Wie soll uns dann dieser Sam abholen? Wir hocken fest in dieser beknackten Baumwüste.«
»Ihr seid Detektive?« Godfreys Augen bekamen einen merkwürdigen Ausdruck. Argwöhnisch, wissend.
»So ist es«, erwiderte Justus.
»Erster, Zweiter, dritter Detektiv.« Peter deutete auf Justus, sich und Bob.
»Tick, Trick und Track«, murmelte Bristol. Aber eigentlich sah er nicht so aus, als wollte er einen Witz machen.
»Wie auch immer.« Barclay stand wieder auf. »Dann müssen wir zu Fuß Hilfe holen. Wir haben keine Wahl.«
»Das wird schwierig«, meinte Bob. »Wir sind zuletzt über eine Stunde kreuz und quer mit dem Bus durch den Wald gefahren. Und dabei etliche Male abgebogen. Auf der Karte, die wir dabeihaben, sind die meisten Wege gar nicht drauf.«

»Es geht Richtung Westen, das muss reichen.«
»Aber wenn wir uns verirren, kommt für Wendy vielleicht jede Hilfe zu spät«, wandte Justus ein. »Hat eigentlich irgendjemand ein Navi auf dem Handy?« Allgemeines Kopfschütteln.
Barclay dachte nach. Schob den Unterkiefer nach vorn, mahlte mit den Zähnen und dachte nach. »Was schlagt ihr vor?«
»Wir sollten die Nacht hierbleiben und uns bei Sonnenaufgang auf die Suche nach Wendy machen«, sagte Justus. »Danach sehen wir weiter.«
»Und du bist jetzt der Oberboss, oder was?«, schnauzte ihn Foster an.
Justus holte eine ihrer Visitenkarten aus seiner Tasche, legte sie auf den Tisch und sah dem Mann direkt in die Augen. »In Anbetracht der Tatsache, dass wir als Detektive ein gerüttelt Maß an Erfahrung in solchen Angelegenheiten vorzuweisen haben, und weil uns eine dieser Erfahrungen gelehrt hat, dass in Situationen wie dieser eine gewisse Strukturiertheit durchaus sinnvoll ist, sind wir gern bereit, die Aktionen zu koordinieren und im Bedarfsfall die Ermittlungen zu organisieren, möchten uns aber natürlich nicht aufdrängen.«
Foster sah ihn an wie einen Waldgeist. »Hä? Was war das?«
Barclay lachte leise. »Ich finde eure Idee gut. Ich glaube, ich habe sogar mal was über euch in der Zeitung gelesen. Einer muss tatsächlich das Sagen haben, und wenn ihr es wirklich draufhabt, warum nicht? Sind alle einverstanden?«
»Das ist doch Blödsinn!«, rief Foster. »Drei Bubis, die jetzt Sherlock … Dingsbums spielen.«

»Dann sagen Sie uns, was wir jetzt tun sollen, Mr Foster!«
»Ich würde ... also, wenn ich ... zuallererst ... würde ich dann mal ...«
Barclay nickte. »Genau. Das dachte ich mir.«
Bristol griff nach der Karte.

»Und wofür stehen die drei Fragezeichen?«
»Für alle noch ungelösten Rätsel«, informierte ihn Bob.
Bristol zuckte die Schultern. »Meinetwegen. Okay.«
»Einen Moment noch.« Godfrey ließ seinen Blick durch die Runde schweifen. »Mal ganz ehrlich, Leute. Warum seid ihr alle wirklich hier, hm? Was mich betrifft: Ich war nie ein Sonnenschein. Von wegen hilfsbereit, Nächstenliebe und so 'n Kram. Ja, ich bin ein ziemliches Aas und hab noch nie freiwillig was für andere getan, ich geb's ja zu. Deswegen fand ich den Schmus, den der alte Marshall da zusammengefaselt hat, auch von Anfang an Schwachsinn. Ich bin hier, weil ich die Kohle brauche, ziemlich dringend sogar. Und wenn ich mir den Rest so ansehe, dann geht's euch genauso, oder?« Dann lächelte er die drei Jungen zuckersüß an. »Wo ich euch allerdings hinstecken soll, weiß ich noch nicht.«

»Worauf wollen Sie hinaus?«, fragte Barclay.
»Gleich. Ihr seid alle wegen dem Zaster hier, oder?«
Keiner widersprach. Foster nickte sogar verhalten.
»Und den Friedensnobelpreis hat auch noch keiner von euch bekommen, oder?«
»Wovon sprechen Sie?« Barclay schüttelte den Kopf.
»Sag ich Ihnen.« Godfrey zeigte mit dem Finger auf ihn. »Zählen wir doch mal zwei und zwei zusammen. Wir haben vier Typen, die an Marshalls Geld wollen. Mindestens einer von denen«, er hob seinen Finger, »ist alles andere als ein weichgespülter Omas-über-die-Straße-Bringer. Von euch anderen weiß ich das nicht, aber Chuck, du warst auch nicht immer Mamas Liebling, nicht wahr?«
Foster lächelte mit hochgezogener Lippe.
»Und dann haben wir noch drei Detektive hier, die angeblich schon jeder Menge böser Jungs auf die Füße gestiegen sind. Was sagt uns das?«
»Sagen Sie es uns«, meinte Bristol.
»Okay, ich sag's Ihnen. Das mit dem Schotter können wir uns abschminken. Hier geht es um etwas ganz anderes.« Er machte eine kurze Pause und sah andeutungsvoll von einem zum anderen. »Um Rache! Es geht um Rache! Marshall hat uns hier in diese Wildnis gelockt, um sich an uns zu rächen. Um einen nach dem anderen von uns fertigzumachen. Weil wir alle was auf dem Kerbholz haben, weil ihm jeder von uns mal in die Quere gekommen ist. Diese Art von Schicksal hat Marshall oder Knowsley oder wer auch immer gemeint. Vielleicht steckt ja sogar einer der hier Anwesenden dahinter? Und mit Wendy hat er angefangen.«

Köpfe in der Schlinge

An Schlaf war für den Rest der Nacht nicht mehr zu denken. Die jüngsten Ereignisse machten es nach Justus' Ansicht auch unbedingt erforderlich, die Situation genau zu analysieren und das weitere Vorgehen zu planen. Deshalb berief der Erste Detektiv eine Lagebesprechung der drei ??? ein, nachdem sich alle anderen wieder in ihre Zimmer zurückgezogen hatten.

Auch Justus stellte seinen Stuhl in die Mitte des Zimmers und rückte die Kerze noch etwas näher. »Okay, Kollegen, Kriegsrat.«

»Einen Moment.« Peter stand noch einmal auf und zog die Vorhänge der beiden Fenster zu. »So fühle ich mich wesentlich wohler.«

Justus wartete, bis sein Freund wieder Platz genommen hatte. »Machen wir zunächst eine Bestandsaufnahme. Was haben wir?«

»Hm.« Bob überlegte, womit er beginnen könnte. »Sechs Personen – mit euch beiden acht –, die hierhergefahren wurden, weil sie einen ihnen unbekannten Mann beerben wollen. Sechs Personen, von denen eine eben entführt wurde.«

Justus kniff die Lippen zusammen. »Lasst uns ganz korrekt sein. Wir wurden nicht hierhergefahren, sondern jeder hat sich freiwillig hierherfahren lassen.«

»Macht das einen Unterschied?«, fragte Peter.
»Womöglich. Es sagt etwas aus über die Motivlage eines jeden, warum er hier ist. Und das wiederum lässt unter Umständen Rückschlüsse auf die Motivlage unseres Gastgebers zu.«
»Aber was soll daran so spannend sein?«, hakte Peter nach. »Es gibt wahrscheinlich nur wenige Menschen, die Nein sagen würden, wenn man ihnen eine Menge Geld anbietet.«
»Das schon. Aber man muss das Geld schon sehr dringend brauchen, wenn man sich auf eine Sache wie diese hier einlässt. Godfrey hat das offen zugegeben und auch von den anderen hat keiner in Abrede gestellt, dass es auf ihn zutrifft.«
Der Zweite Detektiv kratzte sich nachdenklich am Kinn. »Und was hat das jetzt mit Marshall zu tun?«
»Denk nach!«, forderte Justus seinen Freund auf.
Das hatte Bob schon getan. »Du glaubst nicht mehr an die Geschichte mit dem Erbe, oder?«
Justus sah seinen Freund an. »Du?«
Bob schüttelte den Kopf. »Nein, eigentlich nicht. Ist nur so ein Gefühl, aber ich glaub's auch nicht mehr.«
»Dann denkt ihr, dass Godfrey recht hat?« Peter verschränkte die Arme. »Dass es tatsächlich um Rache geht? Wir haben Feinde, Godfrey sagt von sich selbst, dass er ein Aas ist, und Foster ist sicher auch kein Sonntagsschüler. Barclay und Bristol scheinen zwar ganz in Ordnung, aber wir wissen ja aus Erfahrung ganz genau, dass das nichts heißen muss.«
Justus ließ Peters Eingangsfrage unbeantwortet. Er schaute eine Weile in die Kerze, dachte nach. »Und auch die Ent-

führung betreffend würde ich gerne eine Korrektur anbringen. Objektiv betrachtet ist Wendy *verschwunden.*«

Peter hob die Hände. »Aber du hast sie doch auch schreien hören!«

»Ja. Und?« Justus zuckte die Schultern. »Könnte gestellt gewesen sein. Vielleicht sollen wir nur glauben, dass sie entführt wurde.«

Der Zweite Detektiv war gar nicht einverstanden. »Und hier …« Er deutete zum Fenster. »Unser Freund Knowsley? Das habe ich mir doch nicht eingebildet?«

Justus zögerte mit einer Antwort, was Peter sofort aufbrachte. »Ich habe das nicht geträumt, Just! Da war jemand! Okay, nachher war er weg und wir haben auch nichts gefunden. Aber vor diesem Fenster da stand ein Typ mit Lederhut, einem Gesicht wie ein alter Baum und Fingernägeln, um die ihn jeder Grizzly beneiden würde. Und genau so stelle ich mir Knowsley vor. Und der hat sich Wendy geschnappt!«

Justus versuchte, nicht zu herablassend zu klingen. »Ein seit mehr als hundert Jahren toter Trapper?«

»Was weiß denn ich?« Peter zog die Stirn in Falten. Ja, warum nicht?, dachte er für sich. Im Gegensatz zu Justus konnte er sich sehr wohl vorstellen, dass es mehr Dinge zwischen Himmel und Erde gab, als sich seine Schulweisheit träumen ließ. Gerade in so einem verwunschenen Riesenwald.

»Auch das könnte so beabsichtigt gewesen sein«, lenkte Bob ein. »Wir sollten denken, dass sich Knowsley hier herumtreibt.«

»Aber nur *wir* wissen von Knowsley«, gab Justus zu bedenken. »Die anderen hatten seinen Namen noch nie gehört

und daher hätte diese Knowsley-Ausgabe schon genau wissen müssen, wo unser Zimmer ist.«
»Das sagen die anderen, dass sie ihn nicht kennen«, konterte Bob.
»Touché.« Justus nickte. »Wir wissen zu wenig über unsere Reisegefährten, als dass wir uns blindlings auf ihre Aussagen verlassen dürften.«
Peter hatte sich wieder beruhigt. »Foster wusste, wo unser Zimmer ist. Und er war eine ganze Weile nicht da. Vielleicht hat er sich als Knowsley verkleidet.«
»Könnte sein.« Justus lehnte sich nach vorn und stützte die Ellenbogen auf die Knie. »Die Lage präsentiert sich also noch ausgesprochen unübersichtlich. Hinzu kommt die nicht unbedeutsame Tatsache, dass wir hier draußen keinen Handy-Empfang haben. Und«, er richtete sich wieder auf und seufzte, »ich habe nach wie vor nicht den Hauch einer Ahnung, was es mit diesen vertrackten Rätselsprüchen auf sich haben soll. Welche Rolle spielen sie in diesem ganzen Fall? Gehören sie zusammen? Steht jeder für sich? Warum haben wir einen davon auf Wendys Bett gefunden?«
»Unterschrieben mit Harper Knowsley«, setzte Peter hinzu. »Und nicht von Wendy.«
Schweigen. Die drei ??? brüteten angestrengt über den Zusammenhängen, während auf dem Boden die Kerzenflamme knisterte. Durch die Wand drang ein leises Quietschen. Offenbar konnte Foster nicht schlafen und wälzte sich im Bett hin und her.
»Wir hätten unbedingt noch genauer recherchieren müssen, bevor wir hierherkamen«, sagte Bob schließlich in die Stille

hinein. »Letztendlich wissen wir nicht einmal, wer genau dieser Marshall war, was er gemacht hat, bevor er gestorben ist – und was er mit dieser Hütte zu tun hat.«

»Und den Text aus dem Internet hätten wir auch in Gänze ausdrucken und mitnehmen sollen.« Justus stand auf und begann, im Zimmer auf und ab zu gehen. »Ich bin mir sicher, dass der Schlüssel zu all diesen Merkwürdigkeiten in jenem Rätsel liegt. Warum sonst hat jeder der Beteiligten einen Abschnitt aus Knowsleys letztem Text erhalten? Warum lagen diese Verse auf Wendys Bett, in einer Handschrift, die nicht ihre ist? Jemand will, dass wir uns damit befassen!« Der Erste Detektiv blieb stehen. »Wir müssen dieses Rätsel lösen, Kollegen! Ich glaube, dass wir dann einiges sehr viel klarer sehen werden.«

»Und wenn es nur um Wendy ging?«, sagte Peter. »Vielleicht wollte unser Unbekannter nur an sie ran?«

Justus schüttelte den Kopf. »Und holt dazu einen ganzen Bus hier in den Wald? Nein! Hier geht es nicht nur um Wendy. Außerdem hätte er sich dann den Zettel auf ihrem Bett sparen können. Das war ein Hinweis an uns, eine Nachricht!«

»Das heißt, unsere Köpfe stecken womöglich auch in der Schlinge.« Bob nickte. »Und vermutlich hast du recht, Just. Wenn wir da noch heil rauskommen wollen, müssen wir das Rätsel lösen. Aber«, er hob hilflos die Hände, »wie? Wie sollen wir das anstellen? Solche Texte sind uns bisher noch nie untergekommen, oder täusche ich mich?«

Der Erste Detektiv sah auf seine Uhr. »Halb vier. Bis Sonnenaufgang sind es noch etwas mehr als zwei Stunden. Ma-

chen wir uns an die Arbeit, Kollegen! Wir haben bis jetzt noch jedes Rätsel geknackt. Das wäre doch gelacht!«
Die drei ??? waren im Besitz von zwei Rätselsprüchen, Bobs und dem auf Wendys Bett. An Barclays und Bristols Texte konnte sich selbst Justus mit seinem phänomenalen Gedächtnis nicht mehr genau erinnern. Aber je mehr Rätselzeilen ihnen zur Verfügung standen, desto mehr Chancen hatten sie vielleicht bei der Entschlüsselung. Also klopften Peter und Bob leise an die vier Zimmertüren, um nach den Texten zu fragen. Barclay, der ohnehin nicht geschlafen hatte, überließ ihnen bereitwillig seinen Brief, und auch Bristol, der noch einmal eingenickt war, gab ihnen nach einigem Zögern eine Abschrift seines Rätsels. Godfrey sah dazu allerdings keine Veranlassung und Foster öffnete nicht einmal seine Tür, sondern scheuchte Peter grob davon.
»Ich soll mich ver-ihr-wisst-schon-was, hat er mich angeraunzt.« Peter grunzte missmutig und legte Bristols Text auf den Tisch in ihrem Zimmer. »Wichtigtuer!«
»Okay, vier Texte haben wir.« Justus ließ seinen Blick über die Blätter schweifen. »Gehen wir's an!«
In den folgenden zwei Stunden wandten die drei ??? jede nur erdenkliche Technik zur Entschlüsselung von Texten an, die sie im Laufe ihrer langjährigen detektivischen Praxis kennengelernt hatten. Sie suchten nach Mustern, ordneten die Buchstaben anders, setzten Zahlen ein, lasen die Texte von hinten, spiegelten sie, falteten die Blätter, stellten sie auf den Kopf, gruppierten die Wörter um, prüften einige klassische Verschlüsselungsverfahren, die sich ohne Computer nachvollziehen ließen. Bei Bobs und Barclays Briefen, den

Originaldokumenten, versuchten sie es sogar mit chemischen und physikalischen Verfahren: Sie hielten die Blätter über eine Kerzenflamme und bestäubten sie mit Grafitpulver, das sie von einem Bleistift abgeschabt hatten.
Aber was sie auch taten, Knowsleys Rätsel behielt sein Geheimnis für sich. Kein einziger sinnvoller Text ergab sich aus all den Versuchen, die die drei Detektive unternahmen. Als Barclay kurz nach Sonnenaufgang an ihre Tür klopfte, waren die Jungen müde, erschöpft und frustriert.
»Langsam bekomme ich das Gefühl, dass da jemand ein ganz perfides Spiel mit uns treibt.« Justus wischte sich über die schmerzenden Augen. »Das kann doch alles nicht sein! Wir haben nichts, gar nichts!«
»Ich will nur noch schlafen«, stöhnte Peter. »Zwei Wochen schlafen.«
Doch an Schlaf oder Ruhe war jetzt am allerwenigsten zu denken. Nach einem kurzen Frühstück und einigen Schlucken bitterem Kaffee packten die drei ??? ihre Rucksäcke. Kurz darauf trafen sich alle vor der Hütte. Die Suche nach Wendy konnte beginnen.

Tödlicher Biss

»Und, ihr Champs? Wie wollen wir's angehen?« Foster grinste abfällig. Als Einziger hatte er auf einen Rucksack oder eine Tasche verzichtet. Dafür trug er ein schwarzes Muscle-Shirt mit einem aufgedruckten Totenkopf. Und in dem breiten Ledergürtel seiner Militärhose steckte ein gewaltiges Bowie-Messer.
Justus zog das Handy der drei ??? aus seiner Jackentasche und schaltete es ein. »Lassen Sie uns zunächst alle noch einmal überprüfen, ob wir jetzt ein Netz bekommen.«
»Keine Chance.« Barclay schüttelte den Kopf, nachdem er es versucht hatte.
»Nichts«, meinte Bristol. »Ich hab's vorhin schon gecheckt.«
Auch Godfrey hatte keinen Erfolg und Justus ebenfalls nicht. Foster hatte nach eigener Aussage gar kein Handy dabei. Und in der Wildnis sei das eh nur was für Weicheier.
»Wir können das ja immer wieder mal testen.« Der Erste Detektiv steckte das Handy wieder ein. »Okay. Ich würde vorschlagen, dass wir in die Richtung gehen, aus der Wendys Schrei kam.« Justus zeigte nach Osten in den Wald. »Dann teilen wir uns in drei Gruppen auf und suchen systematisch die Gegend ab. Drei Stunden sollten reichen, denke ich. Wenn wir bis dahin Wendy nicht gefunden haben, müssen wir uns etwas anderes überlegen.«

Godfrey machte ein kritisches Gesicht. »Ich finde das Quatsch. Wir verplempern doch nur Zeit. Wenn wir jetzt aufbrechen und uns den Weg aus dem Wald bis zur nächsten Siedlung suchen, können wir Alarm schlagen und Wendy ist viel schneller geholfen.«

»Wenn wir den Weg finden und uns nicht verirren, vielleicht«, meinte Bob. »Wenn nicht, verplempern wir noch viel mehr Zeit.«

Godfrey grunzte skeptisch.

»Also um neun Uhr wieder hier an der Hütte?«, fragte Bristol.

Justus nickte. »Wenn alle einverstanden sind, würde ich mit Ihnen zusammen gehen, Mr Godfrey. Peter und Mr Barclay bilden die zweite Gruppe und Bob zieht mit Ihnen beiden los.« Der Erste Detektiv sah Bristol und Foster an.

»Kannst du vergessen, Junge«, sagte Foster. »Ich brauch kein Kindermädchen. Meine Lady reicht mir als Begleitung völlig.« Er zog sein Bowie-Messer aus der Scheide und fuhr mit dem Daumen an der blitzenden Klinge entlang. »Ich warte dann mit der Kleinen in der Hütte auf euch. Hasta la vista!« Damit drehte er sich um und lief in den Wald. Nach Westen.

»Da geht's lang!«, rief ihm Barclay hinterher und zeigte in die andere Richtung.

»Jaja, schon klar!« Foster winkte ab und lief weiter.

»Idiot!«, murmelte Barclay.

Justus lächelte. »Dem möchte ich nichts hinzufügen. Hoffen wir einfach mal, dass es sich für Mr Foster nicht als Nachteil erweisen wird, allein unterwegs zu sein.«

»Und wennschon.« Bristol zuckte die Schultern.
Zu sechst machten sie sich auf den Weg. Auf den ersten hundert Metern blieben sie noch alle zusammen und suchten gemeinsam nach Spuren, die vielleicht einen Hinweis auf das gaben, was sich gestern Nacht ereignet hatte. Doch da war nichts. An manchen Stellen der Lichtung war das Gras zwar zertreten, aber das konnte auch von Tieren herrühren. Und im Wald selbst machte der harte Boden die Hoffnung zunichte, auf deutliche Fußabdrücke zu stoßen.
»Achtet auf moosige und feuchte Stellen«, sagte Justus. »Vielleicht finden sich da Abdrücke. Und auf Schleifspuren. Wenn Wendy entführt wurde, ist sie vermutlich nicht freiwillig mitgegangen. Auch abgebrochene Zweige und Äste können einen Hinweis liefern. Und wenn wir ganz viel Glück haben, hängt vielleicht irgendwo ein Fetzen Stoff.«
»Und rufen!«, ergänzte Bob. »Immer wieder nach ihr rufen.«
»Hast du auch noch 'n Tipp?« Godfrey nickte Peter herablassend zu. »So 'n alten Indianertrick vielleicht?« Er hatte offensichtlich überhaupt keine Lust auf die Suche nach Wendy. Aber allein bleiben wollte er allem Anschein nach auch nicht.
Peter lag zwar eine schnippische Antwort auf der Zunge, aber er sparte sie sich. Jetzt ging es um Wendy. Und je weniger Missstimmung herrschte, desto besser für sie.
Sie teilten sich auf. Osten, Nordosten, Südosten. Da die drei ??? sogar an ihre Walkie-Talkies gedacht hatten, als sie zu Hause die Rucksäcke gepackt hatten, stellte die Kommunikation kein Problem dar. Sie verglichen noch ihre Uhren,

wünschten sich viel Glück und zogen los. Schon nach wenigen Augenblicken hatten sich die drei Paare in dem schattigen Nadelwald aus den Augen verloren.

Nach einigen Minuten blieb Barclay stehen und fasste sich an die Kehle. »Dieses dauernde Rufen geht ganz schön auf die Stimmbänder, nicht wahr?«, rief er Peter zu, der drei Bäume weiter rechts lief. »Habt ihr heute Nacht eigentlich was rausgefunden? Ich meine wegen diesen Rätseln?«
Der Zweite Detektiv blieb ebenfalls stehen. »Nein. Diese Texte haben es wirklich in sich. Bis jetzt tappen wir noch völlig im Dunkeln.«
»Was erhofft ihr euch eigentlich davon?«
»Ich weiß nicht. Vielleicht sind wir alle nur hier rausgelockt worden, um dieses Rätsel zu lüften. Und das Erbe war der Köder.« Peter hob die Schultern. »Einen weiteren Hinweis darauf oder eine Anweisung gab es heute Morgen jedenfalls nicht mehr.«
»Stimmt«, fiel Barclay auf. »In dem Brief, der auf dem Tisch stand, war das ja angekündigt. Ihr denkt also, jemand will an die Nuggets von diesem Knowsley, bekommt es aber selber nicht hin, dessen Rätsel zu lösen, und spekuliert jetzt darauf, dass wir für ihn die Drecksarbeit erledigen? Damit er sich anschließend das Gold unter den Nagel reißen kann?«
»Wäre denkbar«, bestätigte Peter.
»Aber warum ausgerechnet wir? Wieso sollten wir schaffen, was diesem Typen nicht gelingt? Ich hatte mal einen Laden für Zoobedarf. Fische, Hamster, Vögel vor allem und was man dafür braucht. Was hätte ich mit Rätseln zu tun?«

Der Zweite Detektiv zuckte die Achseln. Ja, dachte er bei sich, warum wir? Doch dann fuhr ihm ein kalter Schauer über den Rücken. Die Antwort auf diese Frage war vielleicht recht einfach. Denn es gab sicher nicht viele Menschen, die so gut im Lösen von Rätseln waren wie Justus, Bob und er. Wie die drei ???.

Justus hatte sich das nicht freiwillig ausgesucht. Klar war nur gewesen, dass keiner von ihnen mit Godfrey *und* Foster zusammen loszog. Schon einer von beiden war eine Herausforderung, beide wären eine Strafe gewesen. Am Ende hatte das Los entschieden, dass Justus mit Godfrey gehen sollte. Doch im Grunde lief der Erste Detektiv allein durch den Wald. Godfrey trabte lustlos hinterher, maulte vor sich hin und wollte immer woandershin als Justus. Der Erste Detektiv hatte zeitweise das Gefühl, mit einem Dreijährigen unterwegs zu sein.

Aber urplötzlich änderte sich die Situation. Wieder einmal hatte Justus den Mann für einen Moment aus den Augen verloren. Als er sich umwandte, war er zunächst überrascht, Godfrey auf vier Uhr zu sehen. Gerade war sein Schatten hinter einem großen Stein verschwunden. Dabei hätte er schwören können, seine schlurfenden Schritte genau hinter sich gehört zu haben, auf sechs Uhr. Doch dann erblickte er ihn wirklich. Genau hinter sich. Der Erste Detektiv zuckte zusammen. Wer war dann das auf vier Uhr gewesen?

»Hallo?« Justus blieb stehen. »Ist da wer?«

Godfrey sah sich erschrocken um und war mit wenigen Schritten bei Justus. »Was ist? Hast du jemanden gesehen?«

»Ja, ich glaube schon.« Justus war sich auf einmal nicht mehr ganz sicher. Ein Tier? Ein Lichtreflex? »Da vorn.«
»Hinter dem Stein?« Godfrey wirkte plötzlich einen halben Kopf kleiner. Hasenfuß, dachte Justus.
»Ja, sehen wir mal nach.«
»Sollten wir nicht besser den anderen Bescheid sagen?« Godfrey deutete auf das Walkie-Talkie in Justus' Hand.
»Ich denke, das schaffen wir auch noch –«
Auf einmal knackte das Funksprechgerät. »Just! Peter! Schnell!«, ächzte Bob wie unter großen Schmerzen. »Schnell!«

Alles eine Sache der Erfahrung, dachte Bob. Während er und seine Freunde noch einmal die Toilette aufgesucht hatten, bevor es losgegangen war, hatte Bristol daran natürlich nicht gedacht. Und prompt hatte sich nach einer Viertelstunde seine Blase gemeldet. Aber vielleicht war es ja auch die Aufregung gewesen – was ebenfalls eine Sache der Erfahrung war.
Während Bristol hinter einer kleinen Ansammlung von Büffelbeersträuchern verschwand, wartete Bob an einen Baum gelehnt und dachte noch einmal über Knowsleys Rätsel nach. So große Schwierigkeiten hatten sie selten beim Entschlüsseln gehabt. Zwei Minuten später dachte er immer noch an den Text, eine weitere Minute später machte er sich zum ersten Mal Gedanken, wo Bristol blieb, und nach fünf Minuten beschlich ihn ein mulmiges Gefühl.
»Mr Bristol?«
Keine Antwort.

Bob drückte sich von dem Baum ab. »Mr Bristol? Hallo? Alles in Ordnung?«
Wieder nichts.
»Mr Bristol? Hören Sie mich?«
Tat er offenbar nicht. Jedenfalls sagte er nichts.
Bob ging langsam auf die Sträucher zu. »Hallo? Sind Sie noch da? Mr Bristol?«
Der dritte Detektiv lief um die Büffelbeersträucher herum, schob sogar an manchen Stellen das dichte Laubwerk beiseite, aber Bristol war nicht da. Und er antwortete nicht auf Bobs Rufen. Der Mann war verschwunden. Als hätte es ihn nie gegeben.
Gerade wollte Bob das Walkie-Talkie einschalten, als er etwas auf dem Boden liegen sah. Einen Zettel. Tief unter einem der Büsche. Er kniete sich unter die überhängenden Zweige, kroch noch ein Stück weiter nach vorn und streckte die Hand aus. Er musste den Kopf wegdrehen, weil ihm sonst die Dornen ins Gesicht gepikt hätten. Aber da irgendwo – Bob tastete den Boden ab – musste er sein. Irgendwo da vorn.
Plötzlich zuckte ein jäher Schmerz durch seine linke Hand! Als hätte ihm jemand ein Messer in den Daumenballen gerammt. Ein Biss, wurde Bob schlagartig klar! Etwas hatte ihn gebissen! Der dritte Detektiv riss die Hand zurück. Zwei kleine Punkte! Tal der Klapperschlangen, jagte es durch sein Hirn. Nein! Panik flutete durch seinen Körper. Er rollte zur Seite und drückte auf die Sprechen-Taste des Funkgeräts: »Just! Peter! Schnell!« Die Bissstelle brannte wie Feuer. »Schnell!«

Donner am Himmel

Als Peter seinen Freund nach zehn Minuten gefunden hatte, war dem dritten Detektiv bereits klar, dass ihn keine Klapperschlange gebissen hatte. Die Wundstelle war nicht angeschwollen, tat kaum noch weh, ihm war nicht schwindelig oder übel, sein Herz raste nicht. Bob kannte die Symptome eines Klapperschlangenbisses – und er hatte sie nicht.

»Und mit dir ist wirklich alles okay?« Peter legte seinem Freund die Hand auf die Schulter. »Vielleicht braucht das Gift einige Zeit?«

»Nein, mir geht es gut. War vor allem der Schrecken. Viel mehr Sorgen müssen wir uns im Moment –«

»Da hat es geraschelt!«, unterbrach Barclay den dritten Detektiv und zeigte unter einen der Büsche. »Genau da!«

»Ja, das Vieh sitzt da immer noch drin, glaub ich.«

Barclay suchte sich einen Ast. »Sehen wir doch mal nach.«

»Mr Barclay, das ist jetzt wirklich egal. Viel wichtiger –«

Barclay bückte sich und stocherte mit dem Ast unter dem Strauch herum. Hierhin. Dorthin. »Sag das nicht! Vielleicht war es eine andere Schlange, deren Gift langsamer wirkt.«

Plötzlich hörten sie ein unterdrücktes Fiepen und kurz darauf schoss ein längliches, kleines Tier mit braunem Fell unter dem Busch hervor und jagte hopsend durch den Wald davon.

Barclay richtete sich auf. »Ein Langschwanzwiesel.« Er lä-

chelte Bob zu. »Nicht giftig. Vielleicht hat es seine Beute da unten gebunkert. Oder seine Jungen sind da drin.«
Bob blähte die Backen. »Okay, ein Langschwanzwiesel. Aber was ich eigentlich sagen wollte –«
»Nicht abbinden!« Justus tauchte zwischen den Stämmen auf mit Godfrey im Schlepptau. »Nicht abbinden!«, rief er laut. »Hörst du! Leg dich hin! Bleib ganz ruhig!«
Bob stöhnte ungeduldig und wartete, bis der Erste Detektiv bei ihm war. »Alles in Ordnung, Just.«
»Bei Klapperschlangenbissen darf man die Pressure-Immobilisations-Methode nicht anwenden!« Justus hatte seinem Freund gar nicht zugehört. Sein Gesicht war hochrot und verschwitzt, er selbst völlig außer Atem. »Wir müssen dich absolut ruhigstellen!«
Peter schaute sich irritiert um. »Wo ist eigentlich Bristol?«
»Genau!«, stieß Bob hervor. »Das will ich euch schon die ganze Zeit sagen! Bristol ist verschwunden! Und mir geht's gut, Just! Es war ein Langschwanzwiesel!«
Es passierte nur sehr selten, dass der Erste Detektiv so verwirrt dreinsah wie eben jetzt. »Ich verstehe kein Wort.«
Bob ging zu dem Busch, unter dem er gebissen worden war. »Bristol musste mal, kam aber dann nicht wieder! Als ich nach ihm suchte, sah ich diesen Zettel da.« Er deutete auf das Stück Papier und Barclay angelte mit einem Ast danach. »Ich wollte ihn holen und da hat mich das Vieh gebissen.«
»Langschwanzwiesel«, murmelte Justus.
Barclay hatte das Blatt hervorgeschoben und bückte sich. »Zwei Zeilen. Handgeschrieben. Hier steht: ›Kann, der wehrt, kühnes Buch aufnehmen? Bauerhafter Dank siede

freventlich hin ewig.‹« Der Mann sah auf. Ein verstörter Ausdruck legte sich über seinen Blick, und seine Stimme senkte sich zu einem Flüstern, als er hinzufügte: »Unterzeichnet: Harper Knowsley. Unterstrichen, mit drei Ausrufezeichen.«

»Hallo? Seid ihr das?« Fosters Stimme. Kurz darauf trampelte der Mann durch einen Horst dürren Reitgrases. »Dacht ich mir's doch! Na, alles senkrecht? Habt ihr die Kleine?«

Barclay musterte ihn argwöhnisch. »Haben Sie sich verlaufen, oder was?«

»Ich? Verlaufen? Blödsinn!«

Er *hat* sich verlaufen, dachte Peter.

»Schon komisch«, fuhr Barclay fort, »dass Sie ausgerechnet immer dann auf der Bildfläche erscheinen, wenn kurz zuvor jemand verschwunden ist.«

Foster streckte den Brustkorb vor. »Was? Wer ist verschwunden? Wovon reden Sie?«

»Mr Bristol ist verschwunden«, sagte Justus. »Und wir haben wieder eine Nachricht von Knowsley.«

Foster machte einen Schritt auf Barclay zu. »Und das soll auf meine Kappe gehen? Willst du das damit sagen?«

Barclay blieb ihm eine Antwort schuldig, wich aber seinem Blick nicht aus. Für einen Moment sah es so aus, als würden sich die beiden Männer gleich an die Gurgel gehen.

Godfrey wandte sich zum Gehen. »Ihr könnt hier machen, was ihr wollt, Leute, aber ich gehe jetzt zur Hütte zurück und bleibe da. Wir haben Proviant für mindestens eine Woche und irgendwann wird dieser Busfahrer schon nach uns gucken kommen. Oder der Anwalt wundert sich, warum er nichts von uns hört. Jedenfalls mache ich keinen Schritt mehr aus der Hütte. Hier läuft ein Verrückter herum und ich will nicht sein nächstes Opfer sein. Nein danke, ohne mich.«

Barclay schüttelte den Kopf. »Die Hütte ist nicht sicher. Wir sollten uns nur holen, was wir unbedingt brauchen, und uns dann sofort auf den Weg nach Westen machen. Wir folgen den Busspuren und werden bestimmt bis zum Nachmittag irgendeinen Ort erreicht haben. Von da aus können wir dann Hilfe holen.«

»Was seid ihr nur für Memmen!« Foster ließ abermals sein Messer blitzen. »Ich bin dafür, dass wir jetzt Jagd auf diesen Heini machen. Wir ziehen ihm das Fell über die Ohren und dann kümmern wir uns wieder um den Zaster. So würd ich's machen.«

Justus trat zu Barclay. »Darf ich?«, fragte er und zeigte auf den Zettel.

»Was? Äh, klar, sicher.«

Der Erste Detektiv las die beiden Zeilen noch einmal. *Bauerhafter.* Das Wort war ihm schon aufgefallen, als er es vor ein paar Tagen im Internet gelesen hatte. Genauso wie *gerner.* Diese Wörter gab es nicht. Auch *ansterblich* gab es nicht, das Wort aus Barclays Text. Es gab dauerhafter und unsterblich und … Werner. Oder ferner.

»Was meint ihr?« Barclays Blick wanderte von Justus zu Peter und dann Bob.

»Ihr Plan ist sicher der vernünftigste«, erwiderte Justus. »Und keiner sollte ab jetzt mehr allein bleiben, das ist zu gefährlich.«

Godfrey schüttelte trotzig den Kopf. »Ich setze keinen Fuß vor die Hütte!«
»Denken Sie an Wendy!«, sagte Bob. »Die Hütte ist kein sicherer Ort.«
»Ach, kommt schon, Leute!« Foster schnitt mit seinem Messer ein paarmal durch die Luft. »Blasen wir dem Kerl die Lichter aus! Wir sind zu sechst! Ihr werdet euch doch nicht einen Haufen Kohle durch die Lappen gehen lassen, nur weil hier irgendein irrer Hasenschreck durchs Gebüsch hopst? Vielleicht ist das alles ein abgekartetes Spiel von diesem Bristol und der Kleinen, die die Moneten für sich haben wollen?«
Justus blieb völlig gelassen. »Damit wären es schon zwei Irre. Und Mr Barclay könnte auch noch mit von der Partie sein. Oder ich. Oder Bob und ich. Woher wollen Sie wissen, Mr Foster, wer alles dahintersteckt? Nein, nur wenn wir alle zusammenbleiben, sind wir einigermaßen sicher.«
Godfrey grunzte, Foster grunzte. Aber mehr Zustimmung, das wusste Justus, würde er ihnen im Augenblick nicht entlocken können.
»Und«, fuhr der Erste Detektiv fort, »es ist wirklich wichtig, dass wir von Ihnen beiden auch noch die Rätselsprüche aus Ihren Briefen bekommen. Das könnte für uns im entscheidenden Moment sehr hilfreich sein.«
Dreißig Minuten später waren alle zurück in der Hütte. Während Peter auch die Sachen seiner Freunde einpackte, verarztete Justus Bobs Wunde. Im Medikamentenschrank hatte er eine desinfizierende Tinktur gefunden, die er reichlich auf die Wunde gab.

»Die Farbe dieses Mittels geht kaum ab und wird dich noch einige Zeit zieren«, sagte Justus lächelnd. »Aber eine Infektion sollte jetzt kein Thema mehr sein – und das ist die Hauptsache.«
Bob betrachtete die bräunliche Soße, die über seine Hand und seinen Unterarm rann. Anschließend klebte ihm Justus noch ein Pflaster auf die Wunde und legte ihm mit etwas Mühe einen Handgelenksverband an.
»Warte, die Uhr.« Bob löste das Band seiner Armbanduhr. »Mach sie mir bitte an der anderen Seite dran.«
Justus nahm die Uhr und schlang sie um Bobs rechtes Handgelenk.
»Schön ist anders, Mr Nightingale.« Bob besah sich das wilde Gewickle und grinste.
»Pass lieber auf, dass dir das Zeug nicht auch noch in die Achselhöhlen läuft.« Justus zeigte auf ein feines Rinnsal, das sich bereits seinen Weg auf Bobs Oberarm gebahnt hatte. Dann versorgte er sich noch mit Verbandsmaterial, Pflastern und Aspirin aus dem Schrank und stand auf. »Lass uns Peter helfen, wir müssen los.«
Als auch die drei Männer gepackt und sich zu den drei ??? im Aufenthaltsraum gesellt hatten, traten Godfrey und Foster zu Justus. Wortlos drückten sie ihm jeweils ein Blatt Papier in die Hand. Der Erste Detektiv nickte und steckte die Zettel ein.
Plötzlich vernahmen alle ein merkwürdiges Geräusch. Merkwürdig vor allem deshalb, weil es nicht in diese abgelegene Wildnis passen wollte. Peter hatte es im ersten Moment für Donner gehalten, aber der Himmel war wolkenlos.

Es war auch kein Donner: zu gleichmäßig, in der Lautstärke stetig zunehmend.
»Das ist ein Hubschrauber!« Bob sprang auf. »Da kommt ein Hubschrauber!«
Alle stürzten ins Freie. Ein Hubschrauber!
»Vielleicht sind es Park-Ranger?«, rief Peter. »Oder Leute von der Brandwacht?«
Draußen suchten sie den Himmel ab. Das Donnern kam aus Westen. Und immer noch näherte es sich, kam genau auf sie zu.
»Verteilt euch auf der Lichtung!«, befahl Justus. »Und winkt, was das Zeug hält!«
Dann, von einer Sekunde auf die andere, war der Hubschrauber über ihnen. Ein schwarzes Ungetüm, das scheinbar nur eine Handbreit über die Wipfel der Bäume schoss. So niedrig, dass Peter unwillkürlich den Kopf einzog und Bob die Hände hochriss, um sich vor dem ohrenbetäubenden Lärm zu schützen.
Alle winkten, schrien, hüpften, Godfrey rannte dem Helikopter sogar ein Stück hinterher. Doch sie hatten keine Chance. In nicht einmal zwei Sekunden war der Hubschrauber über sie hinweggedonnert und verschwand hinter den Bäumen im Osten.

Zopf oder kahl

»So ein Mist!«, schimpfte Godfrey. »Warum haben die uns denn nicht gesehen? Sind die blind?«
»Die waren viel zu schnell«, erwiderte Bob, »die konnten uns gar nicht sehen.«
Justus deutete nach Westen. »Also los. Wir schaffen das auch so.« Peter und Bob schlossen sich ihrem Freund an, die anderen folgten mehr oder weniger begeistert.
»Waren das ihre Rätselsprüche, die dir Foster und Godfrey drinnen noch gegeben haben?«, fragte Bob, als sie die Lichtung verließen und den Wald betraten. Er blickte zu der Jackentasche, in die Justus die beiden Blätter gesteckt hatte.
»Wir sehen sie uns gleich an«, antwortete der Erste Detektiv. »Aber zuerst müssen wir uns orientieren.«
»Da ist der Bus langgefahren.« Peter zeigte nach rechts zu einem Waldweg, der sich zwischen den Bäumen einen sanften Hang hinabschlängelte.
»Bestens.« Justus bog ein. Dann holte er die Zettel hervor. »Was haben wir denn hier? ›Wenn denn Leder juchzet, Mensch macht Ost, ihr bleich gewesen.‹ CG. Der ist von Godfrey.«
»Das kennen wir doch schon von dieser Internetseite, oder?«, erinnerte sich Bob.
»Richtig.« Der Erste Detektiv las den Text noch einmal. »Und alle Wörter darin gibt es«, murmelte er.

»Wovon sprichst du?«, fragte Peter.
»Gleich.« Justus nahm sich den zweiten Spruch vor. »Ah, Fosters Rätsel kennen wir noch nicht: ›Ins Untere neigen Zentauren mich sehr. Elle alter Beheimnisse glänzt, wer dank Kelten willfährt.‹« Der Erste Detektiv begann wieder, seine Unterlippe zu kneten. »Sehr interessant, in der Tat.«
»*Beheimnisse*«, sagte der dritte Detektiv. »Das Wort gibt es ebenfalls nicht.«
»Genau wie *bauerhafter*, *gerner* und *ansterblich*«, entgegnete Justus. »Wörter aus Bristols, deinem und Barclays Text. Aber bemerkenswert ist auch, dass sich hier ein Wort findet, das wir schon kennen. Ebenfalls aus deinem Text, Bob.«
Der dritte Detektiv sah sich Fosters Zeilen noch einmal an. »*Elle!* Du hast recht! Das kam bei mir auch vor. Elle am Besen oder so.«
»Das könnte bedeuten, dass das Wort für Knowsley irgendwie wichtig war«, meinte Peter. »Vielleicht hat er sich den Arm ein paarmal gebrochen? Oder seine Freundin hieß so? Elle. Die Kurzform von … ähm … Isabella … Cornelia … Tusnelda. Oder so.«
Justus hob den Daumen. »Genau. Tusnelda. Absolut überzeugend.«
»Na ja«, verteidigte sich Peter. »Der Typ soll ja ziemlich seltsam gewesen sein. Vielleicht hatte er eine Vorliebe für Frauen mit schrägen Namen?«
»Elle.« Bob besah sich seinen eigenen Unterarm. Genau entlang seiner Elle verlief eine der braunen Schlieren des Desinfektionsmittels, das immer noch nicht ganz getrocknet

war. »Die Elle war doch früher auch eine Maßeinheit. Und im Französischen gibt es das Wort meines Wissens ebenfalls. Die French Fries, eine der neuen Gruppen, die Sandler unter Vertrag hat, haben einen Song, der so heißt.« Der dritte Detektiv, der sein Taschengeld bei der Musikagentur von Sax Sandler aufbesserte, versuchte das Lied zu summen. Aber die Melodie wollte ihm nicht mehr einfallen.

»Das französische *elle* ist ein Personalpronomen und bedeutet *sie*.« Justus legte die Stirn in Falten. »Das mit der Maßeinheit ist womöglich eine gute Idee. Aber irgendetwas sagt mir trotzdem, dass wir das Rätsel anders angehen müssen.«

Peter blieb stehen. »Angehen ist das Stichwort, Kollegen. Rechts oder links?« Er zeigte auf die Weggabelung vor ihnen.

»Was ist?« Godfrey kam nach vorn. »Warum bleibt ihr stehen?«

Justus überlegte einen Moment. »Wir gehen rechts, Sie drei bitte links. Nur ein kleines Stück. Ich denke, wir sollten irgendwo Reifenabdrücke des Busses finden, dann wissen wir, wo es weitergeht.«

Der Erste Detektiv sollte recht behalten. Und auch wieder nicht. Denn beide Gruppen fanden Reifenspuren. Doch es war nicht festzustellen, welche zu ihrem Bus gehörten.

»Und jetzt, Mr Lederstrumpf und Anhang?« Foster bedachte die drei ??? mit einem spöttischen Blick.

Nach einer kurzen Diskussion entschied man sich für den linken Weg, der fast genau nach Westen zu verlaufen schien, während der rechte nach Nordwesten zeigte. Aber natürlich konnte sich das wieder ändern …

Der Wald wurde schroffer, wilder. Auf steile Anstiege folgten jähe Abhänge, kleine Schluchten taten sich auf, riesige Felsbrocken türmten sich zu beiden Seiten des Fahrwegs, in der Ferne rauschte ein Wasserfall. Auch die Bäume um sie herum veränderten ihren Charakter. Wahre Baumriesen mit gewaltigen Stämmen wuchsen in den Himmel und bildeten ein undurchdringliches grünes Dach, das nur wenig Sonnenlicht passieren ließ. Die drei Jungen kamen sich wie winzige Ameisen vor, die durch einen gigantischen Saal mit Tausenden von Säulen liefen. Kühl war es in diesem Saal nicht. Da die Bäume auch jedes Lüftchen draußen hielten, war die Luft drückend und schwül.

Die drei nahmen sich wieder die Texte vor. Justus hatte auch die anderen Rätsel griffbereit, sodass sie jetzt zum ersten Mal in der Lage gewesen wären, alle Sprüche miteinander zu vergleichen und auf Muster, Ähnlichkeiten und Wiederholungen zu überprüfen. Doch sehr intensiv konnten sich die drei Jungen damit nicht befassen, da der Wald und der Weg sie auch körperlich mehr und mehr forderten.

»Hier kann doch kein Bus fahren!«, ächzte Bob, als sie wieder einmal eine steile Steigung hinaufklommen. »Ich kann mich nicht erinnern, dass wir hier langgekommen sind.«

»Es war … ziemlich … dunkel.« Der Erste Detektiv schnaufte bereits wie eine alte Lokomotive.

»Ich glaube auch, dass es der andere Weg gewesen wäre«, meinte Peter.

»Aber der hier … führt immer noch … nach Westen.« Justus wischte sich den Schweiß von der Stirn. »Was macht deine Wunde, Bob?«

»Ist okay. Aber von dem Zeug hättest du wirklich weniger drauftun sollen. Das suppt jetzt schon durch den Verband.«

»Ich kann dir nachher einen neuen Verband anlegen. Wir sollten ohnehin mal eine kurze Rast einlegen.«

Erneut war es Peter, der es als Erster sah. »Ich fürchte, das müssen wir sogar.«

Justus und Bob folgten seinem ausgestreckten Finger.

»Oh nein!«

»Das ist aber jetzt nicht wahr!«

»Das einzig Gute daran ist«, sagte Peter, »dass wir jetzt wissen, dass wir auf dem richtigen Weg sind. Über diese Brücke da sind wir gefahren, das weiß ich sicher.«

»Richtig. Aber jetzt fährt da niemand mehr drüber«, stellte Bob nüchtern fest.

Vor ihnen lag eine Schlucht, über die eine schmale Holzbrücke führte. Geführt hatte. Denn jetzt waren von dieser Brücke nur noch Trümmer übrig. In der Mitte klaffte eine gut fünf Meter breite Lücke.

»Wie konnte das passieren?« Barclay schüttelte den Kopf. »Eine Sturzflut? Aber es hat doch seit gestern nicht geregnet.«

»Vielleicht ein Felssturz?« Godfrey sah den steinigen Abhang hinauf, der auf der anderen Seite der Schlucht begann.

»Ich befürchte, dass die Brücke zerstört wurde«, sagte Justus und zeigte auf ein paar verkohlte Stellen an den Holzbohlen. »Das könnten Spuren von Detonationen sein.«

»Gesprengt?«, rief Foster. »Die Säcke haben die Brücke gesprengt? Wieso, zum Teufel?«

Bob sah sich besorgt um. »Ich bin mir nicht sicher, ob ich das wirklich wissen will.«
Sie mussten einen anderen Weg über die Schlucht finden. Im Norden wurde die Schlucht immer breiter und ein Überweg war nirgendwo zu sehen. Nach einiger Zeit drehte die kleine Gruppe daher um und versuchte ihr Glück im Süden. Und dort hatten sie Erfolg. Oder zumindest bot sich ihnen eine Chance. Eine schmale, sehr wackelig aussehende Hängebrücke führte hier über die Schlucht, die an dieser Stelle gut zwanzig Meter tief war.
Bob trat an den Beginn der Brücke und setzte einen Fuß auf die erste Planke. Sie knirschte bedenklich. »Die ist schon uralt.« Er griff nach den Tauen, die zu beiden Seiten der Brücke als eine Art Geländer dienten. »Und diese Seile hier machen mir auch nicht den solidesten Eindruck.«
»Ich geh da nicht rüber!« Godfrey tippte sich an die Stirn. »Bin ich wahnsinnig?«
»Ich mache den Anfang«, sagte Barclay und trat vor.
Justus hielt ihn zurück. »Bei aller Wertschätzung Ihres Mutes – Bob sollte gehen. Er ist der Leichteste von uns.« Er sah zu seinem Freund. »Geht das mit deiner Hand?«
Der dritte Detektiv nickte. »Ich denke schon.« Eine Spur blasser als noch vor einer Minute trat Bob wieder auf die erste Planke und fasste die Seile zu beiden Seiten.
»Sei vorsichtig!«, mahnte Peter mit belegter Stimme.
»Schon klar.« Bob machte einen ersten Schritt. Das Brett unter ihm knarrte und die Brücke begann leicht zu schaukeln. Aber sie hielt.

»Achte auf deinen Körperschwerpunkt!«, rief ihm Justus zu. »Er sollte möglichst an einer Stelle bleiben, dann schwingt die Brücke nicht so sehr.«
»Ich muss aber schon da rüber, oder?«, flachste Bob.
Die anderen lachten erleichtert. Offenbar sah die Sache schwieriger aus, als sie war.
In der Mitte der Brücke fehlte auf einem kurzen Stück jede zweite Planke, aber auch das war nicht weiter problematisch. Nach weniger als zwei Minuten war Bob drüben heil angekommen. »Okay, der Nächste, bitte!«
Godfrey machte sich auf den Weg, dann folgte Peter. Barclay war sicher der Schwerste von allen, also musste jetzt Justus oder Foster über die Brücke.
»Was wiegen Sie?«, fragte Justus.
Foster maß den Ersten Detektiv mit abschätzigen Blicken. »Etwa so viel wie du. Obwohl ich einen Kopf größer bin.« Er gackerte hämisch. »Wir werfen eine Münze, okay? Zopf oder kahl? Äh …« Foster kicherte. So cool, wie er sich gab, war er offensichtlich doch nicht. »Kopf oder Zahl?«
Justus gewann. Zahl. Der Erste Detektiv machte sich auf den Weg. Langsam tastete er sich vorwärts. Das mit dem Schwerpunkt war gar nicht so einfach. Oder die anderen hatten das besser im Griff gehabt. Jedenfalls fing die Brücke bedrohlich an zu schwanken.
Justus zählte die Planken. Eine. Und noch eine. Die nächste. Dann kam die Lücke. Seine Schritte wurden größer. Eine Planke. Auslassen. Nächste Planke. Auslassen. »Zopf oder kahl« fiel ihm ein. Warum kam ihm das jetzt in den Sinn? Zopf oder kahl? Zopf oder –

Und dann fiel es ihm wie Schuppen von den Augen! Natürlich! Das Rätsel! Auslassen! Zopf oder kahl! Ha!

»Leute! Ich weiß jetzt, wie man das Rätsel –«

Plötzlich schrie Bob auf.

In der Gewalt des Geistes

Justus erstarrte auf der Brücke, Peter taumelte nach hinten, Godfrey sprang an den Rand der Schlucht.

Eine Gestalt war unvermittelt aus dem Wald getreten. Großer Hut, verschlissene Lederkluft, von der überall lange Fransen herabhingen, bärtiges, zerfurchtes Gesicht, schwarze, böse funkelnde Augen. Aber noch viel furchteinflößender als die Augen waren die schmutzstarrenden Hände mit den dolchartigen Fingernägeln. Mit der Linken hielt er ein gewaltiges Jagdmesser an Bobs Kehle.

»Das ist Knowsley!« Peter zeigte mit zitterndem Finger auf den Fremden. »Er war am Fenster! Er war's!«

»Hey!«, schrie Barclay und stürzte auf die Brücke. »Was soll das?«

Irgendwo unter Justus riss eines der Seile. »Nicht! Zurück!« Der Erste Detektiv ging unwillkürlich in die Knie.

»Ich mach dich kalt!«, brüllte Foster und wedelte mit seinem Messer, während der Trapper Bob noch fester umklammerte.

Wieder schrie Bob schmerzerfüllt auf. Knowsley hatte Bobs verletzte Hand gepackt, riss sie nach hinten und drehte sie ihm auf den Rücken.

»Zurück! Los!« Knowsley funkelte Peter und Godfrey an. Er flüsterte nur. Heiser und undeutlich. Als hätte er seit Jahrhunderten mit keiner lebenden Seele mehr gesprochen.

Peter konnte sich nicht von der Stelle bewegen, Godfrey starrte in den Abgrund, als suchte er dort nach einer Fluchtmöglichkeit. Justus zögerte einen Moment, drehte sich vorsichtig um und ging dann langsam nach hinten. Was sollte er anderes tun? Was konnten sie tun? Er warf Bob einen verzweifelten Blick zu. Was wollte Knowsley von seinem Freund? Was würde mit Bob geschehen?
»Los jetzt!« Knowsley drückte die Klinge tiefer in Bobs Hals. Der dritte Detektiv röchelte.
Peter torkelte langsam auf die Brücke zu. »Kommen Sie mit, Godfrey!« Er streckte dem Mann die Hand hin. »Kommen Sie!«
Godfrey zitterte am ganzen Leib und schaute Peter an, als wäre er der Geist. Schockstarre, dachte der Zweite Detektiv.
»Machen Sie schon!« Peter packte ihn einfach am Arm. Dann bewegte er sich mit ihm auf die Brücke zu.
Justus hatte die andere Seite wieder erreicht. Foster tigerte auf und ab und schleuderte wütende Flüche hinüber, Barclay überlegte, sah nach links und rechts.
»Vergessen Sie's«, sagte Justus tonlos. »Hier gibt es keinen anderen Weg über die Schlucht.«
Als Peter mit Godfrey die Brücke erreicht hatte und der Mann wieder einigermaßen bei Sinnen war, konnte der Zweite Detektiv gar nicht so schnell schauen, wie Godfrey auf der anderen Seite war. »Du Waschlappen!«, knurrte er ihm hinterher.
Peter wollte schon zurück zu den anderen gehen, als er sich noch einmal zu Knowsley und Bob umdrehte. Der Trapper

hatte einen Schritt auf ihn und die Brücke zu gemacht. Offenbar wartete er darauf, dass der Zweite Detektiv endlich verschwand. Und Peter ahnte, warum.
»Lassen Sie meinen Freund gehen!« Das war keine Bitte, sondern ein Befehl. Peters Stimme vibrierte vor Zorn.
»Rüber da!«, zischte Knowsley. »Sonst geht's ihm an den Kragen!«
»Hören Sie!« Der Zweite Detektiv ballte die Fäuste und kniff die Augen zu Schlitzen zusammen. »Wenn Sie meinem Freund auch nur ein Haar krümmen, dann schwöre ich Ihnen, dass ich Sie jage! Ich werde Sie finden! Sie haben keine Chance! Nicht die geringste!«
Für einen Moment zögerte Knowsley. In seinen schwarzen Augen glomm Verwunderung auf. Oder Unsicherheit? Aber er hatte sich sofort wieder im Griff. »Na sicher.« Er lachte boshaft. »Und jetzt auf Nimmerwiedersehen!«
Peter sah Bob an. Der dritte Detektiv versuchte ein schwaches Lächeln.
»Wir sehen uns, Zweiter! Stell schon mal die Cola kalt!«, krächzte Bob.
Peter lächelte nicht. »Wir finden dich, Bob, wir finden dich! Halte durch!« Dann drehte er sich um und lief über die Brücke.
Knowsley wartete, bis der Zweite Detektiv drüben war. Anschließend trat er ganz nah an die Brücke und stellte sich seitlich zu ihr. Justus konnte erkennen, dass der Trapper immer noch die Hand seines Freundes umklammert hatte. So fest, dass Bobs Finger fast so weiß waren wie der Verband, der an den Knöcheln begann.

»Hört zu!« Knowsleys raue Stimme wehte auf die andere Seite. »Löst mein Rätsel, hört ihr? Löst es! Dann hat euer Freund vielleicht noch eine Chance!« In einer blitzschnellen Bewegung ließ er das Messer sinken und schnitt das linke Seil durch. Die Brücke kippte zur Seite. »Aber beeilt euch! Meine Geduld hat Grenzen!«
Justus spürte, wie ihn eine Idee durchzuckte. Eine Sekunde dauerte es noch, bis sie Gestalt annahm, dann konnte er sie fassen. »Warten Sie!«, rief er hinüber. »Warten Sie!«
»Was?«, zischte Knowsley.
»Ich kann Ihr Rätsel lösen! Ich weiß, was es bedeutet!«
Peter blickte seinen Freund verwirrt an. »Du weißt es?«
»Was? Woher?«, entfuhr es Barclay.
»Du weißt, wo der Zaster ist?« Foster ließ sein Bowie-Messer sinken.
»Ich ... ich weiß es!«, rief Justus noch einmal über die Schlucht hinweg. Man konnte förmlich sehen, wie es hinter seiner Stirn arbeitete.
Knowsley bewegte sich nicht von der Stelle. »Das ... das ist unmöglich!« Auch er wirkte irritiert.
»Nein, warten Sie ... das Rätsel bedeutet ... Moment!« Justus zog einen der Zettel aus der Tasche. »Hier! ›Ins Untere neigen Zentauren mich sehr. Elle alter Beheimnisse glänzt, wer dank Kelten willfährt.‹« Er hatte Fosters Text erwischt. »Das heißt ...« Der Erste Detektiv schnaufte heftig. Seine Augen fraßen sich in das Papier, seine Lippen formten unhörbare Worte. »Also, es bedeutet ...«
»Wird das noch was?«, bellte Knowsley herüber.
Die anderen starrten Justus atemlos an.

»Was heißt es?« Fosters Blick war glasig vor Gier.
»Ja! Was?« Auch Godfrey erwachte plötzlich wieder zum Leben.
»Dieses Rätsel sagt aus, dass …« Justus zögerte. Er blinzelte und seine Stirn legte sich in Falten. »… dass alle Geheimnisse, dass sich uns alle –« Er brach ab. »Ich nehme ein anderes Rätsel, ja? Nur eine Sekunde, eine Sekunde nur!«
»Du verschwendest meine Zeit!« Knowsley setzte das Messer auf das rechte Seil.
»Nein!«, schrie Peter.
»Wo ist denn nun der Schatz?« Foster hatte nur Augen für Justus. »Weißt du's jetzt oder weißt du's nicht?«
Der Erste Detektiv starrte den Mann an. Etwas in ihm machte klick. »Natürlich.« Er griff in die Tasche und fischte einen der anderen Zettel daraus hervor. »Mr Knowsley!«, rief er dem Trapper zu. »Unter der Hütte! Unter Ihrer alten Hütte haben Sie den Schatz versteckt! Hier steht es!« Justus tippte energisch auf das Blatt in seiner Hand.
Knowsley wandte sich wieder um. Langsam, zögernd. »Wovon sprichst du, Junge?«
»Ihr Schatz! Liegt unter Ihrer alten Hütte! Und die stand … dort, wo sich jetzt die neue befindet! So ist es, nicht wahr?«
Für einen Augenblick herrschte völliges Schweigen. Sechs Augenpaare waren verwundert, ungläubig, ja fassungslos auf Justus gerichtet. Selbst Bob blinzelte verwirrt.
»Unsinn!«, krächzte Knowsley. »Ausgemachter Unsinn! Du kannst das nicht wissen!« Sein Messer schnitt in das Seil.

»Nein!«, schrien Justus und Peter fast gleichzeitig.
Doch es war vergebens. Mit einem leisen Rauschen schwang die Hängebrücke durch die Luft und schlug nach einer gefühlten Unendlichkeit krachend gegen die Felswand.

Ein grauenhafter Fund

Knowsley warf Bob herum, bohrte ihm seitlich des Rucksackes das Messer in den Rücken und stieß ihn vor sich her. »Los, vorwärts!«

»Nicht!«, schrie Peter. »Nein!«

Knowsley reagierte nicht. Unbeirrbar schritt er hinter dem dritten Detektiv auf den Wald zu.

»In *der* Hütte?« Foster zeigte in die Richtung, aus der sie gekommen waren. »In dieser Hütte? In der wir die letzte Nacht verbracht haben?«

Justus und Peter hörten gar nicht hin. Gelähmt vor Angst und Sorge blickten sie auf die andere Seite der Schlucht, wo der Geist des Trappers mit ihrem Freund zwischen den Stämmen verschwand.

Peter formte mit seinen Händen einen Trichter. »Bob! Wir machen uns sofort auf den Weg! Wir finden dich, hörst du?«

»Tun Sie ihm nichts!«, rief Justus. »Bitte! Tun Sie ihm nichts!«

Foster hatte sich schon halb zum Gehen gewandt. »Aber … wir können uns doch erst die Kohle holen, oder? Dauert ja nicht lang.« Zum ersten Mal zeigte sich ein echtes Lächeln auf seinem grobem Gesicht, ein glückliches Kleine-Jungen-Lächeln.

Godfrey nickte. »Sehe ich auch so. Warum nicht?«

Barclay schlug sich vor die Stirn. »Ihr habt wirklich nicht alle Latten am Zaun! Wie könnt ihr jetzt nur an das Geld denken?«

»Wir gehen zu der anderen Brücke zurück.« Justus löste seinen Blick von dem dunklen Waldstück, in dem er Bob zuletzt gesehen hatte. »Irgendwie müssen wir es über die Schlucht schaffen und ich glaube, dass es uns da noch am ehesten gelingen könnte.«

»In Ordnung.« Peter schulterte seinen Rucksack und lief voraus. Justus und Barclay folgten ihm auf dem Fuß.

»Aber … aber der Schatz! Unser Erbe!« Foster sah ihnen mit ausgebreiteten Armen hinterher. Godfrey neben ihm machte ein Gesicht wie ein begossener Pudel. Doch niemand kümmerte sich um die beiden.

Wenige Minuten später hatten sie die zerstörte Brücke wieder erreicht. Der Zweite Detektiv hastete sofort zum Beginn des Überganges und testete die Tragfähigkeit des verbliebenen Brückenkopfes. Augenblicklich knarrte es und eines der Bretter löste sich. Polternd und sich überschlagend trudelte es in die Tiefe.

»Wir müssen den Abhang hinunter«, stellte Peter fest. »Eigentlich hatte ich gehofft, dass wir einen Baumstamm vom einen Ende der Brücke aufs andere legen und hinüberbalancieren könnten. Aber keine Chance, diese Bretterreste hier tragen uns keine fünfzig Zentimeter – und bestimmt keinen Baumstamm.«

Godfrey machte einen langen Hals. »Da runter? Sieht aber höllisch tief aus.«

»Sie können ja hierbleiben«, schnauzte ihn Peter an.

Die beiden Detektive legten ihre Rucksäcke ab und holten die Seile daraus hervor, die sie wohlweislich mitgenommen hatten. In stillem Einvernehmen lächelten sie sich zu. Gut, dass wir daran gedacht haben, sollte es bedeuten. Doch es war ein wehmütiges Lächeln, eines voller Sorge. Anschließend schlang Peter sein Seil um einen Baumstamm, machte einen Knoten und überprüfte den Halt.
»Das passt. Wir können runter.«
Justus hatte in der Zwischenzeit in sein Seil eine Schlinge geknüpft und suchte auf der anderen Seite den Rand der Schlucht ab. Dann schwang er die Schlinge wie ein Lasso über seinem Kopf.
»Was hast du vor?«, fragte Barclay.
»Der Stumpf da drüben. Den muss ich treffen, dann können wir uns auf der anderen Seite an dem Seil hinaufziehen.«
Foster lachte gekünstelt. »Jetzt macht unser Schlaumeier auch noch einen auf John Wayne. Nie im Leben triffst du das Teil!«
Der Erste Detektiv blieb konzentriert. Noch drei Runden ließ er die Schlinge kreisen, dann warf er. Daneben. Foster gluckste, Godfrey grinste. Justus versuchte es erneut. Wieder nichts. Ein drittes Mal. Nichts.
»Also, ich geh dann mal zur Hütte zurück.« Foster tippte sich an die Schläfe. »Schatz holen, was essen, Nickerchen machen. Ich treff euch dann sicher noch hier an.«
Peter ging zu Justus. »Gib her, Just.« Er nahm ihm das Seil aus der Hand.
»Ja, versuch du es mal«, erwiderte Justus zerknirscht.
»Nein, wir machen das anders.« Der Zweite Detektiv lief

zurück zu dem Seil, das bereits in die Schlucht hing, und begann mit dem Abstieg.
»Was soll das werden?«, fragte Barclay.
»Ich klettere mit dem zweiten Seil auf der anderen Seite hinauf und befestige es oben. Dann könnt ihr euch alle hochziehen.«
Barclay schnappte nach Luft. »Du willst da drüben ohne Sicherung raufklettern? Das ist viel zu gefährlich! Du brichst dir den Hals dabei, Junge! Sieh dir nur mal an, wie steil es da ist! Ganz zu schweigen von dem brüchigen Gestein.«
»Ich schaffe das«, sagte Peter bestimmt. »Ich habe schon schwierigere Hänge gemeistert.«
Ohne Frage war der Zweite Detektiv, das Sportass der drei ???, sehr gut im Klettern. Justus erinnerte sich an die regennasse, nahezu senkrechte Wand an der Küste, die er in einem ihrer letzten Fälle erklommen hatte, um ein Entführungsopfer zu befreien. Doch die Wand hier hatte es ebenfalls in sich. Und auf der anderen Seite konnte jederzeit wieder Knowsley auftauchen und das Seil durchtrennen. Doch sie hatten keine Wahl, wenn sie dem Schurken auf den Fersen bleiben wollten. Der Erste Detektiv sandte ein stilles Stoßgebet gen Himmel.
Den Grund der Schlucht hatte Peter im Nu erreicht. Er orientierte sich kurz, wo der beste Einstieg war, dann begann er mit dem Aufstieg. Hand um Hand, Fuß um Fuß zog er sich an der schartigen Felswand hinauf. Ab und zu gab ein Stein nach, aber der Zweite Detektiv war erfahren genug, um seine Griffe und Standflächen vorher immer zu kontrollieren. Bis knapp über die Mitte kam er schnell voran und

stellte sich dabei so geschickt an, dass selbst Foster abwartete und zusah. Dann jedoch versperrte ihm eine überhängende Felsnase den Weg.

»Peter, kehr um!«, rief Justus. »Such dir eine andere Linie!«

Peter schüttelte den Kopf. »Wir verlieren zu viel Zeit!« Er umfasste die Felsnase mit beiden Händen und zog sich hoch.

»Oh, mein Gott!«, stieß Barclay hervor.

»Wahnsinn!« Godfrey klappte der Mund auf.

Nur mit den Händen hing Peter an dem Felsen. Sein gesamtes Gewicht lastete auf ein paar Quadratzentimetern brüchigen Gesteins, sein Körper baumelte knapp zwanzig Meter über einem todbringenden Abgrund.

Peter zog. Millimeter für Millimeter. Justus hörte seinen Freund ächzen und stöhnen. Die Kraft, die der Zweite Detektiv für diesen Akt aufbringen musste, war enorm. Wie in Zeitlupe hievte er sein Gesicht über die Felskante.

»Du schaffst es!«, flüsterte Justus. »Du schaffst es!«

Peters Arme begannen vor Anstrengung zu zittern. Noch ein Zug, noch einmal die letzten Kräfte mobilisieren, dann war er oben. Der Zweite Detektiv schrie und Justus zuckte kurz zusammen. Doch Peter schrie nur, weil er so noch mehr Kraft entwickeln konnte, weil er so nicht verkrampfte. Und weil er wirklich am Ende war. Er schrie und zog und zog und schrie. Aber er schaffte es!

Der Rest war im Vergleich dazu ein Kinderspiel. Peter befestigte das Seil, sodass die anderen jetzt an einem Seil hinunter- und am anderen wieder hinaufklettern konnten. Auch Foster schloss sich an. Für Justus war der Aufstieg im-

mer noch eine Herausforderung, die letzten Meter musste er mit vereinten Kräften nach oben gezogen werden.
»Aber ich hatte ja auch das zweite, bleischwere Seil über der Schulter«, verteidigte er sich lächelnd.
»Schon klar.« Peter hätte gern gegrinst, aber er brachte nur eine schiefe Grimasse zustande. »Komm jetzt!«
»Übrigens«, sagte Justus, während die anderen schon vorausgingen. »Das da eben war große Klasse!«
Peter nickte stolz. »Hab ich ganz gut hinbekommen, ja.«
Knowsleys und Bobs Spur zu finden war nicht schwer. Die beiden hatten den Fahrweg genommen, der von der demolierten Brücke wegführte. Schleifspuren und Fußabdrücke waren sehr deutlich zu sehen.
Justus und Peter sorgten für ein hohes Tempo, sondierten dabei aber immer aufmerksam ihre Umgebung. Knowsley könnte sich versteckt haben. Er könnte Helfershelfer haben. Sie könnten in eine Falle tappen.
Wo wollte Knowsley hin? Was hatte er vor? Und vor allem: Wie ging es Bob? Allmählich wich die Aufregung um Peters Klettertour und machte wieder der bohrenden Sorge um Bob Platz.
Plötzlich blieb Godfrey stehen. »Hört ihr das?«
Auch die anderen hielten inne.
»Das ist wieder der Hubschrauber!«, sagte Foster.
»Nein, zu gleichmäßig«, befand Justus, »das hört sich eher nach einem … Fahrzeug an. Einem größeren Fahrzeug. Dieselmotor.«
»Der Bus!«, rief Peter laut. »Da vorne! Sehr ihr ihn? Sam! Seht ihr ihn? Da unten!«

»Tatsächlich!« Barclay ballte die Faust. »Fantastisch!«
Alle liefen los, dem Bus entgegen, der sich einen kleinen Anstieg hinaufmühte. Godfrey schwenkte sogar die Arme und schrie »Hallo!« und »Hier sind wir!«, als wären sie auf einer Insel und der Bus ein Schiff, das sie übersehen konnte.
Peter lächelte Justus zu und tippte sich an die Stirn. Doch im nächsten Moment bremste der Zweite Detektiv abrupt ab und starrte an seinem Freund vorbei in den Wald.
»Was ist los, Zweiter?« Justus drehte den Kopf.
Dann sah er es ebenfalls. Sah ihn.
»Bob! Oh, mein Gott! Bob!«
Justus und Peter stürzten auf den Baum zu, an dessen Fuß Bob lag. Sein Gesicht war blutüberströmt, seine Hände ebenfalls, seine Kleidung zerfetzt und vor Schmutz starrend.
»Bob!« Peter kniete sich neben ihn. Er wagte kaum ihn zu berühren. »Bob? Hörst du mich?«
Der dritte Detektiv war halbwegs bei Bewusstsein. Seine Lider flatterten, seine Lippen zitterten, aber mehr als ein Röcheln brachte er nicht heraus.
Auch die anderen hatten mittlerweile gemerkt, was los war. Während Barclay sofort herbeigeeilt kam, sorgte Foster dafür, dass der Bus genau neben ihnen hielt. Godfrey stand tatenlos herum und schaute in alle Richtungen, als würden Horden von Knowsleys gleich über sie hereinbrechen.
Sam sprang aus dem Bus und lief zu ihnen. »Ach, du lieber Himmel! Was ist denn passiert?«
»Wissen wir nicht«, antwortete Justus knapp. »Wir müssen Bob sofort in den Bus schaffen und ihn dann auf dem schnellsten Weg in ein Krankenhaus bringen.«

»Natürlich, natürlich! Was soll ich tun?«

Justus wandte sich wieder Bob zu. »Kannst du aufstehen?«

Bob röchelte und nickte schwach.

»Los, helft ihm auf! Aber vorsichtig. Ganz vorsichtig!«

Straßensperre

Es dauerte eine halbe Ewigkeit, bis sie Bob auf die Rückbank gelegt hatten. Der dritte Detektiv knickte immer wieder ein, stöhnte vor Schmerzen und bekam kaum Luft. Justus und Peter warfen sich kummervolle, besorgte Blicke zu. Bob war schwer verletzt, daran gab es keinen Zweifel, auch wenn der Pupillentest keinen Hinweis auf eine Schädelverletzung ergab. Sie konnten nur hoffen, dass sie nicht noch mehr Schaden anrichteten, indem sie ihn in den Bus verfrachteten und dann stundenlang und über Stock und Stein zum nächsten Krankenhaus karrten. Aber ihn einfach im Wald liegen zu lassen und zu warten, bis Hilfe kam – oder auch nicht? Nein, lieber in den Bus, ihn so bequem wie möglich betten, raus aus diesem Wald, zurück in die Zivilisation. Und vielleicht hatte ihn Knowsley hier auch nur abgelegt und kam jede Minute zurück?

Als Sam gerade die Türen schloss, donnerte noch einmal ein Hubschrauber über sie hinweg. Hoch oben, verdeckt von den Baumwipfeln, die hier ein geschlossenes Dach bildeten. Waldbrand, zuckte es durch Justus' Hirn. Bitte nicht. Bitte nicht.

»Was hat dieses Scheusal nur mit ihm angestellt?« Barclay stellte Bobs Rucksack auf eine der Sitzbänke und sah in das zerschundene Gesicht des dritten Detektivs, während Sam den Motor startete. »Wir müssen uns wirklich beeilen.«

Ja, dachte Justus, was ist passiert? Ist Bob gestürzt und Knowsley hat ihn einfach zurückgelassen, weil er ihn aufhielt? Hat Knowsley ihn so zugerichtet? Warum? Bob wäre nie so dumm gewesen, in einem aussichtslosen Kampf seine Gesundheit und sein Leben aufs Spiel zu setzen. Waren womöglich beide in eine Auseinandersetzung mit anderen geraten? Was war hier los? Worum, zum Teufel, ging es hier? Der Erste Detektiv ließ den Kopf sinken und schloss für einen Moment die Augen. Ein tiefer Seufzer entrang sich seiner Kehle.

Peter legte den Arm um seinen Freund. »Wird schon werden, Erster. Alles wird gut, wirst sehen.« So richtig hoffnungsvoll klang das nicht. Aber der Zweite Detektiv bemühte sich dennoch um ein zuversichtliches Lächeln.

Justus hob den Kopf. »Wenn ich nur wüsste, was hier gespielt wird! Aber ich habe nicht den Hauch einer Ahnung! Das passt alles nicht zusammen! Und Bob!« Er zeigte auf seinen Freund. »Sieh ihn dir an! Sieh dir nur Bob an!«

Peter schluckte. Aber der Kloß in seinem Hals war gewaltig.

Sam fuhr so schnell, wie es ihm der unbefestigte Weg erlaubte. Dennoch kam es Justus und Peter so vor, als kröchen sie wie in einem Albtraum unendlich langsam durch einen zähen, breiigen Sumpf aus Bäumen, Büschen und Felsen. Aber jedes Mal, wenn sie von einem Schlagloch, einem Ast oder einer Wurzel auf dem Weg durchgerüttelt wurden und Bob schmerzerfüllt aufstöhnte, hätten sie den Bus am liebsten angehalten und ihren Freund getragen.

»Was ist mit dem Rätsel?«, fragte Barclay. »Du meintest vorhin, du wüsstest, was es bedeutet. Dass unter der Hütte ein Schatz liegt. Hilft uns das vielleicht weiter?«

»Genau, was ist damit?« Foster drehte sich um und auch Godfrey hörte auf, in den Wald zu starren. »Wenn wir den Schatz haben, gibt Knowsley vielleicht Ruhe.«

Peter bedachte den Mann mit einem zornigen Blick. Als ob du Stinkstiefel Knowsley den Schatz aushändigen würdest, stand darin zu lesen.

»Ach!« Justus schüttelte fast verärgert den Kopf. »Dieses Rätsel bringt –« Er hielt inne, als müsste er sich besinnen. »Wir haben dafür keine Zeit. Im Moment gibt es Wichtigeres als das Rätsel und den … äh, Schatz.«

Peter sah Justus aufmerksam an. *Äh, Schatz?* Wenn sie mal eine Sekunde für sich waren, würde er ihn fragen müssen, was er eigentlich hatte sagen wollen.

»Du hast recht«, erwiderte Barclay. »Wir müssen uns jetzt um euren Freund kümmern. Sam, geht das nicht ein bisschen flotter?«

Der Fahrer drehte den Kopf zur Seite. »Wenn ihr an der Decke kleben wollt, schon.«

Justus fiel etwas ein. »Sam, wie kommt es eigentlich, dass Sie unterwegs zu uns waren? Waren Sie doch, oder?«

»Na, ihr habt mich doch angerufen!«

»Wir?« Justus sah sich um. »Von uns hat Sie keiner angerufen. Keines unserer Handys hatte Empfang.«

»Unsinn! Es war … wartet, er hat sich gemeldet mit … Erol. Nein, Edgar! Genau, mit Edgar hat er sich gemeldet. Edgar?« Sam sah über den Rückspiegel in den Fahrgastraum. »Wer von euch ist Edgar? Du warst das doch!«

»Edgar?« Peter konnte kaum glauben, was er da hörte. »Edgar Bristol?«
»Keine Ahnung, Edgar eben. So hat er sich gemeldet.«
»Aber das ist unmöglich!«
»Ich hab das doch nicht geträumt, Junge!«
Justus wollte eben etwas sagen, doch Sam kam ihm zuvor. »Leute! Hey! Heute ist euer Glückstag! Seht doch, da vorne! Eine Straßensperre! Die Polizei, dein Freund und Helfer! Endlich ist sie mal da, wenn man sie braucht!«
Der Erste Detektiv drehte sich nach vorn. »Eine Straßensperre? Mitten im Wald?«
Peter war ebenso alarmiert. »Könnte eine Falle sein.«
»Die Autos sehen aber echt aus«, meinte Sam. »Und die Typen mit ihren Knarren auch.«
»Waffen? Die sind bewaffnet?« Justus kam nach vorn und stellte sich neben Sam. »Das ist keine Straßensperre. Die haben nur angehalten und sind ausgestiegen.«
Etwa fünfzig Meter vor ihnen blockierten zwei Einsatzfahrzeuge der Polizei den Waldweg. Auf beiden blinkte das Signallicht. Jeweils zwei Polizisten standen vor und hinter den Wagen. Einer der beiden vorderen trug ein Gewehr mit sich, der andere, ein massiger Schnauzbartträger, legte seine Hand auf seine Dienstwaffe, als der Bus näher kam.
»Was machen die hier draußen?«, raunte Foster. »Hat einer von euch doch mehr Dreck am Stecken, hä?«
Auf ein Zeichen des Schnauzbartträgers verlangsamte Sam das Tempo und blieb dann zehn Meter vor den beiden Fahrzeugen stehen. Die beiden vorderen Polizisten kamen langsam auf sie zu. Sam ließ das Fenster herunter.

»Legen Sie die Hände aufs Steuer!«, befahl der mit dem Gewehr, ein schlanker Blondschopf mit Spiegelbrille. »Die Fahrgäste sollen alle nach hinten gehen!«
Sam gab den Befehl weiter und tat wie ihm geheißen. Während der Polizist mit dem Gewehr in einigem Abstand vom Bus stehen blieb und seine Waffe in Anschlag brachte, trat der Schnauzbart, immer noch die Hand an seiner Pistole, an das Fahrerfenster.
»Bitte steigen Sie aus und zeigen Sie mir Ihre Papiere! Und immer schön langsam! Keine plötzlichen Bewegungen.« Er lugte in den Bus. »Wer sind Ihre Fahrgäste? Was machen Sie hier draußen?«
Sam öffnete die Fahrertür, schob sich von seinem Sitz und überreichte dem Polizisten die geforderten Papiere. »Hier bitte. Was ist denn los?«
»Wer Ihre Fahrgäste sind und was Sie hier machen!« Der Mann war unverkennbar nervös. Während er die Dokumente überflog, ließ er Bus und Fahrer nicht aus den Augen.
»Das sind Touristen. Haben eine Nacht oben in der Hütte verbracht. Ich hol sie gerade wieder ab. Hören Sie, Officer, wir haben hinten einen –«
»Alle aussteigen!« Der Polizist trat vom Bus zurück. »Immer nur einer. Die anderen warten so lange hinten im Bus. Papiere bereithalten, Hände sichtbar. Klar?«
»Meine Güte, was ist denn los?« Sam schüttelte den Kopf.
»Folgen Sie einfach den Anweisungen!«
»Aber das geht nicht!«, rief Peter aus dem Hintergrund. Nur mühsam hatte er sich bis jetzt zurückhalten können. »Kommen Sie rein und sehen Sie selbst. Es geht nicht!«

»Wir haben einen Schwerverletzten an Bord«, sagte Sam durch das Fenster. »Einer der Jungs ist wohl abgestürzt oder so.«

Der Polizist runzelte die Stirn. Seine Hand umfasste die Waffe fester. »Abgestürzt? Was ist passiert?«

»Das wissen wir nicht!«, rief Peter. »Kann auch sein, dass es dieser –«

»In die Schlucht!«, unterbrach Justus seinen Freund und zupfte ihn am Ärmel. »Die Brücke, etwa zwei Kilometer waldeinwärts, ist zerstört. Beim Überqueren der Schlucht ist er abgestürzt.«

Der Zweite Detektiv warf Justus einen verwirrten Blick zu. Auch Godfrey war irritiert, aber Barclay schüttelte unmerklich den Kopf, als er den Mund aufmachte.

»Und was hat das mit den Papieren zu tun?«, rief der Polizist.

»N-nichts. Aber er ist verletzt! Bitte! Er braucht dringend Hilfe!«

Der Polizist überlegte einen Augenblick und wechselte dann ein paar Worte mit seinem Kollegen. »Okay. Alle anderen raus aus dem Bus. Papiere mitnehmen, Hände sichtbar. Wenn alle draußen sind, gehe ich rein und sehe mir das mal an.«

Sam war der Erste, der ausstieg. Es folgten Foster, Godfrey, Barclay, dann Justus und Peter. Von jedem Einzelnen kontrollierte der Polizist, dessen Namensschild ihn als Officer Ossietzky vorstellte, die Ausweispapiere und sah ihm ins Gesicht. Dann erklomm er die Stufen in den Bus.

»Bob liegt hinten auf der Rückbank!«, rief ihm Justus zu.

»Seine persönlichen Unterlagen müssten in dem Rucksack auf der Bank davor sein. Bob kann nicht sprechen und ist kaum bei Bewusstsein! Bitte bewegen Sie ihn nicht! Wir wissen nicht, welche Verletzungen er davongetragen hat!«

»Ich weiß schon, was ich tue, Junge.« Ossietzky ging nach hinten. Der Blondschopf behielt währenddessen die anderen im Blick.

Peter zog Justus ein Stück zur Seite. »Was war das denn eben da drinnen?«, flüsterte er. »Wieso wolltest du nicht, dass ich denen von Knowsley erzähle?«

»Von dem Geist eines wirren Trappers? Der Bob, Bristol und Wendy verschleppt hat? Weil wir sein chaotisches Rätsel nicht lösen konnten?«

Peter dämmerte, was Justus damit sagen wollte. »Du meinst, das hätte die Sache unnötig verkompliziert?«

»Allerdings. Wir müssen hier so schnell wie möglich weg.«

»Und was war das eben mit ›äh, Schatz‹?«

»Mit ›äh, Schatz‹?«

»Als es vorhin um das Rätsel ging, hast du gesagt, dass der ›äh, Schatz‹ –«

»Mein Gott, den hat's ja übel erwischt!« Ossietzky erschien wieder in der Tür des Busses, in der Hand Bobs Führerschein. Betroffenheit spiegelte sich in seinem Gesicht. Er blickte kurz Justus an und sah dann wieder auf das Plastikkärtchen. »Wie heißt er, sagtest du?«

»Bob Andrews. Aus Rocky Beach.«

»Jerry!«, rief der Polizist einem seiner Kollegen zu, die hinter den Fahrzeugen geblieben waren. »Wir brauchen einen

Krankenwagen! Und zwar rasch! Sag Bescheid und gib denen unseren Standort durch. Und lass einen Bob Andrews aus Rocky Beach durch den Computer laufen!«
Der Mann nickte kurz und verschwand in einem der Streifenwagen.
»Euer Freund muss schnellstmöglich in ein Krankenhaus. Das sieht wirklich nicht gut aus.«
Wenig später erschien Jerrys Kopf über dem Autodach. »Nichts, Rod. Ist sauber! Der Krankenwagen ist unterwegs.«
»Okay, Jerry!«
Ossietzky reichte Justus den Ausweis. »Ein Hubschrauber wäre zwar besser, aber der kann hier nirgends landen. Und mit der alten Mühle da«, er zeigte auf den Bus, »solltet ihr euren Freund keinen Meter weiter durch die Landschaft kutschieren.«
Justus sah das ganz genauso. »Vielen Dank, Officer.«
»Super!« Peter atmete erleichtert auf.
»Officer, was ist denn jetzt eigentlich los?« Barclay zeigte zu den Einsatzfahrzeugen und in den Himmel. »Polizei bis an die Zähne bewaffnet im Wald, Hubschrauber haben wir auch schon zweimal gehört. Was ist passiert?«
Ossietzky schob seine Mütze nach hinten und verschränkte die Arme vor der Brust. »Ein Häftling ist aus Sonora geflohen. Ein überaus gefährlicher.«
»Aus dem Hochsicherheitsgefängnis?«
»Genau. Heute Morgen. Die Fahndung läuft auf Hochtouren, das ganze Gebiet ist hermetisch abgesperrt.« Er zögerte. »Soweit uns das möglich ist. Nach Westen zu geht das noch

einigermaßen, aber hier in den Wäldern ist es verdammt schwierig, die Maschen zu schließen. Wir gehen daher am ehesten davon aus, dass er sich irgendwo hier in der Gegend herumtreibt.«

»Was … was ist das für ein Kerl?«, fragte Godfrey. »Was hat er angestellt?«

Ossietzky lächelte bitter. »Das wollen Sie nicht wissen. Aber wir kriegen ihn, wir kriegen ihn.«

Jerry kam zu ihnen. »Der Krankenwagen müsste bald da sein. Einer stand schon unten am State Highway bereit.«

»Sehr gut.« Ossietzky gab Sam ein Zeichen. »Bitte fahren Sie den Bus ein Stück zur Seite. Wir müssen weiter. Warten Sie, bis der Krankenwagen hier ist, dann können Sie ihm ins Krankenhaus folgen. Bis nach Sonora ist es eine gute halbe Stunde.«

»Okay.«

Ossietzky sah in die Runde. »Bleiben Sie unbedingt alle im Bus! Verriegeln Sie die Türen, steigen Sie nicht aus, machen Sie keinen Blödsinn! Mit dem Kerl ist nicht zu spaßen! Alles Gute!«

Justus und Peter beobachteten, wie Sam den Bus rangierte. Als sich die Polizeiwagen daran vorbeigedrückt hatten, stiegen die beiden wieder ein, um nach Bob zu sehen.

»Ein entflohener Häftling«, sagte Peter, während sie nach hinten gingen. »Kann aber nichts mit unserem Knowsley zu tun haben. Wendy wurde schon gestern Nacht entführt.«

»Das macht die Sache kompliziert, ja«, erwiderte Justus.

»Wie? Du denkst, das hat doch was miteinander zu tun?«

»Ich weiß es nicht, aber die Erfahrung hat mich gelehrt,

dass –« Der Erste Detektiv brach abrupt ab. »Bob? Bob!« Er berührte seinen Freund an der Schulter. »Bob!«

»Was ist?« Peter drängte sich neben ihn.

»Bob ist nicht mehr bei Bewusstsein!«

Riskante Manöver

Der dritte Detektiv war nicht mehr ansprechbar. Sein Atem ging zwar einigermaßen regelmäßig und auch sein Puls war in Ordnung, soweit Justus das beurteilen konnte. Aber er war nicht mehr bei Bewusstsein.

»Was … was machen wir denn jetzt?« In Peters Augen stand die pure Verzweiflung.

»Stabile Seitenlage!«, verkündete Foster wichtigtuerisch. »Lernt man bei den Pfadfindern. Lasst mich mal ran, ich mach das!«

Der Erste Detektiv stellte sich ihm in den Weg. »Wir wissen nicht, ob wir Bob bewegen dürfen. Schon dass wir ihn hier hereingebracht haben, war ein Risiko. Lassen Sie ihn in Ruhe, hören Sie!«

»Klugscheißer!«, knurrte Foster und zog sich wieder zurück. »Werdet schon sehen, was ihr davon habt!«

Justus wandte sich wieder Peter zu. »Wir müssen Bob ununterbrochen überwachen. Solange er normal atmet, tun wir gar nichts. Außer zu hoffen, dass dieser Krankenwagen bald da ist.«

Peter schluckte. Und ließ Bob von jetzt an keine Sekunde mehr aus den Augen. Genau wie Justus. Gemeinsam beobachteten sie jede Regung ihres Freundes, jeden Atemzug und lauschten dabei auf ein sich näherndes Motorengeräusch.

Die Zeit dehnte sich endlos. Die Zeiger auf Bobs Armbanduhr schienen sich nicht mehr bewegen zu wollen. Zehn Minuten fühlten sich an wie zwei Stunden, fünfzehn Minuten waren eine halbe Ewigkeit. Keiner im Bus sagte ein Wort. Die Männer gingen nervös auf und ab oder saßen an den Fenstern und starrten nach draußen. Oder trommelten mit den Fingern auf den Sitz wie Foster. Mittlerweile stand die Sonne im Zenit, es war Mittag. Doch im Wald war es kaum heller geworden.

Um die Zeit sinnvoll zu nutzen, beschloss der Erste Detektiv schließlich, Bobs Handverband zu wechseln. Oder war das, fragte sich Justus, nur eine Übersprungshandlung? Damit er das Gefühl hatte, wenigstens irgendetwas für seinen Freund tun zu können? Egal, dachte Justus und nahm Bob die Armbanduhr ab.

Doch plötzlich war da dieser Knoten in seinem Hirn. Oder diese Lücke. Irgendetwas passte nicht zusammen. Von dem, was er gesehen hatte? Von dem, was jemand gesagt hatte? Was jemand getan hatte? Wieso hatte er dieses Gefühl? Was passte hier nicht? Justus ließ Bobs Hand wieder sinken. Was war da auf einmal?

»Sie kommen!«, riss Peter Justus da aus seinen Gedanken.

»Na endlich!«, sagte Godfrey.

»Ich hab allmählich echt Kohldampf.« Foster stand auf und reckte sich.

Der Erste Detektiv schaute auf den Waldweg. Von unten näherte sich ein rot-weißer Krankenwagen. Justus nahm seinen und Bobs Rucksack und stand auf. »Bleib du bei Bob, Zweiter, okay?«

Peter nickte.
Eine Minute später hielt der Krankenwagen neben dem Bus und zwei Sanitäter stiegen aus. Beide groß gewachsen und keine dreißig Jahre alt, einer schwarzhaarig und in der Nase gepierct, der andere rothaarig mit breiten Koteletten.
»Seid ihr das mit dem Verletzten?« Der Blick des Rothaarigen sprang von einem zum anderen.
»Unser Freund, ja«, erwiderte Justus. »Er liegt hinten im Bus.«
»Was ist passiert?«
»Das wissen wir nicht genau. Wir glauben, dass er abgestürzt ist.«
»Ihr glaubt?« Der Mann zog die buschigen Augenbrauen hoch.
»Ja, wir waren … wir hatten ihn für einen Moment aus den Augen verloren. Da muss es passiert sein. Hinten, bei der Schlucht.«
»Das ist Blödsinn!«, platzte Godfrey plötzlich heraus. »Da ist dieser Kerl! Er treibt sich hier im Wald herum! Der war's!«
Der Sanitäter sah ihn erstaunt an. »Welcher Kerl? Etwa der entflohene Knacki?«
»Nein, nein. Das hat damit nichts zu tun!«, ging Justus dazwischen. »Bitte! Können Sie sich jetzt um unseren Freund kümmern? Es geht ihm wirklich sehr schlecht.«
»Er hat zwei von uns entführt und den Jungen zusammengeschlagen!« Godfrey entfernte sich einen Schritt von Justus und nickte heftig.
»Carter, halt jetzt den Mund!«, fuhr ihn Barclay an.
»Nein! Lass mich! Das hätten wir eben schon den Bullen

sagen müssen! Da draußen ist ein Irrer!« Er zeigte vage in den Wald.

Der Sanitäter bedachte ihn mit einem misstrauischen Blick. »Wie auch immer. Wir kümmern uns jetzt erst einmal um den Jungen. Das andere ist Sache der Polizei. Stephen!« Er drehte sich zu seinem Kollegen um und nickte zum Krankenwagen. »Mach drinnen schon mal alles klar! Ich ruf dich, wenn ich dich brauche.«

»Okay, Matt.« Der Schwarzhaarige öffnete die hinteren Türen des Krankenwagens und stieg in den Innenraum.

Matt verschwand im Bus, gefolgt von Justus. Die anderen blieben draußen.

»So, hallo.« Der Sanitäter lächelte Peter zu. »Dann lass mich mal zu eurem Kumpel. Was haben wir denn da?« Er beugte sich über Bob. »Der ist ja bewusstlos!«

»Seit etwa zwanzig Minuten, ja«, erwiderte Justus, der genau hinter Matt stand.

»Nicht gut, gar nicht gut!« Der Sanitäter war auf einmal sehr ernst. Er befühlte Bobs Halsschlagader und sah dabei auf seine Armbanduhr. »Achtundsechziger Puls, Druck recht niedrig.« Dann öffnete er seinen Mund, besah sich die Zunge und zog das rechte Augenlid hoch. »Verdammt!« Matt drehte sich zu den Jungen um. »Wir müssen ihn sofort rausschaffen! Sagt meinem Kollegen Bescheid! Er muss mir helfen!«

»Wieso? Was hat er denn?«, fragte Peter ängstlich. »Ist es schlimm? Vorher waren seine Augen doch noch okay, nicht wahr, Just?«

»Was ihm ansonsten noch fehlt, ist im Moment schwer zu

sagen. Aber wenn wir nicht schnell handeln, droht eine cerebrös rupturierte Sepsis. Seine Pupillen sehen nicht gut aus. Da muss ganz schnell was passieren!«

Der Zweite Detektiv spürte, wie eine eisige Hand seinen Rücken hinaufkroch. Cerebrös rumtuirgendwas Sepsis! Allein der Begriff hörte sich fürchterlich an.

»Los!«, scheuchte ihn Matt nach vorn. »Sag draußen Bescheid!«

»Ich … komme mit.« Justus war für einen Moment wie erstarrt gewesen. Als wäre er ganz woanders. Als sich seine und Matts Augen kurz trafen, lächelte er sogar verschwommen.

»Was ist?« Matt sah ihn fragend an.

»Äh, nichts. Ich … wir sind schon auf dem Weg.«

Während Peter aus dem Bus stürzte, verließ der Erste Detektiv das Fahrzeug wie ein Traumwandler. Seinen Blick starr geradeaus gerichtet, fing er sogar an seine Unterlippe zu kneten, dachte nach, grübelte, kombinierte. Und plötzlich ging der Knoten auf. Schloss sich die Lücke.

»Justus, wo bleibst du?« Peter war schon wieder zurück, mit Stephen im Schlepptau. »Mach Platz! Träumst du?«

Der Erste Detektiv stieg aus und zog seinen Freund zur Seite. Als Stephen im Bus war, sah Justus Peter eindringlich an. »Hör zu, Zweiter. Drei Dinge.«

Peter lauschte. Erst ungeduldig, doch schon nach dem ersten Satz aufmerksam, dann ungläubig, schließlich schockiert.

»Was?«, entfuhr es ihm.

»Reiß dich zusammen! Sie kommen raus!« Justus straffte sich. »Wir haben nur einen Versuch, denk dran!«

»Ja … ja.« Der Zweite Detektiv entfernte sich ein paar Schritte und ging leicht in die Hocke. Über seinen Atem versuchte er, seine Aufregung in den Griff zu bekommen. Unfassbar, was ihm Justus da eben erzählt hatte.
Stephen und Matt kamen aus dem Bus. Der eine hatte Bob unter den Achseln gefasst, der andere hatte die Beine. Behutsam meisterten sie den Ausstieg und trugen Bob zum Krankenwagen.
»Wir dürfen doch mitkommen, oder?«, fragte Justus und schloss sich den Sanitätern an. »Wir müssen bei unserem Freund bleiben. Er braucht uns, wenn er aufwacht.«
Matt blieb stehen. »Das geht echt nicht, Jungs. Wir haben so schon kaum Platz im Wagen. Ihr folgt uns einfach nach Sonora, okay?«
»Aber er braucht uns doch!« Der Erste Detektiv schniefte, als würden ihm die Tränen kommen. Das war das Zeichen. Dann ging alles blitzschnell.
Peter jaulte auf einmal auf. »Bob, oh Bob!« Mit vor Sorge verzerrtem Gesicht setzte er sich in Bewegung. »Bob, du musst wieder gesund werden!«
Matt und Stephen sahen Peter auf sich zukommen. Plötzlich stolperte der Zweite Detektiv, kam ins Trudeln, fiel nach vorn und griff nach Stephens Gürtel.
»Hey! Was machst du?«, rief der Sanitäter.
»Um Gottes willen!« Justus sprang hinzu.
Peter strauchelte und stürzte zu Boden, riss dabei Stephen mit, der ebenfalls hinfiel und Bobs Beine deswegen loslassen musste, die auf den Boden schlugen, weswegen Matt gleichzeitig nach vorn und nach unten gerissen wurde und

so ins Wanken geriet. Da war auch schon Justus heran und umfasste Matts Hüfte.
Barclay, Foster, Godfrey und Sam standen fassungslos daneben. Alles war viel zu schnell gegangen, um eingreifen zu können. Und als sich Barclay endlich von der Stelle bewegte, blieb er sofort wieder stehen.
Aus zwei Gründen. Erstens hatte Justus auf einmal eine Pistole in der Hand. Und zweitens stand Bob auf seinen eigenen Beinen, geduckt wie ein Raubtier, und sah ruckartig um sich.
Da sprang Stephen auf und zog ebenfalls eine Pistole aus seinem Gürtel hervor.

Lebendig begraben

Lichtreflexe, die ihm in die Augen stachen. Lichtreflexe in einem grünen Meer über ihm. Dazu Schritte. Schritte und heiserer Atem. Hinter ihm. Ein Schatten, der sich über ihn beugte, eine Hand auf seinem Mund, schwielig, nach Erde riechend. Etwas bohrte sich in seinen Rücken. Wieder dieses Atmen, diese Schritte, die Lichtreflexe. Weiter, immer weiter. Zu seinen Füßen Klapperschlangen, die nach ihm schnappten. Klapperschlangen mit Wieselkörpern, weiches, braunes Fell. Er hätte sie gern gestreichelt. Justus flog auf einmal an ihm vorbei und rief, dass er ab jetzt Ibykos heiße, und Peter saß auf einem Baum und zählte Gold-Nuggets. Einige waren zu Boden gefallen, wo sich eine Horde Männer um sie prügelte. Eine stille Frau stand daneben und drehte einen alten Lederhut in ihren Händen. Dann war wieder der Schatten über ihm, wurde größer und immer größer, bis die Dunkelheit alles verschluckte und er das Gefühl hatte, in eine endlos tiefe Schlucht zu fallen, zu fallen, zu fallen …

Bob setzte sich mit einem Ruck auf. Das Erste, was er wahrnahm, war der hämmernde Schmerz in seinem Schädel. Überall ratterte er durch seinen Kopf, wie eine Armee aus Hubschraubern.

Dann kam der Schock. Er war blind! Sosehr er die Augen aufriss, er konnte nichts sehen! Gar nichts! Die Welt um ihn war stockfinster.

Bis er seinen schmerzenden Schädel ein wenig nach rechts drehte und in weiter Entfernung dieses schmale, staubige Rinnsal aus Licht entdeckte. Gott sei Dank!
Bob atmete erleichtert auf und stützte seinen Hubschrauberkopf in seine Hände. Da drin herrschte echt Krieg. Ratatatatatatakatawum!
Wo war er? Er saß auf dem Boden. Der Boden war hart und steinig. Hier und da etwas Sand oder Staub. Keine Decke, die er im Sitzen ertasten konnte, keine Wände in Reichweite. Was stank hier so? War er das?
Bob griff nach seinem Kragen und führte den Stoff zur Nase. Nein, das war nicht er, der da so stank. Aber was hatte er da an? Kragen? Sein Sweatshirt hatte keinen Kragen! Das war gar kein Sweatshirt! Das war eine Art Jacke. Mit Knöpfen und aus recht grobem Zwirn. Und die Hose war auch nicht seine. Eine Hose mit Zugband, vorn zugeschnürt, ebenfalls aus grobem Stoff. Die Schuhe: definitiv nicht von ihm. Zu groß, zu schwer, zu klobig.
Was war hier los???
Bob zwang sich nachzudenken, obwohl er sich kaum vorstellen konnte, dass das mit diesem Brummschädel ging. Woran erinnerst du dich? Die kaputte Brücke, die Schlucht. Knowsley, der ihn auf einmal von hinten gepackt hatte. Das Messer an seiner Kehle. Der letzte Blick auf Justus und Peter, nachdem Knowsley die Seile der Hängebrücke gekappt hatte.
Was war danach passiert? Sie waren durch den Wald gelaufen. Erst Richtung Westen, den Fahrweg entlang. Wie lange? Vielleicht fünfzehn Minuten. Oder dreißig? Wie spät

war es jetzt? Der dritte Detektiv hob seine linke Hand, um auf seine Uhr zu sehen. Aber da waren keine fluoreszierenden Zeiger. Ach, der Biss, der Verband, fiel es Bob wieder ein und er hob die andere Hand. Aber auch da war keine Uhr. Die Uhr war ebenfalls weg.

Hatte Knowsley etwas gesagt? Wohin sie wollten? Nein, er hatte gar nichts gesagt. Doch. Dass er sich beeilen sollte. Und dann war es urplötzlich Nacht geworden. Knowsley musste ihn niedergeschlagen haben.

Bob sah sich um. Wo war er hier? Ein wenig hatten sich seine Augen jetzt an die Dunkelheit gewöhnt. Das Licht sickerte anscheinend zwischen zwei Brettern hindurch. Rechts und links davon erkannte er unregelmäßige Konturen. Unregelmäßige Wände. Höhle! Er befand sich in einer Höhle! Deren Ausgang offenbar mit Brettern verschlossen war. Knowsley hatte ihn in eine Höhle gesperrt! Wozu? Für wie lange?

Bobs Nackenhaare sträubten sich. Wie ein in der Dunkelheit unsichtbares Tier schlich sich die Angst an ihn heran.

Er musste etwas tun. Vorsichtig kniete er sich hin, richtete sich langsam auf, seinen Arm nach oben ausgestreckt. Aber erst als er auf den Zehenspitzen stand, konnte er die Decke berühren. Massives Gestein, kalt und feucht.

Und was stank hier so? So faulig … nach Verwesung? Der dritte Detektiv setzte sich wieder auf seine Knie und tastete den näheren Umkreis ab. Da war nichts. Er krabbelte ein Stück weiter in die Höhle hinein. Der Gestank wurde stärker. Wie nach verdorbenen Eiern.

Plötzlich fühlte er etwas. Glatt, rund, kühl. Ein großer

Stein? Ein sehr großer Stein. Und sehr ebenmäßig. Wie ein gewaltiger Wackerstein. In dieser Höhle? Bobs Finger glitten an der Rundung hinab. Eine Vertiefung, ein Loch. Und gleich daneben noch eines. Ein merkwürdiger Stein. Und zwischen den Löchern ein scharfkantiges, längliches –
Bobs Hand zuckte zurück. Das war kein Stein! Das war ein Schädel! Er war auf einen Schädel gestoßen! Die beiden großen Löcher waren Augenhöhlen, das scharfkantige Loch in der Mitte markierte die Nase. Bob überlief ein eiskalter Schauer. Der Schädel … eines Menschen? War das hier eine … Gruft? War er vielleicht nicht der Erste, der hier drin lebendig begraben worden war?
Er musste Gewissheit haben. Noch einmal streckte er die Hand nach dem Schädel aus. Die Augenhöhlen, das Loch, wo einmal die Nase gewesen war. Alles sehr glatt. Keine Hautreste, kein Fleisch. Aber was stank dann so? Bobs Finger glitten tiefer, zu den Zähnen. Gewaltige Zähne. Und eine merkwürdige Kopfform. Länglich. Dann fühlte er die mächtigen Reißzähne und wusste im selben Moment, welches Tier hier drin verendet war. Ein Bär, ein ziemlich großer Bär, wenn er das richtig beurteilte.
Erleichtert zog Bob die Hand zurück, fuhr aber gleich darauf erschrocken zusammen. Eine Bärenhöhle? Befand er sich in einer Bärenhöhle? Der Bär, der da lag, war mehr als tot. Aber das hieß nicht, dass die Höhle nicht von einem lebendigen Bären genutzt wurde, der vielleicht bald zurückkam. Nein, wurde ihm klar, Unsinn. Bären nageln ihre Höhlen nicht mit Brettern zu.
Und dann dämmerte es ihm auch, woher der Gestank kam.

Faulige Eier. Irgendwo in der Höhle mussten Schwefeldämpfe austreten.
Bob erhob sich wieder und ging langsam dorthin, wo er den Lichtstrahl sehen konnte. Etwa zehn Meter musste er zurücklegen, dann stand er vor einer soliden Bretterwand. Er drückte dagegen, aber die Bretter bewegten sich kaum. Und es war keine Tür, gegen die er sich da lehnte. Es war wirklich eine Art Wand aus Holz, die von außen verbarrikadiert war. Vermutlich mit großen Felsbrocken. Oder einem Balken. Und dass kaum Licht durch die Spalten fiel, lag daran, dass die Lücken und Spalten mit Blättern, Zweigen und sonstigem Grünzeug ausgestopft waren. Ein bisschen was davon konnte er nach außen drücken, sodass etwas mehr Licht in die Höhle fiel.
Das hier war ein eigens hergerichtetes Gefängnis, wurde Bob bewusst. Ein mit wenig Aufwand hergerichtetes, aber sehr zweckdienliches Gefängnis.
Er ging einen halben Schritt zurück, stemmte die Füße in den Boden und lehnte sich mit der Schulter gegen die Bretter. Mit aller Kraft drückte er gegen die Wand, aber mehr als ein hässliches Knirschen von Holz auf Stein kam nicht dabei heraus. Der Spalt an der Seite erweiterte sich nur so weit, dass kaum eine Ratte hindurchgepasst hätte.
Bob ging dennoch zu dem Spalt, presste den Mund dagegen und schrie, so laut er konnte: »Hilfe! Hallo! Hört mich jemand? Hilfe!«
Er lauschte. Nichts. Ein paar Vögel zwitscherten da draußen, eine sanfte Brise wehte.
Noch einmal schrie er. »Hilfe! Hallo! Hilfe!«

Niemand antwortete.
Der dritte Detektiv spürte, wie langsam Panik in ihm aufstieg. Hier kam er nicht raus. Und niemand hörte ihn. Was konnte er noch tun? Mit einem Stein auf die Bretter eindreschen? Zwecklos.
Die andere Richtung. Vielleicht hatte die Höhle noch einen zweiten Ausgang. Die Chance war verschwindend gering, denn wenn sich jemand die Mühe machte, ein solches Gefängnis herzurichten, würde er sicher auch darauf achten, dass die Insassen nicht durch eine Hintertür entkommen konnten. Trotzdem musste er es versuchen, er hatte keine andere Wahl.
Nach dem Bärenschädel, hinter dem der dritte Detektiv auch noch auf das restliche Skelett stieß, wurde die Höhle ein wenig niedriger. Und der Gestank nahm zu. Irgendwo dort hinten musste die Quelle dieses Miefs sein. Aber der war im Augenblick das kleinere Problem.
Ein paar Meter weiter musste sich Bob bücken, um voranzukommen. Immer tiefer senkte sich die Decke, bis die Höhle nur noch ein niedriger Gang war, in dem Bob gerade einmal krabbeln konnte. Der Gestank war hier so intensiv, dass ihm fast schwindelig wurde. Stellenweise hatte er das Gefühl, als würde er eine ranzige, faulige Brühe hinunterschlucken, wenn er atmete. Dazu war es endgültig stockfinster geworden. Er sah gar nichts mehr, konnte nur noch tasten und fühlen. Wahrscheinlich würde er gleich gegen eine Wand stoßen und das war's dann.
Doch Bob irrte sich. Als er kaum noch durch den engen Stollen passte und sich schon Platzangst in ihm ausbreitete,

öffnete sich der Gang plötzlich. Die Decke flog förmlich nach oben weg und die Wände konnte Bob auch nicht mehr ertasten. Und von irgendwoher kam Licht. Spärlich nur, aber da war Licht.
Der dritte Detektiv sah nach oben. Dort! Hoch über seinem Kopf entdeckte er ein Loch, durch das Sonnenlicht in die Höhle fiel. Die hier keine wirkliche Höhle mehr war. Er stand vielmehr in einer Art Kamin. Einem Felsenkamin, der sich zehn, vielleicht fünfzehn Meter nach oben erstreckte. So schmal, dass er sich rechts und links mit Armen und Beinen abstützen konnte. Zumindest hoffte Bob, dass ihm das gelingen würde. Denn er würde die Beine mächtig spreizen müssen. Fast schon im Spagat würde er diesen Schacht hinaufklettern müssen, dessen Wände kaum Vorsprünge aufwiesen, soweit er das von hier unten sehen konnte.
Aber ihm blieb nichts anderes übrig. Wenn nicht irgendwann irgendwer ein zweites Skelett in dieser Höhle finden sollte, musste er da rauf.
Bob setzte den linken Fuß in die Wand und begann mit dem Aufstieg.

Katzenwäsche

»Das ist keine gute Idee!« Foster war von hinten an Stephen herangetreten und setzte ihm sein Messer an den Hals. »Die Knarre gaaanz langsam auf den Boden legen. Kapiert?«
Justus schwenkte seine Waffe kurz zu Stephen, aber dann gleich wieder zurück zu Matt und dem Mann, den er bis vor zwei Minuten für Bob gehalten hatte. Drei Männer konnte er unmöglich in Schach halten. Peter rappelte sich auf und starrte Foster an. Der Typ war immer wieder für Überraschungen gut. Barclay, Godfrey und Sam wirkten immer noch völlig konsterniert.
Stephen indes zauderte einen kurzen Moment. Offenbar überlegte er, ob er noch eine Chance hatte, aus dieser Situation herauszukommen.
»Bist du taub, du Nase?« Chuck Foster drückte die Klinge noch ein Stück weiter in die Haut. »Das Ding hinlegen und zur Seite treten! Aber dalli! Sonst schnitz ich dir ein drittes Ohr!«
Jetzt erst gehorchte der Krankenpfleger. »Reg dich ab, Mann! Ich mach ja schon.«
Justus behielt Matt und »Bob« im Auge. Mit vor Wut verzerrten Gesichtern verfolgten die beiden, wie ihr Komplize die Waffe von sich streckte und dann neben sich in den Staub legte. Foster schob seinen Fuß nach vorn und kickte die Pistole zu Godfrey.

»Heb sie auf und ziele auf die Birne von dem anderen Weißkittel!«
»Was? Ich?« Godfrey sah Foster erschrocken an.
»Nein, deine kleine Schwester!« Foster stöhnte entnervt. »Natürlich du! Mach hinne!«
Barclay nahm die Waffe. »Schon gut. Ich übernehme das.« Aus der Hüfte richtete er sie auf Matt. »So. Und jetzt würde mich wirklich brennend interessieren, was hier los ist.« Er sah zu »Bob«. »Was ziehst du hier für eine Show ab? Wer bist du?« Sein Blick wanderte zu Justus und Peter. »Und wieso wusstet ihr, dass hier was faul ist?«
Der Erste Detektiv nahm jetzt nur noch »Bob« ins Visier. Ein merkwürdiges, fast unwirkliches Gefühl. Er richtete die Waffe auf einen Menschen, der aussah wie sein Freund, um den er sich bis gerade eben noch quälende Sorgen gemacht hatte, für den er alles getan hätte. Es kostete ihn große Überwindung, die Pistole nicht sinken zu lassen.
»Zunächst einmal glaube ich mit an Sicherheit grenzender Wahrscheinlichkeit sagen zu können, dass diese Person nicht unser Freund Bob Andrews ist.«
»Aber was redest du da?« Der Angesprochene breitete die Arme aus und kam auf Justus zu.
»Stehen bleiben!« Der Erste Detektiv hob die Pistole noch ein Stück. »Sofort!«
»Aber ich bin's doch! Bobby! Erkennst du mich nicht mehr?«
»Bobby!«, äffte Peter den Mann nach. »Bob hätte sich nie Bobby genannt! Außerdem spricht er ganz anders! Hör mit diesem Affentheater auf!«

Der Mann ließ sich nicht beirren. »Ey, Kumpels! Was ist denn los? Checkt ihr das denn nicht? Ich bin's! Der alte Bob!«
Für einen kurzen Augenblick stockte das Gespräch. Alle drehten ihre Köpfe. Aus der Ferne war ganz schwach Hundegebell zu vernehmen. Das Gebell vieler Hunde.
»Wir werden sehr bald herausfinden, wer du wirklich bist«, erwiderte Justus. »Wobei ich mir im Grunde genommen darüber jetzt schon im Klaren bin.«
»Du weißt, wer das ist?«, fragte Sam.
»Ich kenne seinen Namen nicht, aber ja, ich habe einen starken Verdacht. Peter?« Justus schaute mit einem Auge zu seinem Freund. »Würdest du bitte überprüfen, ob wir hier ein Netz haben, und dann 911 wählen? Das Handy ist in meiner rechten Tasche. Und informiere die Zentrale darüber, dass sich ein Officer Ossietzky ganz in unserer Nähe befindet und innerhalb weniger Minuten bei uns sein kann.«
»Geht klar, Erster.« Der Zweite Detektiv ging zu Justus und holte das Handy aus der Jackentasche. Er schaltete es ein und sah auf das Display. »Sieht gut aus! Drei Balken!« Dann wählte er die Nummer.
»Das werdet ihr büßen!«, zischte Matt. »Wir werden euch kriegen, verlass dich drauf!«
»Schreibt schon mal euer Testament!« Das Bob-Double gab seinen Bluff auf und fuhr sich mit der flachen Hand über den Hals.
Justus blieb gelassen. »So etwas hören wir nicht zum ersten Mal, meine Herren, insofern darf ich versichern, dass sich unsere Besorgnis ob dieser Drohung in überschaubaren Grenzen hält.«

Sam kicherte. »Du hast ja Sprüche drauf, Junge, das muss man dir lassen!«
»Ossietzky ist in fünf Minuten hier.« Peter klappte das Handy wieder zusammen.
»Wer ist der Typ denn dann?«, fand jetzt auch Godfrey seine Sprache wieder und zeigte auf »Bob«. Der Mann funkelte ihn aus einem immer noch blutverschmierten Gesicht böse an.
»Das wird uns sicher gleich Officer Ossietzky mitteilen«, erwiderte Justus. »Aber viel wichtiger ist im Augenblick etwas ganz anderes.« Er wandte sich den drei Männern zu. »Wo ist unser Freund? Wo ist der echte Bob Andrews?«
Matt grinste boshaft. »Ich habe keine Ahnung, wovon du sprichst, Schwabbelbacke.«
»Da steht er doch!« Stephen nickte zu »Bob«. »Musst nur deine Sehknollen aufmachen, Kleiner!« Er lachte dreckig.
»Verstehe.« Justus nickte und dachte nach. Aus den dreien würden sie nichts herausbringen. Und vermutlich würde es Ossietzky nicht anders ergehen. Aber nur diese drei Männer wussten, wo Bob war.
»Mein Angebot mit dem dritten Ohr steht noch«, sagte Foster und sah Justus erwartungsvoll an. »Ich bringe diese Pappnasen schon zum Reden.«
Der Erste Detektiv schüttelte den Kopf.
»Wo ist Bob?«, fuhr Peter die Männer an. »Sagt uns sofort, was ihr mit ihm gemacht habt!«
Die drei Schurken lachten nur laut.
»Ist er es denn wirklich nicht?« Godfrey deutete auf »Bob«. So ganz schien er die Zusammenhänge noch nicht begriffen zu haben.

»Er sieht ihm sehr ähnlich«, erklärte Justus. »Ohne Zweifel. Wobei wir sein Gesicht ja aufgrund der Blutmaskerade noch nicht richtig gesehen haben. Doch abgesehen von der Schmierenkomödie, die dieser Mann hier aufgeführt hat und die Bob so gar nicht entsprach, trägt Bob seine Armbanduhr im Moment rechts. Ich habe sie ihm selbst dort umgebunden, als ich ihm den Verband angelegt habe.«
Alle sahen auf »Bobs« Arme. Die Uhr saß links, auf dem Verband.
»Und deswegen wusstet ihr, dass hier was faul ist?«, wunderte sich Barclay. »Alle Achtung! Da muss man aber einen sehr feinen Blick fürs Detail haben. Und das auch noch in einer Situation, in der ihr sicher ganz anderes im Kopf hattet.«
»Just hat auch die Knarre gesehen, die in Matts Gürtel steckte«, ergänzte Peter. »Als sich der Kerl über Bob beugte, um ihn zu untersuchen. »Also über diesen Bob.« Er zeigte verächtlich auf den Mann.
»Und dann war da noch die cerebrös rupturierte Sepsis«, sagte Justus. »Ich habe zwar nicht Medizin studiert, aber dass diese Diagnose völliger Unsinn ist und die Krankheit gar nicht existiert, wusste ich auch so. Und aus diesen Indizien ergab sich folgerichtig die Annahme, dass hier ein falsches Spiel gespielt wird.«
»Da kommt die Polizei!« Sam deutete nach hinten in den Wald, wo sich wieder die zwei Einsatzfahrzeuge näherten. Kurz darauf hielten die beiden Wagen auf dem Waldweg. Officer Ossietzky war der Erste, der aus dem Auto sprang und auf die kleine Gruppe zukam.

»Officer! Officer! Gott sei Dank, dass Sie hier sind! Die Typen hier sind komplett verrückt!«, legte Matt los, bevor der Erste Detektiv etwas sagen konnte.
Justus und Peter glaubten ihren Ohren nicht zu trauen und sahen sich verdattert an.
»Wir wollten uns gerade um den Verletzten kümmern, da fielen diese Kerle über uns her! Tun Sie was, Officer! Helfen Sie uns!«
»Ja, nehmen Sie die Kerle fest!«, stimmte Stephen mit ein, während sich »Bob« erschöpft zu Boden sinken ließ und den sterbenden Schwan mimte.
»Immer mit der Ruhe!« Ossietzky gebot ihnen mit einer kurzen Handbewegung Einhalt. »Und du nimmst die Pistole runter und Sie Ihr Messer!« Er sah zu Justus und Foster und dann zu seinen Kollegen. »Jerry? Lance? Ihr passt auf, dass keiner Blödsinn macht!«
Zögernd folgten der Erste Detektiv und Foster der Anweisung. Die beiden Polizisten entsicherten ihre Holster und legten die Hände auf ihre Waffen.
»Was ist hier los?« Ossietzky schaute Justus auffordernd an.
»Die Sache verhält sich dann doch etwas anders, als es Ihnen dieser Mann eben weismachen wollte, Officer.«
»So? Dann lass mal deine Version hören!«
In kurzen Worten schilderte der Erste Detektiv, was sich tatsächlich ereignet hatte. Immer wieder wurde er dabei von Matt und Stephen unterbrochen, die ihn als Lügner und Wahnsinnigen bezeichneten und alles ganz anders darstellten. Ossietzky sagte gar nichts, hörte nur zu. Im Hintergrund wurde das Hundegebell lauter.

»Aber sie sagen uns nicht, wo Bob ist«, schloss Justus.
Ossietzky überlegte einen Moment. Dann ging er zum Krankenwagen, suchte dort ein paar Sachen zusammen und ging damit auf »Bob« zu. »Hier! Wischen Sie sich das Gesicht ab.« Er tränkte einige Kompressen mit einer Flüssigkeit aus einer Plastikflasche und hielt dem Mann die Tücher hin.
»Aber … aber das tut weh! Höllisch weh! Ich bin verletzt!«
»Abwischen!«
»Bob« zögerte. Dann nahm er knurrend die Tücher und begann sich das Blut von seinem Gesicht zu wischen. Die blutige Kruste löste sich zunächst nur schwer auf und hinterließ verschmierte Streifen auf dem Gesicht.
Justus und Peter gingen näher heran. Unglaublich! Je mehr Haut sichtbar wurde, desto deutlicher kamen »Bobs« Gesichtszüge unter dem Blut zum Vorschein: Die Backenknochen waren ein wenig hoch. Auch der Haaransatz stimmte nicht ganz.
Zwischendurch gab Ossietzky dem Mann noch weitere Kompressen, damit er sich auch die letzten blutigen Schlieren entfernen konnte. Dann endlich war das Gesicht halbwegs sauber.
Ossietzky verschränkte die Arme. Und lächelte. »Na, sieh mal einer an, was so ein bisschen Katzenwäsche alles zutage fördert!«

Das letzte Versprechen

Sein Herzschlag hämmerte in den Ohren und sein Atem ging stoßweise. Bob glaubte förmlich spüren zu können, wie das Adrenalin durch seinen Körper flutete.

Das war knapp gewesen! Meine Güte, war das knapp gewesen! Weil er unvorsichtig geworden war, so kurz vor dem Ausstieg. Diesen einen Griff nicht mehr getestet, sondern sich gleich an der Felsspalte hochgezogen hatte.

Bob blickte nach unten. Seine Knie waren weich wie Butter, seine Arme zitterten. Kaum dass er sich an der Wand abstützen konnte. Wenn sich dieser komische Kittel, den er trug, nicht an der kleinen Felsnase verfangen hätte, läge er jetzt da unten. Zehn, zwölf Meter tiefer. In einem Zustand, den er sich gar nicht ausmalen wollte.

Der dritte Detektiv wartete noch zwei Minuten. Atmete ein, atmete vor allem aus. Ausatmung entspannt, hatte er vor Kurzem gelesen. Langes Ausatmen. Nur langsam beruhigte sich sein Puls. Aber seine Kraftreserven waren nahezu erschöpft, er musste weitermachen. Weit war es ja nicht mehr. Zwei Meter noch, dann konnte er diesen Strauch packen, der am Rande des Loches wuchs. Wenn der hielt …

Bob kletterte weiter. Ab jetzt prüfte er jeden Griff, jeden Tritt dreimal, bevor er ihn belastete. Seine Hände schmerzten, seine Schulter hatte er sich bei seinem Beinahe-Absturz aufgeschürft. Aber gleich hatte er es geschafft, gleich!

Dann war er endlich oben. Der Strauch war fest genug eingewachsen, hielt dem Zug stand. Noch einmal den Fuß gegen die Wand stemmen, ein letztes Mal abdrücken, dann konnte er sich über den Rand des Kamins hieven.
Er rollte zur Seite und blieb erst einmal liegen. Die Sonne schien durch das Blätterwerk des Strauches in sein Gesicht. Vögel zwitscherten, die Luft strich sanft über die Anhöhe. Bob ballte die Fäuste. Freude, riesengroße Erleichterung, ein Glücksgefühl ohnegleichen durchströmte ihn. Er hatte es geschafft! Ja! Er war frei!
Nach ein paar Minuten richtete er sich auf und sah sich um. Wald. Damit hatte er gerechnet. So viel Wald ließ seinen Mut allerdings gleich wieder um einiges sinken. Er befand sich auf einer kleinen, mit Weißdornbüschen und niedrigen Blaubeersträuchern bewachsenen Anhöhe. In alle Richtungen konnte er ein gutes Stück sehen, bevor sein Blick wieder durch Bäume oder andere Erhebungen begrenzt wurde. Und was er sah, war Wald. Nur Wald. Kein Haus, keine Stromleitungen, nicht einmal die Rauchsäule eines Schornsteins. Nur Wald, wohin er blickte.
»Hallo!«, versuchte es Bob, aber heraus kam nur Gekrächze. Der dritte Detektiv hustete und rief noch einmal. »Hallo?«
Das Echo warf seinen Ruf mehrfach zurück. Aber das war auch alles an Antwort, was Bob erhielt.
Er hob die Hände wie einen Trichter zum Mund. »Haaaallo? Hört mich jemand? Haaaaallo?«
…. allo … lo … lo … lo … lo.
Nichts. Bob ließ die Arme wieder sinken. Dabei fiel sein Blick auf die Ärmel. Orange. Die Jacke, die er anhatte, war

knallorange. Wie dieses Wassereis am Stiel, das er als Kind so geliebt hatte. Jamaica Sun hatte es geheißen. Die Hose war im gleichen Farbton gehalten, beide Kleidungsstücke waren aus demselben groben Stoff. Das hatte er ja vorhin schon gefühlt. Das Zeug sah aus wie ein … wie ein … Jogginganzug für Bergarbeiter. Die Schuhe passten dazu: robust, eckig, steif. Stylish war anders. Wer zum Teufel, dachte Bob, hat mir dieses Zeug angezogen? Und warum? Wenigstens hatten ihm Kleidung und Schuhe bei seiner Kletterpartie gute Dienste geleistet. Genauso wie Justus' Handverband, der jetzt allerdings ziemlich ramponiert war.

Orange! Kopfschüttelnd entfernte Bob die Reste des Verbandes und richtete seinen Blick zur Sonne. Wie spät war es? Mittag, kurz nach Mittag. Also war Westen rechts von ihm. Der dritte Detektiv setzte sich in Bewegung.

Während Bob durch den Wald lief, ließ er noch einmal alles Revue passieren, was geschehen war. Vielleicht fiel ihm doch noch etwas ein, das seine Lage erklärte. Und das erklärte, was überhaupt hier los war. Knowsley, das Rätsel, Wendys und Bristols Verschwinden, das angebliche Erbe von Craig Marshall. Doch sosehr der dritte Detektiv sein Hirn auch zermarterte, er konnte weder Erinnerungen aktivieren noch eine Erklärung für alle die Fragen finden, die sich um die seltsamen Vorfälle rankten.

Außerdem brummte ihm allmählich wieder der Schädel. In dem Maße, wie Adrenalin und Aufregung zurückgingen, meldeten sich seine Schrammen und Beschwerden wieder zu Wort. Kopfweh, die Schulter, die Hand. Und die aufgescheuerten Stellen an seinen Füßen. Diese Schuhe waren

mörderisch! Doch Ausziehen war im Wald keine gute Idee. Und Hunger und Durst hatte er auch.
Bob lief weiter. Humpelte weiter. Rechts waren die Scheuerstellen schlimmer als links. In einiger Entfernung begann wieder Hochwald. Vielleicht konnte er auf dem Nadelboden auch in Strümpfen laufen. Falsch, korrigierte sich Bob, nicht in Strümpfen. Die haben sie mir auch genommen. Barfuß.
»Stehen bleiben!«
Der dritte Detektiv erschrak bis ins Mark. Wer hatte da gerufen? Wie ein gehetztes Tier schaute er sich um. Stehen bleiben! Das rief niemand, der zufällig jemand anderen im Wald traf. Dazu diese Stimme! Rau, dunkel, brutal.
»Hörst du? Bleib stehen!«
Knowsley! Der Trapper hatte seine Flucht bemerkt! Bob zögerte keine Sekunde. Er riss sich die Schuhe von den Füßen und rannte los.
Ein Schuss fiel! Krachend schlug die Kugel hoch über ihm in einen Baumstamm ein. Bob wechselte abrupt die Richtung.
»Die nächste trifft! Bleib stehen!«
Bilder rasten durch seinen Kopf. Die Höhle, das Bärenskelett, der Felskamin. Nein, da würde er sich nicht noch einmal reinsperren lassen. Er musste Knowsley entkommen!
Noch ein Schuss! Aber Bob hörte weder die Kugel noch einen Einschlag. Er hetzte weiter.
»Er ist da rüber! Ich seh ihn!«
Der dritte Detektiv stoppte unvermittelt. Ein zweiter Mann! Knowsley hatte Komplizen! Wieso hatte Knowsley Kompli-

zen? Egal, das mit dem Geist war ohnehin Blödsinn. Es ging um etwas ganz anderes. Um was? Egal. Weiter, weg hier, weg hier! Bob duckte sich und hastete auf einen Anstieg zu. Da oben wurde der Wald dichter.

»Links! Wir müssen nach links!«

»Ich schneide ihm den Weg ab! Da kommt er nicht weiter!«

Ein dritter Mann! Der ihm den Weg abschneiden wollte! Wo kam er nicht weiter? Wo? Warum? Bob wurde zunehmend panisch.

Und dazu trug er Orange! Er war eine lebende Fackel. Unübersehbar wie eine Baustellenbeleuchtung im Dunkeln. Aber er konnte ja nicht nackt durch den Wald laufen. Oder? Nein, er hatte ja nicht mal die Zeit, sich auszuziehen. Lieber laufen, rennen.

Es ging steiler bergan. Bob pumpte, dass ihm die Lungen brannten. Aber der Wald wurde auch wirklich dichter. Und Rufe hatte er seit einer Minute keine mehr gehört. Hatte er sie abgehängt?

Wie zur Antwort jagte ein Schuss pfeifend an ihm vorbei ins Unterholz. So viel zum Thema abgehängt, dachte Bob und eilte weiter.

Zweige schlugen ihm ins Gesicht, er trat auf etwas Hartes und ein stechender Schmerz fuhr ihm durch den Fuß. Egal. Doch da oben wurde es wieder heller. Eine Lichtung? Das wäre das Ende seiner Flucht. Der dritte Detektiv blickte nach links und nach rechts. Nicht viel Unterschied. Überall ging es bergauf, überall dichter Wald, der da oben aufhörte. Er hätte umdrehen können. Aber dann lief er seinen

Verfolgern womöglich genau in die Arme. Also weiter, rauf.
Bob zerteilte die Äste und Zweige vor ihm mit seinen Händen. Dann war das Unterholz zu Ende. Und dann wusste Bob auch, was der Mann gemeint hatte. Warum er hier nicht weiterkam.
»Jetzt haben wir ihn!«, triumphierte hinter ihm eine Stimme. Sie hörte sich nach Knowsley an.
Ja, jetzt hatten sie ihn. Der Wald hörte hier nicht auf. Er brach ab. In eine tiefe Schlucht. Bob stand am Rand einer tiefen Schlucht. Keine Brücke, zu breit für einen Sprung, zu steil, um zu klettern. Ähnlich der, wo ihn Knowsley geschnappt hatte. Die Dinge würden sich wiederholen.
Nein, es gab einen Unterschied. Bob streckte den Kopf nach vorn. Diese Schlucht war anders. Da unten war Wasser. Ein Bach, ein kleiner reißender Fluss. Und da ein Stück weiter rechts hatte sich eine Art Tümpel gebildet. Schwarz, kreisrund. Tief genug?
Hinter ihm knackten Zweige. Bob drehte sich nicht um, ging drei Schritte nach rechts. Die Schlucht war knapp zwanzig Meter tief. Er musste an die Klippenspringer denken, denen er damals bei Santa Clara zugesehen hatte. Die waren aus noch größerer Höhe gesprungen. Also war es möglich.
»Tu das nicht! Du brichst dir den Hals!«, sagte einer der Männer hinter ihm.
Bob schenkte ihm keine Beachtung, starrte nur auf den Abgrund. Da unten wäre er sicher vor seinen Häschern. Könnte sich mit dem Fluss treiben lassen und wäre außer

Gefahr. Aber die Klippenspringer hatten gewusst, wie tief das Wasser war, in das sie sprangen. Er wusste das nicht. Der Tümpel konnte fünf Meter tief sein, zehn Meter – oder er war schwarz vom Schlamm und keinen halben Meter tief.

»Mach keinen Blödsinn, Mann!«

Bob schob sich zur Abbruchkante, Zentimeter für Zentimeter. Gestein bröckelte und stürzte in die Tiefe, direkt in den Tümpel. Die Kante stand hier oben etwas über. Er musste also keine Angst haben, im Fallen gegen die Wand zu schlagen. Er würde genau im Tümpel landen.

»Komm schon!« Der dritte Mann. Sie standen jetzt alle hinter ihm, nur ein paar Meter entfernt. »Das hat doch keinen Sinn! Lass den Mist!«

Bob schloss die Augen, atmete aus, atmete tief ein. Er musste an Justus und Peter denken. Sie suchten ihn sicher immer noch. Sie würden ihn suchen, bis sie ihn gefunden hatten, sie würden nicht aufgeben, nie.

Wir sehen uns, erinnerte sich Bob an seine letzten Worte zu Peter. Wir sehen uns. Wie versprochen.

Dann öffnete er die Augen, holte tief Luft und zählte bis drei.

Shakehands

»Billy Boy! Das ist wohl nicht so gelaufen, wie du dir das vorgestellt hast, hm?« Ossietzky heuchelte Mitgefühl.
»Du kannst mich mal!«, zischte »Bob« und spuckte auf den Boden.
Ossietzky zuckte die Schultern und gab seinen Leuten die nötigen Anweisungen. Während zwei Polizisten mit ihren Waffen weiterhin alles unter Kontrolle behielten, lief der vierte zu dem Mann und legte ihm Handschellen an.
»Ist das der entflohene Häftling?«, fragte Justus.
Der Officer nickte. »Bill Cooper. Ein ganz schlimmer Finger. Aber jetzt geht's wieder nach Hause ins Körbchen, wo du uns nach deinem Ausflug sicher noch ein paar Jährchen mehr beehren wirst, nicht wahr, Billy?«
Der Häftling gab einen wüsten Fluch von sich und trat sogar nach Ossietzky. Jerry hatte alle Hände voll zu tun, Cooper in den Streifenwagen zu bugsieren. Die anderen beiden Polizisten näherten sich Matt und Stephen, um sie ebenfalls abzuführen.
»Aber die müssen uns noch sagen, wo Bob ist!«, forderte Peter. »Die haben Bob entführt! Nur die wissen, wo er ist!«
Die Reaktion der drei Schurken machte deutlich, dass keiner von ihnen auch nur daran dachte. Hämisch lachend ließen sie sich in die Wagen verfrachten.
»Aber es war doch Knowsley, der sich euren Freund gekrallt

hat!«, wunderte sich Foster. »Wieso sollten die da wissen, wo er ist?«
»Wer zum Teufel ist Knowsley?«, fragte Ossietzky.
»Knowsley!« Justus schlug sich vor die Stirn. »Natürlich! Warum bin ich da nicht gleich draufgekommen? Können Sie uns begleiten, Officer?«
»Äh, wohin denn? Warum denn?«
»Wenn wir Glück haben, stoßen wir auf jemanden, der uns ganz sicher sagen kann, wo Bob ist.«
»Knowsley?«, fragte Peter.
»Genau.«
»Und woher weißt du auf einmal, wo der ist?«
Justus grinste. »Wenn er der ist, für den ich ihn halte, ist er vielleicht da, wo ich glaube, dass er ist.«
Peter verdrehte die Augen und stöhnte. »Just! Nein! Jetzt nicht! Keine Rätselsprache! Sprich Klartext!«
Der Erste Detektiv zeigte mit dem Finger auf ihn und lief Richtung Bus. »Und Rätsel ist das Stichwort! Officer, Sie kennen doch bestimmt noch eine andere Route zur Hütte als die über die zerstörte Brücke?«
»J-ja, sicher.«
»Ausgezeichnet.«
Auf dem Weg zur Hütte erklärte Justus Ossietzky und den anderen, wieso er dorthin wollte. Ossietzkys Kollegen fuhren unterdessen schon einmal nach Sonora, um ihre kriminelle Fracht beim nächsten Polizeirevier abzuladen und Cooper zurück ins Gefängnis zu bringen. Über Funk wollten sie dafür sorgen, dass Ossietzky Verstärkung bekam.
»Verstehe«, sagte Barclay, als der Erste Detektiv seine Theorie

dargelegt hatte. »Als Ganove wird ihn seine Gier zur Hütte treiben, um dort nach Knowsleys Schatz zu suchen.«

»Weil du ihm an der Schlucht erzählt hast, dass Knowsleys Rätsel die Hütte als Versteck angibt.« Peter nickte.

»Richtig. Mit dieser Option dürfte er zwar nicht gerechnet haben. Aber wie Mr Barclay schon sagte, wird es ihm seine kriminelle Veranlagung unmöglich machen, diese Gelegenheit auszulassen.« Justus konnte nur hoffen, dass er mit dieser Annahme richtiglag. Und dass ihr Knowsley immer noch bei der Hütte war und dort suchte. Und er sie nicht vorher entdeckte und die Flucht ergriff. Nur dann hatten sie eine Chance, etwas über Bobs Verbleib zu erfahren. Sofern sie Knowsley zum Reden brachten. Viele Wenns, dachte Justus. Vielleicht zu viele.

»Wobei aber *euer* Knowsley gar nicht *der* Knowsley ist.« Ossietzkys Aussage war eher eine Frage. So ganz schien er noch nicht zu verstehen, wie das alles zusammenhing. »Weil *der* Knowsley seit einer Ewigkeit tot ist.«

»Cooper brauchte noch einen Komplizen«, erklärte Justus. »Jemanden, der Bob entführt und ihn gegen Cooper austauscht. Und dieser Komplize kann weder Matt noch Stephen gewesen sein. Beide sind zu groß und zu schlank.«

»Einer von denen könnte sich Zeug unter die Jacke gestopft haben. Und gebückt gehen. Ein bisschen Schminke, die Klamotten, der Hut?« Ossietzky sah Justus fragend an.

»Nein, das Risiko, wiedererkannt zu werden, wäre zu groß. Wir waren ja ganz nah dran an den Kerlen. Und Cooper selbst kann es auch nicht gewesen sein, weil Knowsley schon letzte Nacht zugeschlagen hat.«

»Euren Freund habt ihr aber auch nicht wiedererkannt«, wandte Godfrey ein.
»Ja, aber Bob und Cooper sehen sich auch verdammt ähnlich«, sagte Peter. »Außerdem waren wir völlig von der Rolle. Wer denkt denn an einen Doppelgänger, wenn der beste Freund schwer verletzt und bewusstlos ist?«
»Okay, okay.« Foster leckte sich die Lippen. »Dann schnappen wir uns jetzt den Kerl. Hoffentlich hat er sich nicht schon den Schatz unter den Nagel gerissen und ist damit über alle Berge. Drück drauf, Sam!«
Justus sah Peter an und lächelte müde.
»›Äh, Schatz‹?«, flüsterte Peter so, dass es nur Justus hören konnte. Der Erste Detektiv nickte.
Barclay wackelte irritiert mit dem Kopf. »Irgendwie passt das alles noch nicht so recht zusammen. Was hat es mit diesem Rätsel auf sich? Wollten die Typen Cooper austauschen und an die Nuggets? Du meintest ja eben, damit konnten sie nicht rechnen. Ist das so? Was spielt Marshall für eine Rolle? Und sein Erbe? Und warum wurden Wendy und Edgar gekidnappt? Der ja angeblich Sam angerufen hat.«
Justus machte ein verkniffenes Gesicht. Die Antworten auf diese Fragen kannte er bereits. Und nicht jede Antwort stimmte ihn froh. »Ich nehme an, die beiden Entführungen sollten der ganzen Aktion –«
»Die Hütte!«, unterbrach Sam den Ersten Detektiv und zeigte durch die Windschutzscheibe. »Da vorne ist sie.«
»Dann halten Sie hier an«, befahl Ossietzky. »Den Rest gehen wir zu Fuß.«
Sam lenkte den Bus in eine kleine Schneise, sodass er vom

Waldweg nicht zu sehen war. Als alle ausgestiegen waren, zog Ossietzky seine Waffe und übernahm die Führung. »Alle bleiben hinter mir! Seien Sie leise und nutzen Sie Bäume als Deckung. Wir wollen unseren Freund ja überraschen.« Er blickte Justus an. »Falls er da ist.«

»Er muss!«, sagte Peter. »Er muss einfach!«

Das sah aber gar nicht danach aus. Die Hütte lag ruhig und verlassen am Rande der Lichtung. Nichts deutete darauf hin, dass sich hier irgendjemand herumtrieb.

»Vielleicht am Hintereingang«, flüsterte Justus.

Ossietzky nickte und führte die Gruppe in einem weiten Bogen durch den Wald um die Hütte herum. Immer wieder gingen ihre Blicke zu dem Holzhaus. Eine Bewegung hinter dem Fenster? Ein verdächtiges Geräusch? Aber da war nichts. Absolut nichts. In Justus und Peter machte sich Resignation breit. Die Theorie des Ersten Detektivs schien sich nicht zu bewahrheiten.

Aber dann gab es doch einen kleinen Funken Hoffnung. Die Hintertür der Hütte stand einen Spalt offen.

»Vielleicht haben wir sie nicht geschlossen, als wir heute Morgen aufgebrochen sind?«, überlegte Barclay. »Wer ist hier als Letzter raus oder rein?«

Die anderen schauten sich fragend an.

»Ich war heute Nacht an dieser Tür«, erinnerte sich Justus. »Bob hatte nach Wendys Verschwinden festgestellt, dass die Tür offen war.« Er hielt inne. »Danach hat Peter gerufen und wir sind zu ihm.«

»Also habt ihr die Tür nicht wieder zugeschlossen?«, fragte Ossietzky.

»Nein. Wir hatten auch keinen Schlüssel.«
Ossietzky drückte die Tür auf. »Sieht nicht so aus, als würde hier jemand nach einem Schatz suchen. Gehen wir rein.«
Nacheinander betraten sie den schmalen Gang, der nach vorn zur Wohnstube führte. Im Vorbeigehen sahen Justus und Peter in die angrenzenden Zimmer. Leer. Und keine Anzeichen dafür, dass hier jemand nach etwas gesucht hatte.
Auch der große Aufenthaltsraum sah genauso aus, wie sie ihn verlassen hatten. Justus entdeckte auf dem Tisch die Verpackungsfolie der Mullbinde, mit der er Bob den Verband angelegt hatte, kurz bevor sie aufgebrochen waren.
Bob! Die Hoffnungslosigkeit des Ersten Detektivs fühlte sich an wie ein schwerer Stein, der bleiern und grau in seinem Magen lag. Ein Blick zur Seite zeigte ihm, dass es Peter nicht anders ging. Wo war Bob? Wo sollten sie ihn suchen? Was war mit ihm geschehen?
Plötzlich war da wieder ein Geräusch. Wie heute Morgen, als sie ebenfalls alle in diesem Raum versammelt waren und dann nach draußen gestürzt waren. Doch diesmal war es nicht das Donnern von Rotoren. Diesmal war es der Motor eines Autos. Alle sahen sich erstaunt an. Erstaunt, ungläubig und hoffnungsvoll.
»Los! Versteckt euch!« Ossietzky deutete in alle Richtungen und jeder suchte sich einen Platz, von dem aus er nicht sofort gesehen werden konnte, wenn sich die Tür öffnete. Im Nu hatte sich der Raum geleert.
Die Tür ging auf. Das Licht der schon etwas tiefer stehenden Sonne fiel in die Hütte, sodass Justus zunächst nur die

Silhouette eines Mannes erkennen konnte. Peter warf ihm einen ratlosen Blick zu. Wer ist das?, stand darin zu lesen.
Der Mann sah sich um. Seine Bewegungen wirkten fahrig und ungeduldig. Ganz so, als wäre er in Eile. Er warf die Tür hinter sich zu und ging Richtung Tisch.
Und jetzt erkannten die beiden Detektive den Mann. Peter war so verblüfft, dass er wie in Zeitlupe hinter seinem Sofa aufstand.
»Mr Whiteside?«
Der Mann fuhr herum. Für einen Moment wirkte er völlig überrascht, ja nahezu schockiert. Aus weit aufgerissenen Augen starrte er den Zweiten Detektiv an. Justus glaubte sogar, ein Zucken in Richtung Tür wahrgenommen zu haben. Doch in der nächsten Sekunde stand wieder der Anwalt vor ihnen, den sie auf dem Parkplatz von The Pear kennengelernt hatten. Zwar in Freizeitkleidung statt im Anzug, aber gut gekämmt und mit einem freundlichen, seriösen Gesichtsausdruck.
»Gott, hast du mich erschreckt!« Whiteside griff sich ans Herz und atmete tief durch. »Warum versteckst du dich denn?«
Die anderen kamen aus ihren Löchern. Justus, Ossietzky, die drei Männer.
Whiteside machte große Augen. »Meine Güte! Was ist denn hier los?«
»Ihr kennt den Herrn?« Ossietzky sah Justus und Peter an.
»Das ist der Anwalt, der die Sache mit dem Erbe eingefädelt hat«, antwortete Foster.
»Aha.« Ossietzky blieb misstrauisch. »Und was machen Sie hier?«

»Ähm, ich … ich wollte nach Ihnen allen sehen. Sehen, ob alles in Ordnung ist, ob Sie alles haben.«
Der Erste Detektiv trat nach vorn, den Blick nach unten gerichtet. Unwillkürlich folgte Whiteside seinem Blick, sah auf seine Schuhe, seine Hose.
»Aber Sie wussten doch gar nicht, wo wir sind.« Justus gab sich verwundert. »Oder haben Sie sich die Koordinaten gemerkt?«
»Nein, nein, wo denkst du hin?« Whiteside war nicht im Mindesten befangen. »Aber mich erreichte ein Anruf von Mr Bristol.« Er schaute sich im Raum um. »Wo ist er denn? Ich sehe ihn gar nicht. Er meinte, es gäbe Probleme und Sie könnten den Busfahrer nicht erreichen. Da ließ ich mir sagen, wo Sie sind, und kam selbst hierher, um nach dem Rechten zu sehen.«
Foster entspannte sich. »Tja, hier geht wirklich die Post ab, das kann ich Ihnen sagen.«
»Wieso? Was ist denn?« Whiteside blickte wieder nach unten, weil Justus immer noch dorthin schaute. »Hab ich da was?« Der Anwalt wischte sich bemüht über seine Hosenbeine.
Der Erste Detektiv trat nach vorn. Nur Peter fiel auf, wie steif seine Haltung war. Justus hielt Whiteside seine Hand hin. »Ich möchte Ihnen vielmals danken, Mr Whiteside. Wir alle wissen es sehr zu schätzen, dass Sie sich so um uns bemühen.«
Der Anwalt ergriff verdutzt Justus' Hand. »Ja … nein, schon in Ordnung. Mach ich doch gern.« Er lächelte schwammig.

Justus drehte seine Hand so, dass Whitesides Handfläche nach oben zeigte. Dann ließ er seine eigene Hand etwas zur Seite gleiten. »Haben Sie sich verletzt?«
»Wie? Was meinst du? Nein, wieso?«
Der Erste Detektiv deutete auf die Handfläche des Anwalts. »Sie haben da getrocknetes Desinfektionsmittel auf der Haut.«
Whiteside zog seine Hand zurück, als hätte er sie sich verbrannt. »Nein, das ist … ich weiß nicht, was das ist.« Hektisch rieb er die Hand an seiner Hose.
»Das geht nicht so leicht weg«, sagte Justus und sah ihm jetzt unverwandt in die Augen. »Sehr hartnäckig, das Zeug. Aber wenn Sie sich nicht verletzt haben, wie kam das Mittel dann auf Ihre Hand?«
Peter begriff. Schlagartig begriff Peter. Die Schlucht, der Verband, der Griff!
»Das weiß ich … das ist kein Desinfektionsmittel, das ist … das ist …« Whiteside fing an zu schwitzen. Jegliche Gelassenheit war von ihm abgefallen.
»Sie waren das!«, rief Peter aufgebracht. »Das Zeug stammt von Bobs Verletzung! Sie haben ihn so fest gepackt, dass Sie die Pampe durch den Verband gequetscht haben! Und jetzt klebt die Soße an Ihrer Hand!«
Whiteside sah sich gehetzt um. »Ich habe … keine Ahnung, wovon ihr redet, Jungs.« Ein Lächeln, das aussah wie eine schiefe Grimasse. »Ich bin nur gekommen, um hier –« Mitten im Satz brach er ab, schleuderte herum und rannte auf die Tür zu.
»Haltet ihn auf!«, schrie Peter und stürzte nach vorn.

Whiteside hatte die Tür schon erreicht, als dort auf einmal ein Schatten auftauchte. Zwei Schatten. Zwei Männer in Uniform, von denen Whiteside abprallte wie ein Gummiball, in den Raum zurückgeworfen wurde und über den Boden rollte, wo er stöhnend liegen blieb.
Aber Justus und Peter starrten immer noch zur Tür. Denn hinter den beiden Polizisten stand noch eine andere Gestalt. Eine Gestalt in einem knallorangen Anzug, die sie fröhlich anlächelte.
»Hallo, Kollegen! Wo ist meine kalte Cola?«

Flug zu den Sternen

»Tja, und als ich bei drei angekommen war, schrie der eine Polizist auf einmal: ›Billy, nicht!‹, und da dachte ich mir: Billy? Ich bin nicht Billy!« Bob lächelte fröhlich und sog an seinem XXL-Colabecher.

»Klar«, verstand Peter. »Du in Billys Häftlingskluft. Die mussten ja denken, dass du er bist.«

Justus nickte. »Und dann seid ihr zur Hütte gekommen, weil die Beamten Ossietzky unterstützen sollten.«

Sam passierte die Ortsgrenze von Sonora. Sie hatten eigens einen kleinen Umweg in die Stadt gemacht, um Bobs Cola zu besorgen. Aber jetzt ging es nach Hause. Endlich! Sie würden zwar in die Dunkelheit hineinfahren müssen und erst gegen Mitternacht The Pear erreichen. Doch das war allen egal. Hauptsache, nach Hause.

»Eine irre Geschichte!« Barclay schüttelte den Kopf. »Dieser Dean Cooper hatte wirklich alles bis ins Detail geplant, um seinen Bruder nach dessen Ausbruch aus dem Knast an einer halben Hundertschaft Polizisten vorbeizubringen. Was für ein Aufwand! Die Geschichte um Harper Knowsley und dessen Rätsel ausgraben, Craig Marshall erfinden, sich als Evander Whiteside inklusive Kanzlei und Internetpräsenz ausgeben, Briefe schreiben, Bus chartern, Hütte mieten, Knowsley spielen, Billys alte Kumpel Matt und Stephen anheuern. Unglaublich, was der da angeleiert hat!«

»Vergessen Sie den Krankenwagen nicht, den er organisieren musste, das Abhören des Polizeifunks, damit Matt und Stephen auch wirklich die Ersten waren, die sich um uns kümmerten, die Wanzen an unserem Gepäck, die er uns verpasst hat, als wir abfuhren, damit er immer wusste, wo wir waren und was los war«, ergänzte Peter.

»Ich sag's ja immer«, meinte Sam und drehte den Kopf nach hinten. »Blut ist dicker als Wasser.«

Evander Whiteside alias Dean Cooper hatte gesungen wie eine Nachtigall. Er hatte alles gestanden und alles erklärt. Angefangen von dem Artikel in der L. A. Post, in dem ihm vor etwa einem Jahr die verblüffende Ähnlichkeit zwischen seinem Bruder Bill und Bob aufgefallen war, über die ganze Abwicklung der Austauschaktion bis hin zu den Verstecken von Wendy, Bristol und Bob und dem Knowsley-Kostüm im Kofferraum seines Autos. Die drei ??? hatten angesichts des umfassenden Geständnisses beinahe den Eindruck, als sei Dean Cooper froh, sich endlich alles von der Seele reden zu können. Er schwor hoch und heilig, dass er die drei Verstecke umgehend anonym verraten hätte, sobald Bill in Sicherheit gewesen wäre. So abgebrüht wie sein Bruder war Dean Cooper mitnichten.

Das Firmenhandy der drei ??? klingelte und Justus ging ran. »Justus Jonas von den drei Fragezeichen? … Ah, Mr Ossietzky … aha … Gott sei Dank! … Grüßen Sie sie bitte von uns … Ja, ich Ihnen auch … Auf Wiederhören.« Er legte auf. »Bristol und Wendy sind in guten Händen. Beide werden zur Sicherheit ein paar Tage im Krankenhaus bleiben müssen. Wendy ist völlig dehydriert und Bristol hat sich beim Kampf gegen Knowsley, äh, Cooper das Handgelenk gebrochen.«

»Warum hat er die beiden jetzt eigentlich entführt?«, wollte Godfrey wissen.

»Um der ganzen Sache mehr Glaubwürdigkeit und Nachdruck zu verleihen«, erwiderte Justus. »Wir sollten unbedingt glauben, dass es um das Rätsel und nur um das Rätsel ging, damit wir gar nicht erst auf die Idee kämen, irgendeinen anderen Grund für die Merkwürdigkeiten zu vermuten.«

»Und Edgar hat gar nicht telefoniert? Weder mit Sam noch mit diesem Cooper?«

Der Erste Detektiv schüttelte den Kopf. »Es war Dean Cooper selbst, der sich Sam gegenüber als Edgar ausgegeben hat.«

Barclay blickte nachdenklich vor sich hin. »Und gepackt hat er uns bei unserer Gier. Nur deswegen haben wir uns alle in den Bus gesetzt. Weil wir alle so scharf auf das Geld waren.« Er machte ein reumütiges Gesicht. »Das sollte uns eine Lehre sein.«

»Dabei wollte er ja nur Tick, Trick und Track!«, warf Foster ein. »Beziehungsweise nur Track.« Er deutete auf Bob. »Der Rest von uns war nur Ablenkung und Deko.«

Barclay sah zu den drei ???. »Und euch hat er mit dem Rätsel gekriegt.«

Bob nickte betreten. »Ja. Das ist zugegebenermaßen unsere Schwachstelle: Rätsel, Geheimnisse, Mysteriöses aller Art.« Er sah zu Justus und Peter, die ebenfalls einen zerknirschten Eindruck machten. »Und die hat Cooper entdeckt und sehr geschickt ausgenutzt. Er konnte uns am Ende sogar so gut einschätzen, dass er voraussah, dass ich nicht allein fahren würde.«

»Wobei wir mit etwas mehr Sorgfalt bei unseren Ermittlungen Dean Cooper schon viel eher hätten auf die Schliche kommen können«, setzte Justus hinzu. »Wir hätten zum Beispiel Whitesides Anwaltszulassung überprüfen müssen. Oder den Notar ausfindig machen müssen, der Marshalls Testament aufgesetzt hat. Auch der Spruch mit dem Mandantengeheimnis, um keine Details verraten zu müssen ...« Der Erste Detektiv schüttelte den Kopf. »Blauäugig war das. Einfach nur blauäugig.«

»Ist doch egal!« Foster grunzte missmutig. »Mann! Ich dachte, ich würde als reicher Mann zurückkehren. Könnte mir endlich diesen Firebird kaufen.« Er sah Justus an. »Was bedeutet denn dieses verdammte Rätsel jetzt? Und wieso bist du dir so sicher, dass du weißt, was es bedeutet? Vielleicht hat dieser Knowsley doch irgendwo haufenweise Nuggets gebunkert?«

Der Erste Detektiv blickte kurz aus dem Fenster. Draußen herrschte mittlerweile tiefe Nacht. Weit und breit waren keine Lichter zu sehen, da sie im Moment durch ein großes Waldgebiet fuhren. Für eine Sekunde blitzten die Augen irgendeines Tieres am Straßenrand im Scheinwerferlicht des Busses auf.

»Klar wurde mir die Chiffrierungstechnik auf der Hängebrücke«, sagte Justus. »Zopf oder kahl, einen auslassen.«

»Hä?«, machte Foster. Auch die beiden anderen Männer sahen mehr als ratlos drein. Peter und Bub wussten dagegen bereits, was es mit dem Rätsel auf sich hatte.

»In jedem Rätsel geht es nur um das erste, dritte, fünfte, siebte Wort – und so weiter«, fuhr der Erste Detektiv fort. »Bei den anderen Wörtern ist allein der Anfangsbuchstabe wichtig, der den Anfangsbuchstaben des vor ihm stehenden Wortes angibt, wobei erschwerend hinzukommt, dass man die richtige Groß- und Kleinschreibung selbst ergänzen muss. Aus Bobs Spruch ›An Ibykos gerner führe weit zur Herden Wagen, Elle am Besen wird prüder besonders dein Sagen‹ wird so …?«
Bob reichte den Männern seinen Brief, damit sie das Rätsel selbst lösen konnten. Gemeinsam beugten sie sich über das Blatt Papier. Es dauerte einige Minuten, dann hatte es Barclay als Erster geschafft. »Wie bitte? In ferner Zeit werden alle Wesen Brüder sein?«
Der dritte Detektiv lachte. »Einmal abgesehen von Langschwanzwieseln.«
»Was soll das? Was ist das für ein Quatsch?«, motzte Foster.
»Das sind die Geheimnisse, die dem alten Knowsley von seinen überirdischen Freunden mitgeteilt wurden«, antwortete Peter. »Er hatte ja nach eigenen Angaben einen guten Draht zu den grünen Männchen, und das Rätsel beinhaltet die Weissagungen, die sie ihm hinterlassen haben.« Er zuckte die Schultern. »Knowsley war Gold völlig egal, ihn interessierte nur die goldene Zukunft, die der Menschheit angeblich bevorstand.«
Godfrey holte seinen Brief hervor. »Mein Spruch heißt dann … Denn jeder M…Mensch ist gleich.«
»Richtig«, sagte Justus. »Durch das Wort *macht* bleibt es bei dem M bei *Mensch*.«

Foster tippte sich an die Stirn. »Der hatte sie doch nicht mehr alle, der Typ. Was für ein Käse ist das denn?«

»Na ja«, meinte Bob. »Im neunzehnten Jahrhundert konnten solche Aussagen durchaus als zukunftsweisend angesehen werden. Alle Wesen werden Brüder, alle Menschen sind gleich, es wird dauerhafter Frieden herrschen, das ist Bristols Text, Menschen werden unsterblich sein, Ihr Text, Mr Barclay. Vor hundertfünfzig Jahren waren das spektakuläre Ansichten.«

»Wobei das mit dem Gleich-Sein ja durchaus seine Nachteile haben kann«, witzelte der Zweite Detektiv. »Man denke nur an Billy Boy.«

Foster hatte sich unterdessen seinen eigenen Spruch vorgenommen. »Uns … zeigen sich … alle Geheimnisse der … Welten. Was für ein Quark!«

»Dieser Spruch allerdings ist nur für unseren Justus gedacht«, meinte Peter. Bob und Barclay lachten.

Ein seltsames Geräusch drang aus den Tiefen des Busses. Ein kurzes Rumpeln, eine Art Schluckauf im Motor. Dann war es wieder vorbei.

»Was war das, Sam?«, rief Godfrey.

»Keine Ahnung. Das alte Mädchen hat ja schon ein paar Kilometer auf dem Buckel.« Sam drehte sich wieder nach hinten. »Hatte Wendy auch ein Rätsel? Ist ja echt spannend, die Sache.«

»Ja, natürlich«, entgegnete Bob. »Es lautete ungefähr, dass wir dereinst zu den Sternen fliegen werden. In Knowsleys Zeit etwas völlig Unvorstellbares, aber mittlerweile ja fast Routine.«

Wieder ruckelte der Bus, diesmal um einiges heftiger. Und sie fuhren immer noch durch diesen Wald …
»Oh, oh!«, rief Sam.
»Was?«, rief Foster.
»Was ist los?« Godfrey drehte sich um.
Alle sahen nach vorn. Der Bus wurde langsamer. Ein leichtes Flackern ließ das Licht der Scheinwerfer erzittern.
»Tja«, meinte Sam. »Wir fliegen zwar zu den Sternen, aber einen anständigen Motor bekommen wir immer noch nicht hin. Ich fürchte, das war's, Leute.«
Peter schaute erschrocken auf das Armaturenbrett. Die Anzeigen dort leuchteten wie ein Weihnachtsbaum. Auf einmal hustete der Motor, gab noch ein paar letzte Zuckungen von sich und ging dann ganz aus. Wie von Geisterhand geschoben rollte der Bus auf der leicht abschüssigen Straße dahin und wurde dabei immer langsamer.
»Ach du grüne Neune!« Barclay fasste sich an die Stirn.
»Das war's?«, entfuhr es Godfrey. »Was soll das heißen?«
»Das soll heißen, dass es die Mühle keine hundert Meter mehr tut. Jemand muss uns abschleppen.« Sam zuckte die Achseln.
»Kein Netz«, murmelte Barclay mit Blick auf sein Handy.
»Abschleppen? Hier draußen?«, rief Foster. »Wir haben seit einer Stunde kein Auto mehr gesehen!«
»Dann macht es euch schon mal bequem hier drin.«
Der Bus passierte ein paar letzte Bäume. Der Wald hatte sich zu einer kleinen Lichtung geöffnet. Dann blieb der Bus endgültig stehen und die Scheinwerfer erloschen. Es wurde stockfinster. Und totenstill.

»Ich krieg die Motten!« Foster stampfte mit dem Fuß auf. »Das darf doch nicht wahr sein!«
»Dahinten!« Peter zeigte aus dem Fenster. »Seht ihr das? Dort, am Waldrand!«
Ein großer, dunkler Schatten war im Mondlicht zu erkennen. Weit hinten auf der Lichtung.
»Das sieht nach einer Scheune aus«, sagte Godfrey. »Oder einer Hütte.«
Bob warf nur einen kurzen Blick nach draußen. »Eine einsame Hütte? Auf einer Lichtung? Am Waldrand?« Er klappte seinen Sitz nach hinten und schloss die Augen. »Ohne mich, Leute! Gute Nacht zusammen!«

Zwei spannende Abenteuer mit den drei ???

Robert Arthur / Christoph Dittert
Die drei ??? und der sprechende Totenkopf / und die brennende Stadt (Doppelband)
288 Seiten
Taschenbuch
ISBN 978-3-551-31582-3

Als Justus bei einer Auktion einen alten Koffer ersteigert, ahnen die drei Detektive nicht, welche Folgen das nach sich zieht. Plötzlich haben sie es mit einem sprechenden Totenkopf und einem verschwundener Zauberer zu tun – und mit einem neuen Fall, der all ihren Mut erfordert.

Ex-Kommissar Reynolds stattet den drei Detektiven einen Besuch ab. Justus, Peter und Bob sollen das rätselhafte Testament seines Bruders entschlüsseln. Doch das Erbe ruft düstere Gestalten auf den Plan und die schrecken vor nichts zurück.

www.carlsen.de